A CADEIRA DA SEREIA

SUE MONK KIDD
A CADEIRA DA SEREIA

Tradução
THEREZA CHRISTINA ROCQUE DA MOTTA

paralela

Copyright © 2005 by Sue Monk Kidd Ltd.
Copyright da tradução © 2005 by Ediouro Publicações Ltda.

Todos os direitos reservados, incluindo direitos de reprodução do todo ou de parte, em qualquer formato.

A edição original foi publicada em acordo com Viking Penguin, membro da Penguin Group (USA) LLC, uma empresa Penguin Random House.

A Editora Paralela é uma divisão da Editora Schwarcz S.A.

Grafia atualizada segundo o Acordo Ortográfico
da Língua Portuguesa de 1990, que entrou em vigor
no Brasil em 2009.

TÍTULO ORIGINAL The Mermaid Chair
CAPA estúdio insólito
IMAGEM DE CAPA © Corbis Corporation/ Fotoarena
PREPARAÇÃO Andressa Bezerra Corrêa
REVISÃO Renato Potenza Rodrigues e Larissa Lino Barbosa

Dados Internacionais de Catalogação na Publicação (CIP)
(Câmara Brasileira do Livro, SP, Brasil)

Kidd, Sue Monk
  A cadeira da sereia / Sue Monk Kidd ; tradução Thereza Christina Rocque da Motta. — 1ª ed. — São Paulo : Paralela, 2016.

  Título original: The Mermaid Chair.
  ISBN 978-85-8439-021-2

  1. Romance norte-americano I. Título.

16-00470   CDD-813

Índice para catálogo sistemático:
1. Romances : Literatura norte-americana 813

[2016]
Todos os direitos desta edição reservados à
EDITORA SCHWARCZ S.A.
Rua Bandeira Paulista, 702, cj. 32
04532-002 — São Paulo — SP
Telefone: (11) 3707-3500
Fax: (11) 3707-3501
www.editoraparalela.com.br
atendimentoaoleitor@editoraparalela.com.br

Para Scott Taylor e Kellie Bayuzick Kidd, com muito amor

*Não te amo como se fosses rosa de sal, topázio
Ou flecha de cravos que propagam fogo:
Te amo como se amam certas coisas obscuras,
Secretamente, entre a sombra e a alma.*
Pablo Neruda

*Os amantes não se encontram finalmente nalgum lugar.
Eles sempre estiveram um dentro do outro.*
Rumi

Prólogo

A certa altura do meu casamento, quando eu era apenas a mulher do Hugh e a mãe da Dee — uma dessas mulheres que não expressam nenhuma ambiguidade ou desejo de perturbar a ordem das coisas —, me apaixonei por um monge beneditino.

Aconteceu durante o inverno e a primavera de 1988, embora, apenas hoje, um ano depois, eu me sinta capaz de falar sobre isso. Dizem que só conseguimos suportar um problema se formos capazes de falar sobre ele.

Sou Jessie Sullivan. Estou na proa de uma balsa, olhando para a baía do Touro, na direção da ilha da Garça, uma pequena formação costeira ao longo da Carolina do Sul, onde eu cresci. Vejo-a quase a um quilômetro e meio de distância, recortada em meio ao mar, um semicírculo mesclado de tons de verde e terracota. O vento está impregnado com cheiros da minha infância, e a água tinge-se de um azul mais denso, brilhando como tafetá. A noroeste da ilha ainda não é possível ver a torre da igreja do mosteiro, mas sei que ela está lá, cortando o céu branco da tarde.

Surpreendo-me ao perceber como me sentia bem antes de conhecê-lo, como eu sabia viver no menor espaço possível, meus dias como pequenas contas correndo sem paixão entre meus dedos. Poucas pessoas sabem do que elas são capazes de fazer. Aos quarenta e dois anos, eu nunca havia feito nada que realmente amasse, e percebo agora que isto foi parte do problema: a minha inabilidade crônica de me surpreender.

Juro que ninguém pode me julgar mais severamente do que eu mesma. Sei que causei um imenso desconforto. Certas pessoas me dizem que caí em desgraça, mas elas estão sendo gentis: não caí... eu mergulhei.

Muito tempo atrás, quando meu irmão e eu costumávamos remar num pequeno bote através do emaranhado de salinas na ilha e quando eu ainda me sentia destemida, andando para todo lado com meus longos cabelos estranhamente enfeitados com musgo, meu pai me dizia que havia sereias vivendo nas águas em torno da ilha. Contava que as tinha visto certa vez de seu barco — no lusco-fusco cor-de-rosa do alvorecer, quando o sol se erguia como uma bola de fogo vermelha sobre o mar. As sereias nadaram até ele, ondulando como golfinhos, disse, saltando e mergulhando sobre as ondas.

Eu acreditava em qualquer coisa estranha que ele me contasse. "Elas se sentam nas rochas e penteiam os cabelos?", perguntei a ele uma vez, sem me atentar ao fato de que não havia rochedos em volta da ilha, apenas uma vegetação pantanosa que alterava suas cores conforme a estação do ano — o verde adquiria um tom marrom-amarelado, e depois se tornava verde novamente —, o interminável ciclo da ilha, o mesmo que regia meu corpo.

"Sim, as sereias sentam-se nas rochas e se enfeitam", respondeu meu pai. "Mas sua principal missão é salvar os seres humanos. Por isso, elas vieram até meu barco, para estar por perto caso eu caísse na água."

No final, as sereias não o salvaram, mas me pergunto se talvez não tenham *me* salvado. Sei apenas disto: as sereias finalmente vieram ao meu encontro nas horas mais difíceis da minha vida.

Elas são meu consolo. Por elas, mergulhei com os braços abertos, deixando minha vida passar por trás de mim, num salto contra tudo o que eu tinha e o que eu mais esperava, porém um salto que, de alguma forma, serviu como o resgate de que eu precisava. Como posso explicar ou avaliar isso? Eu mergulhei e dois braços invisíveis e infinitos se projetaram do nada, como se a compaixão, de repente, se materializasse. Elas me seguraram assim que toquei na água, conduzindo-me não para cima, mas para o fundo; somente então me puxaram de volta à superfície.

No momento exato em que a balsa se aproxima do cais da ilha, uma brisa me atinge, carregada de coisas: o cheiro dos peixes, o alvoroço dos pássaros, o sopro verde das palmeiras, e, em seguida, sinto a história ressurgir lentamente, como uma estranha criatura se elevando das profundezas do mar. Talvez eu consiga pôr um fim a tudo isso agora. Talvez eu perdoe a mim mesma e essa história me carregue em seus braços enquanto eu viver.

O capitão soa o apito anunciando nossa chegada, e eu penso: *Sim, estou de volta, a mulher que foi ao fundo e voltou. Que queria nadar como os golfinhos, saltando e mergulhando sobre as ondas. Que apenas queria ser ela mesma.*

1

No dia 17 de fevereiro de 1988, abri meus olhos e ouvi uma sequência de sons: primeiro o telefone tocando do outro lado da cama, acordando-nos às 5h04 da manhã, para algo que só poderia ser uma catástrofe; depois o barulho da chuva sobre o telhado de nossa casa de estilo vitoriano, descendo sorrateiramente até o porão; e, por fim, os pequenos sopros compassados que saíam dos lábios de Hugh com a precisão de um metrônomo.

Eu ouvira esse som por vinte anos, mesmo quando ele estava desperto. Sentava-se em sua poltrona de couro depois do jantar e passava os olhos pelas revistas de psiquiatria empilhadas no chão, criando o ritmo que regulara toda a minha vida.

O telefone tocou mais uma vez e eu continuei deitada, esperando que Hugh atendesse, certa de que deveria ser um de seus pacientes, provavelmente o esquizofrênico paranoico que telefonara na noite anterior dizendo que a CIA o havia cercado num prédio do governo no centro de Atlanta.

Tocou uma terceira vez, e Hugh agarrou o telefone:

"Sim, alô?", atendeu com a voz rouca, bêbada de sono.

Rolei na cama, afastando-me dele; e, do outro lado do quarto, a luz baça e líquida que escorria pela janela me lembrou de que era Quarta-Feira de Cinzas, trazendo à tona um irremediável sentimento de culpa.

Meu pai morrera numa Quarta-Feira de Cinzas, quando eu tinha nove anos de idade; e, de um modo confuso — que não fazia sentido para ninguém a não ser para mim —, acontecera por minha causa, ao menos em parte.

O barco dele se incendiara, disseram, quando o tanque de combustível explodiu. Destroços do barco vieram dar na praia semanas depois, até uma parte da popa com o nome *Jes-Sea** pintado nele. Ele batizara o barco em minha homenagem — não ao meu irmão, Mike, nem mesmo à minha mãe, que ele adorava, mas a mim, Jessie.

Cerrei os olhos e vi chamas de óleo incandescentes num furor alaranjado. Uma reportagem no jornal de Charleston lançou uma suspeita de sabotagem em relação à explosão. Houve uma breve investigação, embora nada

---

* Jessie, o nome da protagonista, tem o mesmo som de "Jes-Sea" — o nome do barco, que faz um trocadilho com *sea* ("mar"). (N. T.)

tivesse sido apurado — coisas que Mike e eu descobrimos apenas porque surrupiamos o recorte de jornal da gaveta da penteadeira de mamãe, um lugar soturno e secreto, cheio de terços partidos, medalhas de santos abandonadas, reproduções de ícones sagrados e um pequeno crucifixo sem o braço esquerdo de Cristo. Ela jamais imaginaria que fôssemos nos aventurar a mexer em todo aquele sacrário alquebrado.

Recorri àquele terrível santuário quase todos os dias ao longo de um ano, e lia a reportagem de forma obsessiva, especialmente uma das frases: "A polícia suspeita de que uma brasa de seu cachimbo possa ter incendiado um vazamento do tanque de combustível".

Eu dera o cachimbo a ele no Dia dos Pais. Até então, ele nunca havia fumado.

Ainda não conseguia pensar nele sem a palavra "suspeita", além de associá-lo a este dia, já que ele se transformara em cinza na mesma data em que as pessoas, em todos os lugares — incluindo eu, Mike e minha mãe —, iam à igreja para receber uma marca de cinza sobre a testa. Mais uma ironia entre tantas outras obscuras coincidências.

"Sim, claro que me lembro de você." Ouvi Hugh dizer, gesticulando para que eu prestasse atenção à conversa ao telefone em meio à escuridão antes do amanhecer. E continuou: "Sim, aqui estamos todos bem. E como vai tudo por aí?".

Pela conversa, não deveria ser um paciente. E também não era nossa filha, Dee, disso eu tinha certeza. Porque percebi pelo tom formal em sua voz. Imaginei se seria um dos colegas de Hugh. Ou um residente do hospital. Às vezes, eles ligavam para fazer uma pergunta sobre um caso, embora normalmente não fizessem isso às *cinco* da manhã.

Empurrei-me para fora das cobertas e fui descalça até a janela, do outro lado do quarto, para checar se o porão acabaria inundado mais uma vez, apagando a chama-piloto do aquecedor de água. Observando o dilúvio gelado que caía do lado de fora, envolto em uma bruma azul, e a torrente de água que já enchia a rua, eu tremi, desejando que nossa casa fosse mais fácil de ser aquecida.

Quase enlouqueci Hugh para comprar esta casa imensa e pouco prática, e, mesmo depois de sete anos morando nela, me recusava a criticá-la. Eu amava o pé-direito alto e os vitrais sobre as janelas. E a pequena torre — meu Deus, eu amava aquela torre. Quantas casas tinham uma dessas? Era preciso galgar uma escada em espiral por dentro dela para chegar ao meu estúdio de arte, um sótão adaptado no terceiro andar da casa, com teto abruptamente inclinado e uma claraboia. O cômodo era tão reservado e tão encantador que Dee costumava chamá-lo de "torre da Rapunzel". Ela sempre me provocava em relação ao meu estúdio: "Mãe! Quando você vai jogar suas tranças?".

Era assim que Dee zombava de mim, sendo divertida, sendo ela mesma, mas ambas sabíamos o que ela queria dizer: que eu havia me tornado muito irritadiça, sempre na defensiva. No último Natal, quando minha filha passou alguns dias conosco em casa, preguei uma charge com um ímã na geladeira onde se lia: A MELHOR MÃE DO MUNDO. Na imagem, duas vacas pastavam idilicamente. Uma dizia à outra: "Não importa o que digam, não estou satisfeita". Era uma piada dirigida à Dee.

Lembro agora o quanto Hugh riu ao ler isso. Ele interpretava as pessoas como se fossem meras borras de café, mesmo não acreditando em métodos de adivinhação. Dee fitou a imagem por um longo tempo e depois me lançou um olhar dúbio. Não tinha achado graça alguma na brincadeira.

Para dizer a verdade, eu me sentia *de fato* inquieta. Tudo começou no outono — não tinha ânimo algum para ir até meu estúdio, um sentimento de que o tempo estava passando, de que tudo estava sendo adiado, contido. Essa sensação me tomava de súbito — de forma tão inesperada quanto a insatisfação das vacas no pasto, ruminando eternamente seu bolo alimentar.

Durante o inverno, o sentimento cresceu, ao observar uma vizinha correr pela calçada na frente de casa, treinando, supunha eu, para escalar o Kilimanjaro. Ou ao escutar uma amiga do meu clube de leitura descrever, passo a passo, como fez bungee jump de uma ponte na Austrália. Ou — e esse era o pior — ao assistir a um programa de TV sobre uma mulher corajosa que viajara sozinha pelos mares azuis da Grécia, o que me deu a sensação de estar tomada pela luz que resplandecia daquelas imagens, o sangue, a seiva, o vinho, a existência, o que quer que fosse aquilo. Sentia-me apartada da imensidão do mundo, das coisas extraordinárias que as pessoas executam na vida, embora, na verdade, eu não quisesse fazer nenhuma delas. Eu ainda não sabia o que queria, mas a ansiedade que sentia em querer descobrir era perceptível.

Junto à janela, naquela manhã, senti o modo rápido e furtivo com que isso se insinuava, e eu não sabia o que pensar. Hugh achava que aquele meu desânimo tivesse alguma relação com o fato de Dee estar fora de casa, na faculdade, uma sensação clichê de ninho abandonado pelo filhote que se foi.

No outono passado, depois de levá-la para a Universidade Vanderbilt, corremos para casa para poder competir no Waverly Harris Cancer Classic, um torneio de tênis para o qual ele havia se preparado ao longo de todo o verão. Ele enfrentara o calor abrasante da Geórgia por três meses, treinando duas vezes por semana com uma bela raquete Prince. Eu acabei chorando todo o caminho de volta para casa desde Nashville. Continuava vendo Dee na porta de seu alojamento, acenando, enquanto nosso carro se afastava. Ela tocou o olho, o peito e depois apontou para nós: um gesto que ela repetia desde pequena. Olho. Coração. Vocês. Aquilo acabou comigo. Quando chegamos em casa, apesar de meus protestos, Hugh ligou para Scott, seu parceiro na dupla, para que tomasse seu lugar no torneio, e ficou em casa assistindo a um filme comigo. A *força do destino*. Ele fez muita força para fingir que tinha gostado.

A profunda tristeza que eu sentira no carro naquele dia perdurou por umas duas semanas, mas afinal acabou passando. Eu *sentia* falta de Dee — claro que sim —, mas não acreditava que aquele fosse o verdadeiro problema.

Passado um tempo, Hugh insistiu que eu visse a dra. Ilg, uma das psiquiatras que trabalhava em seu consultório. Recusei-me a vê-la sob a alegação de que ela tinha um papagaio em sua sala.

Eu sabia que isso iria irritá-lo. Esse não era o verdadeiro motivo, é óbvio — não tenho nada contra ninguém que tenha papagaios, a não ser pelo fato de mantê-los em gaiolas. Mas usei esse artifício como modo de fazê-lo entender que eu não iria seguir o conselho dele. Foi um dos raros momentos em que não o ouvi.

"Ela tem um papagaio, e daí?", ele perguntou. "Você iria gostar dela."

Provavelmente sim, mas eu não estava convencida de que queria fazer isto: revirar minha própria infância, como se olhasse para uma sopa de letrinhas, tentando reordenar o alfabeto, na esperança de formar frases iluminadas que explicassem por que tudo acontecera daquele jeito. Parecia uma insubordinação da minha parte.

Vez por outra, no entanto, eu me submetia a sessões imaginárias com a dra. Ilg. Contava a ela sobre meu pai, e, puxando um pigarro, ela anotava isso em seu caderninho — o que, aparentemente, era a única coisa que ela fazia. Imaginava seu papagaio como uma impressionante cacatua branca empoleirada no espaldar de sua poltrona, entoando todo tipo de comentário repetidas vezes, como o coro de uma tragédia grega: "Você se sente culpada, você se sente culpada, você se sente culpada".

Pouco tempo atrás — e não sei dizer o que me levou a fazer isso —, contei a Hugh sobre essas sessões imaginárias com a dra. Ilg, e até mesmo sobre o pássaro. Ele sorriu e disse: "Talvez você devesse se consultar apenas com o papagaio. A sua dra. Ilg parece uma idiota".

E então, do outro lado do quarto, Hugh estava ouvindo a pessoa falar, e concordava com ela, resmungando ao telefone: "Ahã, ahã...". Seu rosto se contorcia com aquela expressão que Dee costumava chamar de "a grande ruga", grave, atento ao que era dito, movimentando os vários pistões de seu cérebro — Freud, Jung, Adler, Horney, Winnicott —, subindo e descendo um depois do outro.

O vento rufava sobre o telhado e eu podia ouvir a casa começar a cantar — como sempre fazia — com a voz lírica de uma cantora de ópera. Também havia portas que se recusavam a fechar, antigos vasos sanitários que, de repente, deixavam de funcionar ("Os vasos estão com retenção anal de novo!", Dee gritava), e eu tinha de ficar sempre de olho para evitar que Hugh exterminasse os esquilos voadores que habitavam a lareira do escritório. Se um dia nos divorciássemos, ele costumava brincar, seria por causa dos esquilos.

Mas eu amava tudo aquilo, realmente eu amava. Odiava apenas as inundações do porão e os ventos no inverno. E agora, com Dee cursando o primeiro ano na Vanderbilt, o vazio — isso eu odiava.

Hugh encurvava-se do seu lado da cama, apoiando os cotovelos nos joelhos, e o alto de sua espinha aparecia através do pijama. Ele disse: "Você entende que esta é uma situação muito séria, não? Ela precisa procurar alguém, digo, consultar um psiquiatra de verdade".

Tive certeza de que se tratava de um residente do hospital, embora soasse como se Hugh estivesse dando uma bronca na pessoa, e isso não era de seu feitio.

Pela janela, a vizinhança parecia toda alagada, como se as casas — grandes como arcas — fossem despregar do chão e flutuar rua abaixo. Odiava pensar em chafurdar naquela sujeira, mas faria o que tivesse de fazer. Eu iria dirigindo até o Sagrado Coração de Maria, em Peachtree, e teria minha testa marcada com cinzas. Quando Dee era pequena, ela equivocadamente costumava chamar a igreja de "*Sangrado* Coração de Maria". Nós duas, às vezes, ainda nos referimos a ela desse modo, e me ocorreu agora o quanto este nome era apropriado. Ou seja, se Maria ainda estivesse entre nós como tantas pessoas imaginavam, incluindo minha mãe, católica inveterada, talvez seu coração *realmente* sangrasse. Talvez por estar num pedestal alto e exigente demais: mãe devota, mulher amantíssima e todos os parâmetros de feminilidade perfeita. Provavelmente, estaria lá em cima olhando em volta, procurando uma escada, um paraquedas, alguma coisa que a ajudasse a descer.

Jamais perdi sequer uma celebração de Quarta-Feira de Cinzas desde que meu pai morrera, nem uma única vez. Nem mesmo quando Dee era bebê e tive de carregá-la comigo, embrulhando-a com mantas, munida de chupetas e mamadeiras com leite materno. Perguntei a mim mesma por que continuava me sujeitando àquilo — ano a ano, indo ao Sagrado Coração de Maria, o padre entoando sua lamúria: "Lembrai-vos de que sois pó e ao pó retornareis". A marca de cinza sobre a testa.

Só sei que carreguei meu pai assim minha vida inteira.

Hugh estava em pé. Ele disse: "Você quer que eu diga a ela?". Olhou para mim, e senti um frio na barriga. Imaginei uma onda brilhante descendo a rua, contornando a esquina onde a velha sra. Vandiver construíra um gazebo, muito próximo à sua garagem; a onda, não tão alta quanto um tsunami, mas uma elevação reluzente vindo em minha direção, arrastando o ridículo gazebo, as caixas de correio, as casinhas de cachorro, os postes de luz, os arbustos de azaleias. Uma lavagem desastrosa e providencial.

"É para você", disse Hugh. Num primeiro instante, eu não me mexi, e ele repetiu: "*Jessie*. A ligação... É pra você...".

Ele me estendeu o telefone, olhando em minha direção, com seus cabelos grossos grudados na parte de trás da cabeça como os de uma criança, a testa franzida, parecendo perturbado, a água escorrendo pela janela, como trilhões de gotículas de estanho desabando sobre o telhado.

2

Puxei o roupão dobrado que estava ao pé da cama. Coloquei-o nos ombros e agarrei o telefone, enquanto Hugh se levantava, hesitante, sem saber se saía de perto ou não. Cobri o bocal: "Ninguém morreu, né?".
Ele fez com a cabeça que não.
"Vá se vestir. Ou então volte pra cama", eu disse.
"Não, espere...", exclamou, mas eu já estava falando ao telefone. Ele se virou e entrou no banheiro.
"Ah, coitadinha! Acordei você antes do nascer do sol!", disse a mulher do outro lado da linha. "Mas saiba que foi sem querer. Estou acordada há tanto tempo que esqueci que ainda é cedo."
"Desculpe-me", respondi, "quem está falando?"
"Oh, meu Deus! Que boba que eu sou! Pensei que fosse reconhecer minha voz. É a Kat. Kat, da ilha da Garça. Sua madrinha Kat. A Kat que trocou suas fraldas sujas."
Fechei os olhos instintivamente. Ela fora a melhor amiga de minha mãe por toda a vida: uma mulher baixinha, por volta dos sessenta anos de idade, que usava meias com rendinhas e sapatos de salto alto. Uma curiosa velhota excêntrica, cujas qualidades diminuíram ao longo dos anos, junto com sua estatura. Foi uma grande e perigosa decepção.
Sentei-me novamente na cama, porque só haveria uma razão para ela ligar: minha mãe, a louca Nelle Dubois. E, pela reação de Hugh, as notícias não eram boas.
Mamãe vivia na ilha da Garça, onde havíamos morado todos como uma família "normal", exceto pelo fato de vivermos ao lado de um mosteiro beneditino. Não se pode ser vizinha de trinta ou quarenta monges e continuar se considerando normal.
Depois da explosão, os destroços do barco de meu pai vieram dar no terreno deles. Alguns monges trouxeram a tábua onde se lia *Jes-Sea* e a entregaram à minha mãe, como uma bandeira num enterro com honras militares. Ela acendeu a lareira, e depois chamou Kat e Hepzibah, a terceira parte da trindade. Elas se postaram ao lado dos monges, enquanto minha mãe lançou, pesarosa, a tábua sobre as chamas. Vi as letras se escurecerem à medida que a prancha queimava. Às vezes eu ainda me lembrava da cena, ao acordar

no meio da noite, e também me lembrei dela durante minha cerimônia de casamento. Não houve vigília, enterro, missa, apenas aquele momento para ser lembrado.

Foi depois disso que mamãe passou a ir ao mosteiro para preparar o almoço para os monges, o que vinha fazendo nos últimos trinta e três anos. Ela demonstrava um tipo de obsessão em relação a eles.

"Creio que esta ínfima ilha poderia ser tragada pelo mar que você não iria dar a mínima", disse Kat. "Quanto tempo faz? Cinco anos, seis meses e uma semana desde a última vez que esteve aqui?"

"Creio que sim", respondi. Minha última visita, quando minha mãe completou setenta anos, foi um desastre de proporções bíblicas.

Fui com Dee, que tinha na época doze anos, e demos à minha mãe de presente um lindo pijama de seda vermelha da Saks, bem oriental, com um dragão chinês bordado no alto. Ela se recusou a aceitá-lo pela razão mais boba. Ela não gostou do dragão, chamando-o de "besta", "demônio" e "figura depravada". Santa Margarida de Antioquia fora engolida por Satanás na forma de um dragão, disse ela. Eu realmente acreditava que ela iria dormir vestida com aquela coisa?

Quando ela falava assim, ninguém conseguia demovê-la. Arremessou o pijama na lata de lixo e, em seguida, eu fiz as malas para vir embora. Da última vez que vi minha mãe, ela estava de pé na varanda, aos berros: "Se for, não precisa mais voltar!". E a Dee, pobre Dee, que apenas queria ter uma avó quase normal, estava aos prantos.

Naquele dia, Kat nos levou até a balsa em seu carrinho de golfe, que ela dirigia feito louca pelas estradas de terra batida da ilha. Ficou apertando a buzina sem parar ao longo de todo o trajeto para fazer minha filha parar de chorar.

Agora, do outro lado da linha, Kat continuava tirando um sarro de mim em relação à minha ausência da ilha, uma ausência que eu passara a venerar.

Ouvi o chuveiro ser ligado no banheiro. O barulho da água encobriu o som da chuva que batia contra as janelas do lado de fora.

"Como está Benne?", perguntei, mudando de assunto, tentando ignorar a estranha sensação de que algo pairava sobre minha cabeça, prestes a me atingir.

"Ótima", Kat respondeu. "Ainda adivinhando tudo o que o Max pensa."

Eu ri, apesar de sentir minha ansiedade aumentar. A filha de Kat, que hoje deveria ter quarenta anos, não "regulava bem", desde a infância, como Kat dizia. A expressão correta seria "problemas mentais", mas Benne também tinha dons premonitórios excepcionais, com uma exatidão estranha. Ela simplesmente sabia das coisas, tirando-as do nada, conectada de forma misteriosa por antenas invisíveis que ninguém mais tinha. Ela dizia gostar de adivinhar os pensamentos de Max, um simpático cão que vivia na ilha.

"Então, e o que o Max tem pensado ultimamente?"

"As coisas de sempre: 'Preciso coçar minhas orelhas, preciso lamber minhas patas. Acha que vou buscar aquele galho imbecil só porque você o jogou para longe?'".

Eu podia visualizar Kat em sua casa sobre palafitas, como todas as outras da ilha. Era pintada de verde-limão. Conseguia vê-la sentada à longa mesa de carvalho, na cozinha, onde, durante muitos anos, ela, minha mãe e Hepzibah abriram e limparam dez mil siris. As Três Garceiras, como meu pai costumava chamá-las.

"Olha, eu liguei para falar sobre sua mãe." Ela pigarreou. "Você precisa vir vê-la, Jessie. E não me dê nenhuma desculpa."

Recostei-me na cama. Senti-me desmoronar, meu último alicerce cedendo dentro de mim, naufragando num mar encapelado.

"A minha desculpa", respondi, "é que ela não quer me ver aí. Ela é..."

"... *impossível*. Eu sei. Mas você não pode continuar fingindo que não tem mãe."

Quase soltei uma gargalhada. Eu não poderia continuar fingindo que não tinha mãe, como não poderia fingir que o mar não é salgado. Minha mãe continuava existindo para mim como uma vingança. Às vezes, sua voz reverberava dentro de mim e me tirava o chão sob os pés. Eu disse:

"Convidei mamãe para vir no último Natal. Ela veio? Claro que não. Mandei presentes para ela em seu aniversário, no Dia das Mães (sem nenhum dragão bordado, aliás), e ela nunca me agradeceu."

Achei ótimo que Hugh ainda estivesse tomando banho e não pudesse ouvir a conversa. Com certeza meu tom de voz tinha se elevado.

"Ela não precisa de seus presentes e de seus telefonemas: ela precisa de você."

De mim.

Por que sempre terminava assim, em *mim*, na filha? Por que ela não ligava para Mike na Califórnia e enchia a paciência dele? A última vez que falei com ele, contou-me que tinha se tornado budista. Certamente, como budista, deveria ter mais paciência com ela.

Ficamos em silêncio. Ouvi o chuveiro ser desligado, a água parar de correr pelos canos.

"Jessie", ela disse, "o motivo de eu ter ligado é que... Ontem, sua mãe decepou um dedo com um cutelo de carne. O indicador da mão direita."

Más notícias têm efeito retardado sobre mim. Ouço as palavras, mas elas não fazem sentido. Ficam suspensas num canto da sala, esperando pelo momento certo, enquanto meu corpo se prepara para assimilá-las. Perguntei: "Ela está bem?".

"Ela vai ficar ótima, mas teve de se submeter a uma operação na mão no hospital em Mount Pleasant. Claro que teve um dos seus famosos faniquitos e recusou-se a passar a noite no hospital, então eu a trouxe para casa ontem à noite. Neste exato momento, ela está deitada na cama de Benne, dormindo, depois de tomar os analgésicos, mas quando acordar, vai querer voltar para casa."

Hugh abriu a porta do banheiro e um bafo de vapor invadiu o quarto.

"Você está bem?", ele sussurrou.

Assenti com a cabeça. Ele tornou a fechar a porta, e eu o ouvi bater a lâmina de barbear na beirada da pia. Sempre três vezes.

"É o seguinte...". Kat hesitou e tomou fôlego. "Olha, vou direto ao assunto. Não foi um acidente. Sua mãe se dirigiu até a cozinha do mosteiro e cortou fora o próprio dedo. De propósito!"

E então a notícia me pegou — pesada, repulsiva. Eu me dei conta de que, intimamente, esperava que ela fizesse alguma loucura havia muito tempo. Mas não isso.

"Mas por quê? Por que faria isso?" Comecei a me sentir nauseada.

"É bastante complicado, eu suponho, mas o médico que fez a cirurgia disse que pode estar relacionado à privação de sono. Nelle não vinha dormindo direito havia vários dias, ou, quem sabe, semanas."

Meu estômago contraiu-se de dor. Atirei o telefone em cima da cama, passei correndo por Hugh, que estava diante da pia com a toalha em volta da cintura. O suor escorria pelas minhas costas. Arranquei o roupão e me curvei sobre o vaso sanitário. Assim que terminei de pôr para fora o pouco que restara de comida dentro de mim, retomei o fôlego.

Hugh me passou uma toalha umedecida. "Sinto muito", ele disse. "Queria ter-lhe contado eu mesmo, mas ela insistiu em falar com você. Eu não deveria ter deixado."

Apontei para a cama no quarto, do outro lado da porta. "Preciso de um tempo, só isso. Larguei o telefone em cima da cama."

Ele foi até lá e pegou o fone, enquanto eu colocava a toalha úmida sobre a minha nuca. Afundei na cadeira de vime do quarto, esperando meu estômago se acalmar.

"É algo muito difícil para ela ouvir assim", eu o ouvi dizer.

Minha mãe sempre foi muito fervorosa, obrigando a mim e ao Mike a depositar moedinhas em garrafas de leite vazias para os "bebês pagãos", e toda sexta-feira acendíamos velas votivas para o Sagrado Coração de Jesus em altos jarros de vidro, e ela se ajoelhava no quarto, onde rezava as cinco dezenas do terço, beijando o crucifixo — que já estava até gasto de tanto ser esfregado com devoção. Mas as pessoas fazem essas coisas. E não significa que são loucas só por causa disso.

Depois do incêndio no barco, mamãe se transformou em uma Joana d'Arc — mas sem exército ou guerras, apenas suas estranhas compulsões religiosas. Mesmo assim, apesar disso, pensei que fosse uma louca mansa, apenas um pouco mais fervorosa do que o normal. Quando ela passou a usar um sem-número de medalhinhas de santos que tilintavam presas ao sutiã e a cozinhar para os monges do mosteiro, como se mandasse naquele lugar, convenci-me de que ela estava apenas obcecada por sua salvação perante a Igreja católica.

Caminhei até ele e estendi a mão para pegar o telefone, e então Hugh o passou para mim. "Isso não é um caso grave de insônia", eu disse a Kat, interrompendo o que quer que fosse que ela estivesse dizendo a Hugh. "Ela finalmente enlouqueceu."

"Nunca mais diga isso!", gritou Kat. "Sua mãe não está *louca*. Ela está atormentada. Há uma grande diferença entre as duas coisas. Vincent van Gogh cortou a própria orelha... Você acha que *ele* era louco?"

"Sim, pra falar a verdade, eu acho."

"Bem, várias pessoas muito bem informadas acreditam que ele estivesse *atormentado*", ela respondeu.

Hugh continuava em pé à minha frente. Fiz um sinal para que ele se afastasse, pois não conseguia me concentrar com ele ali parado daquele jeito. Balançando a cabeça, ele entrou no closet do outro lado do quarto.

"E mamãe está atormentada com o quê? Por favor, não me diga que é com a morte do meu pai. Isso foi há trinta e três anos."

Sempre tive a sensação de que Kat escondia fatos sobre minha mãe que permaneciam incógnitos para mim, como se fosse um quarto secreto que existe atrás de uma parede qualquer. Ela não respondeu imediatamente, e eu duvidei de que fosse me contar a verdade dessa vez.

"Você procura uma razão", ela disse, "e isso não ajuda em nada. Não muda o presente."

Suspirei no exato momento em que Hugh saiu do closet vestindo uma camisa azul de manga comprida abotoada até o pescoço, shorts brancos e meias azul-marinho. Ficou parado ali, colocando o relógio no pulso, fazendo o mesmo som: os soprinhos com os lábios entreabertos.

Para mim, a cena parecia ser sempre a mesma — metódica, diária, contínua —, uma repetição que eu havia testemunhado mil vezes, sem qualquer vestígio de revolta; mas foi naquele momento tão pouco previsível, em que a crise de mamãe se abateu sobre mim de modo tão inesperado, que senti o descontentamento familiar cultivado em mim durante todo o inverno. Ele emergiu com tanto ímpeto que parecia que alguém havia me atingido fisicamente.

"E então", Kat perguntou, "você vem ou não?"

"Sim, eu vou. Claro que vou."

Ao dizer isso, senti um alívio. Não pelo fato de voltar à minha casa na ilha da Garça e ter de lidar com esta situação grotesca: não havia alívio nisso, apenas um tremor subterrâneo. Não, esse imenso alívio se devia — e eu me dei conta só depois — ao fato de que eu iria me afastar da minha casa, *ponto*.

Sentei-me na cama segurando o telefone, surpresa comigo mesma e, ao mesmo tempo, envergonhada. Porque, embora a situação com minha mãe fosse terrível, eu estava quase feliz por conta disso. Eu estava me permitindo uma coisa que ignorara até então, algo que eu desesperadamente queria: um motivo para sair. Um belo, adequado, e até mesmo nobre motivo para abandonar meu lindo pasto.

3

Quando desci, Hugh estava preparando o café da manhã. Ouvi o chiado da salsicha Jimmy Dean antes de entrar na cozinha.

"Não estou com fome", eu disse a ele.

"Mas você precisa comer", respondeu. "Você não vai pôr tudo para fora de novo, acredite em mim."

Sempre que surgia alguma crise, Hugh preparava esses imensos cafés da manhã. Parecia acreditar em seu poder regenerativo.

Antes de descer, ele havia feito uma reserva de passagem só de ida para Charleston e conseguira cancelar as consultas do começo da tarde com seus pacientes para poder me levar até o aeroporto.

Sentei-me ao balcão e rememorei certas imagens que rondavam minha cabeça: o cutelo de carne, o dedo indicador de minha mãe.

A porta da geladeira se abriu com seu barulho peculiar, depois se fechou. Observei Hugh quebrar quatro ovos. Postou-se diante do fogão segurando a espátula e, em seguida, mexeu os ovos na frigideira. Seu cabelo encaracolado castanho e ainda úmido tocava a parte de cima do seu colarinho. Pensei em dizer algo sobre ele estar precisando de um corte de cabelo porque já se parecia com um hippie fora de época, mas me contive, ou melhor, amorteci em minha língua o impulso de dizê-lo.

Em vez disso, olhei fixamente para ele. As pessoas sempre olhavam fixamente para Hugh — em restaurantes, filas de teatro, livrarias. Eu as pegava olhando para ele furtivamente, sobretudo as mulheres. Seus cabelos e seus olhos tinham a cor sóbria do outono, que lembram cornucópias e o milho indiano, e tinha uma linda covinha no meio do queixo.

Certa vez, brinquei dizendo que, quando entrávamos em qualquer recinto, ninguém reparava em mim porque ele era muito mais bonito do que eu, e ele se viu obrigado a dizer que eu era bonita. Mas, na verdade, eu não conseguia me equiparar a ele. Ultimamente, a pele em torno dos meus olhos cobriu-se com uma fina trama de linhas entrecortadas, e, por vezes, eu ficava em frente ao espelho puxando minhas têmporas para trás com a ponta dos dedos. Sempre tive cabelos castanho-escuros, mas já estavam cheios de fios brancos. Pela primeira vez, sentia-me empurrada para o esconderijo das mulheres que entram na menopausa. Minha amiga Rae já havia cruzado a soleira dessa morada e tinha apenas quarenta e cinco anos.

Envelhecer parecia mais confortável para Hugh com sua beleza madura, mas não era tanto quanto a combinação de inteligência e gentileza perceptíveis em seu rosto que atraía as pessoas. Foi o que me cativou desde o início.

Eu me apoiei no balcão, e o frio do granito resvalou em meus cotovelos, trazendo-me de volta a lembrança de quando nos conhecemos, fazendo *força* para me recordar como eu era antes. Como nós *éramos* antes.

Ele apareceu na minha primeira pretensa exposição de arte, no estande que eu alugara no Mercado de Pulgas de Decatur. Eu tinha acabado de me formar na Agnes Scott, uma escola de arte para mulheres, e tinha muitas ideias infladas sobre vender meu trabalho, tornando-me uma artista de verdade. Ninguém, no entanto, ficou contemplando minhas caixas artísticas o dia inteiro, exceto uma mulher que se referia a elas como "caixas de sombra".

Hugh, que fazia o segundo ano de residência psiquiátrica na Universidade Emory, fora ao mercado naquele dia para comprar legumes. No momento em que ele passou pelo meu estande, seus olhos se fixaram na caixa onde estava meu *Beijo de gansos*. Era uma concepção estranha, mas, de certo modo, era a minha favorita.

Pintei o lado de dentro como uma sala vitoriana — papel de parede cor-de-rosa envelhecido e abajures de chão com franjinha —, depois coloquei um sofá de casa de bonecas de veludo na caixa, com dois gansos de plástico colados sobre as almofadas, numa posição em que pareciam estar se beijando.

Eu me inspirara numa história de jornal sobre um ganso selvagem que abandonara o bando durante o voo migratório para ficar com sua parceira, que se machucara no estacionamento do shopping. O vendedor de uma das lojas levou a ave ferida para um abrigo, mas seu parceiro ficou vagando pelo estacionamento por uma semana, grasnando solitário, até que o vendedor também o levou para o abrigo. O artigo dizia que eles tinham ganhado um "quarto" para ficarem juntos.

A notícia de jornal estava colada do lado de fora da caixa e eu coloquei uma buzina de bicicleta no alto, com uma bolinha vermelha na ponta, que soava como um ganso grasnando. Apenas a metade das pessoas que viu a caixa apertou a buzina. Imaginei que isso dizia alguma coisa sobre elas. Que elas seriam mais brincalhonas do que a maioria das pessoas, menos reservadas.

Hugh aproximou-se da caixa e leu o recorte, enquanto eu esperei para ver o que ele iria fazer. Ele apertou a buzina duas vezes.

"Quanto está pedindo por ela?", perguntou.

Prendi a respiração, me armando de coragem para dizer que eram vinte e cinco dólares.

"Quarenta dólares pagam?", ele completou, colocando a mão na carteira.

Hesitei novamente, intrigada com o fato de alguém pagar tanto por dois gansos se beijando.

"Cinquenta?", ele tornou a me perguntar.

Mantive-me imóvel. "Está bem, cinquenta", respondi.

Saímos naquela mesma noite. Quatro meses depois, estávamos casados. Por anos, ele guardou a caixa *Beijo de gansos* em seu armário, depois a deixou numa estante no escritório. Dois anos atrás, eu o vi em sua escrivaninha colando meticulosamente cada um dos pedaços.

Ele me confessou certa vez que pagou aquele preço tão alto apenas para me convencer a sair com ele, mas, na verdade, ele adorava a caixa, e apertar aquela buzina *realmente* tinha alguma coisa a ver com ele, dando uma pista sobre um lado do Hugh que poucas pessoas conheciam. Elas sempre notavam sua inteligência prodigiosa, a habilidade que ele possuía para dissecar e analisar, mas ele amava se divertir e, muitas vezes, provocava as coisas mais inesperadas: "Você gostaria de sair para comemorar a independência do México, ou preferiria ir a uma corrida de colchões?". Passaríamos o sábado à tarde assistindo a um concurso em que as pessoas colocavam rodinhas debaixo de suas camas e corriam pelas ruas no centro de Atlanta.

As pessoas também raramente notavam como ele conseguia sentir as coisas de forma tão profunda e intensa. Meu marido ainda chorava quando um paciente se suicidava e, por vezes, ficava triste ao perceber os refúgios obscuros onde as pessoas se ocultam em suas mentes.

No outono passado, ao guardar a roupa depois de secá-la, encontrei a caixa de joias que pertencia a Hugh no fundo de sua gaveta de cuecas. Talvez eu não devesse, mas me sentei na cama e a vasculhei. Tinha todos os dentes de leite da Dee, diminutos e amarelos como grãos de milho de pipoca, e uma série de desenhos que ela fez usando o bloco de receitas dele. Estava ali o broche com a inscrição de Pearl Harbor que havia pertencido ao seu pai, o relógio de bolso do seu avô, os quatro pares de abotoaduras que eu comprara para ele em diversos aniversários de casamento. Retirei o elástico que prendia um pequeno maço de papéis e encontrei uma foto minha em nossa lua de mel nas montanhas Blue Ridge, posando na frente da cabana que alugamos. Os outros eram cartões e pequenos bilhetes de amor que escrevi para ele ao longo dos anos. Ele guardara tudo.

Ele foi o primeiro de nós dois a dizer "eu te amo". Duas semanas depois de nos conhecermos, antes mesmo de dormirmos juntos. Estávamos num restaurante perto do campus da Emory, tomando café da manhã numa mesa junto à janela. Ele disse: "Sei muito pouco sobre você, mas eu te amo". A partir daquele momento, seu compromisso foi inabalável. Mesmo hoje, raramente passa um dia em que ele não me diga isso.

No começo, eu o desejava muito, um desejo devastador que permaneceu até Dee nascer. Apenas a partir daí começou a arrefecer e passar a ser mais domesticado. Como animais tirados de seu meio selvagem e colocados em um hábitat simulado e confortável, onde se tornam complacentes, sabendo exatamente de onde virá sua próxima refeição. Sem caça ou surpresas.

Hugh colocou o prato com os ovos e a salsicha na minha frente: "Aí está", ele disse.

Comemos, sentados lado a lado, as janelas ainda escurecidas, apenas com a tênue luz da manhã. A chuva rugia pelos bueiros parecendo janelas batendo à distância.

Recostei o garfo no prato e ouvi com atenção.

"Na ilha, quando chegavam as tempestades, as portas do porão em que nos escondíamos dos ciclones batiam desse modo", eu disse, e meus olhos se encheram de lágrimas.

Hugh parou de mastigar e olhou para mim.

"Mamãe colocava uma toalha em cima da mesa de cozinha e entrava debaixo dela comigo e Mike, depois lia para nós à luz da lanterna. Ela pregara um crucifixo sob a mesa. Deitávamos no chão e olhávamos para ele, enquanto ela lia. Chamávamos aquilo de 'abrigo de tempestade'. Pensávamos que nada poderia nos atingir ali."

Hugh estendeu o braço, e meu ombro escorregou para debaixo do dele, enquanto minha cabeça deslizava e se ajustava sob seu pescoço, num movimento automático, tão antigo quanto nosso casamento.

Ficamos sentados nesta posição, abraçados, enquanto os ovos esfriavam e as pancadas ao longe se repetiam, até eu sentir o amálgama de nossa vida: incapaz de dizer onde o ombro dele terminava e minha cabeça começava. Foi a mesma sensação que tive quando era criança, quando meu pai pressionou seu dedo contra o meu. Juntos, pareciam formar um único dedo.

Eu me afastei, endireitando-me na cadeira ao lado do balcão. "Não consigo acreditar que ela tenha feito isso", eu disse. "Meu Deus, Hugh, você acha que ela vai precisar ser internada?"

"Eu não poderia dizer isso antes de falar com ela. Parece uma crise obsessiva."

Vi Hugh olhar para o meu colo. Eu havia enrolado o guardanapo em volta do meu dedo como se tentasse estancar uma hemorragia. Desenrolei-o, totalmente sem graça diante do discurso instintivo do meu corpo.

"Por que o *dedo*?", perguntei. "Entre tantas coisas..."

"Não há necessariamente um motivo ou razão para isso. É o que acontece nas obsessões: em geral, são irracionais." Ele se levantou. "Olhe, por que eu não vou junto com você? Cancelo todos os meus compromissos. Vamos nós dois."

"Não", eu disse, num tom enfático. "Ela nunca vai se abrir com você em relação a esse assunto, sabe bem disso. E você já tem seus pacientes aqui para tomar conta."

"Está bem, mas não quero que você se responsabilize por isso sozinha." Ele me deu um beijo na testa. "Ligue para a Dee. Diga a ela aonde você vai."

Depois que ele saiu para trabalhar, eu fiz a mala, coloquei-a junto à porta, e subi para meu estúdio, para checar se o teto não havia vazado de novo.

Acendi a lâmpada e uma luz amarela e tênue cobriu minha mesa de trabalho: uma escrivaninha maravilhosa, feita de carvalho, que encontrara numa loja de móveis usados. Uma caixa semipronta estava desmontada sobre a mesa, coberta de pó. Eu parara de trabalhar nela em dezembro, quando Dee esteve em casa durante o recesso de Natal, e, por alguma razão, nunca mais voltara.

Eu estava inspecionando o chão à cata de goteiras quando o telefone tocou. Ao atender, ouvi a voz de Dee: "Adivinha?", ela gritou.

"O quê?"

"O papai me mandou um dinheirinho a mais e eu comprei um casaco de marinheiro azul-escuro."

Imaginei-a sentada com as pernas cruzadas em seu quarto no alojamento estudantil, com os longos cabelos sobre os ombros. Diziam que ela se parecia com Hugh. Eles tinham o mesmo aspecto iluminado.

"Um casaco de marinheiro, hein? Então, graças a Deus, desistiu de comprar a jaqueta Harley-Davidson."

"E *você*, que tinha aquele casaco de camurça vermelha cheio de franjas de caubói?"

Sorri, mas a leveza que sempre senti ao falar com Dee começou a se esvair ao me lembrar de mamãe. "Ouça, querida, eu ia ligar para você agora de manhã. Estou indo para a ilha hoje para ver sua avó. Ela não está bem." Ocorreu-me que minha filha poderia pensar que ela estivesse morrendo, então resolvi contar a verdade.

A primeira coisa que Dee disse foi: "Que *foda*!".

"Dee!", exclamei, indignada, mas ela me chocara de verdade. "Isso não é bonito de se dizer."

"Eu sei", ela respondeu. "Como se você *nunca* tivesse dito essa palavra na vida."

Suspirei fundo. "Desculpe, eu não queria chamar sua atenção."

Ela ficou em silêncio por um momento. "Está bem, eu não deveria ter dito, mas o que a vovó fez foi muito macabro. Por que ela fez isso?"

Dee, que sempre teve uma visão muito aguçada para todo tipo de coisa, falhou ao tentar decifrar a avó, interpretando-a como uma excêntrica maravilhosa. Pensei que isso pudesse abalar suas ilusões de uma vez por todas.

"Não faço a menor ideia", respondi. "Eu adoraria saber."

"Você vai tomar conta dela, não vai?"

Fechei os olhos e pude ver minha mãe no abrigo de tempestade, onde a encontrei logo depois que papai morreu. Era um dia lindo e ensolarado.

"Vou tentar", disse para Dee.

Depois que desliguei, sentei-me à minha escrivaninha e fiquei olhando para os pedacinhos de espelho cortado e conchas que havia colado na caixa antes de abandoná-la.

Eu *havia* dito aquela palavra. Em dezembro do ano passado, na época em que Dee estivera em casa. Eu estava no chuveiro. Hugh entrou no banheiro sem que eu percebesse, tirou a roupa e entrou no boxe por trás de mim, me dando um susto tão grande que dei um pulo para a frente, derrubando o frasco de xampu do suporte pendurado na torneira.

"Que foda!", exclamei, o que não soou nem um pouco parecido comigo. Aquela palavra não fazia parte do meu vocabulário e eu não sei quem levou o susto maior: eu ou o Hugh.

Depois de uma pausa, ele deu uma gargalhada: "Isso mesmo. Foda era exatamente no que eu estava pensando".

Eu não disse nada, nem me virei. Seus dedos tocaram as minhas costelas e passaram sob meus seios. Eu o ouvi grunhir baixinho. Tentei desejá-lo, mas me senti invadida. Permaneci imóvel sob o chuveiro como um tronco de árvore, petrificando aos poucos.

Logo depois, ouvi a porta do boxe se abrir e fechar em seguida. Ele decidira me deixar em paz.

Quatro dias depois disso, tentei arduamente compensá-lo. Entrei no chuveiro com Hugh não apenas uma, mas duas vezes, contorcendo-me em excêntricas posições de ioga. Na segunda vez, acabei com uma marca vermelha de torneira nas minhas costas, uma tatuagem que mais parecia um pássaro amarfanhado.

Um dia, quando Dee havia saído com as amigas para fazer compras de liquidação de Natal, fui ao consultório de Hugh depois de seu último atendimento daquele dia, e sugeri a ele transarmos no sofá. Acho que teríamos feito isso se seu bipe não tivesse tocado. Alguma paciente tentara se matar. Dirigi sozinha de volta para casa, assim que desisti de repetir a façanha.

No dia seguinte, Dee voltou à faculdade.

Observei seu carro descer da calçada para a rua. Depois que virou a esquina, fui surpreendida por uma quietude sufocante, tal sua intensidade à minha volta.

A mesma quietude ressurgia agora em meu estúdio. Olhei para a claraboia. Estava coberta de folhas de olmo, transparecendo uma luminosidade densa e colorida. A chuva e o vento haviam cessado, e eu senti o silêncio tomar minha mente pela primeira vez.

Do lado de fora, os pneus do Volvo de Hugh subiram a calçada em frente à entrada da garagem. Ele bateu a porta do carro e o som reverberou pelas paredes. À medida que eu descia as escadas, percebi que os anos que havíamos vivido juntos acumulavam-se por toda parte, preenchendo a casa, e pareceu-me estranho como o amor e o hábito haviam se fundido tão intimamente, moldando nossa vida.

4

Hesitei ao entrar na balsa, um pé sobre o cais flutuante e outro para dentro, tomada momentaneamente pela luz que envolvia a baía do Touro. Meia dúzia de grandes garças brancas alçou voo acima da vegetação em torno do brejo emitindo grunhidos roucos. Andei pela embarcação e pude observá-las pelas janelas cobertas com telas de plástico, o modo como atravessavam a baía em bando, em direção à ilha da Garça.

A balsa era, na verdade, um antigo bote motorizado chamado *Correnteza das Marés*. Coloquei minha mala junto a um ar-condicionado branco e sujo, sob dois relógios de ponto vermelhos pregados na parede. Sentei-me num dos bancos. Hugh acertou com um motorista para me levar do aeroporto até o píer da balsa em Awendaw. Cheguei a tempo da última viagem do dia. Eram quatro da tarde.

Havia apenas outros cinco passageiros, talvez por ser inverno e não ser época de turistas. Normalmente, vinham na primavera e no verão para ver os pântanos repletos de garças empoleiradas nas árvores junto à enseada, imóveis sob a luz do dia. Alguns turistas — a multidão histórica que afluía de Charleston — vinham para o Grande Tour Gullah de Hepzibah, que incluía uma visita ao cemitério de escravos. Hepzibah era a memória cultural da ilha ou, como ela dizia, a tradição oral africana. Ela conhecia centenas de histórias folclóricas e falava gullah perfeitamente, um dialeto que os escravos vindos de Angola haviam criado a partir do inglês e de suas línguas africanas nativas.

Observei os passageiros, imaginando se eu reconheceria algum dos moradores da ilha. Havia menos de cem habitantes, sem contar os monges, e a maioria vivia ali desde que eu era menina. Concluí que todos na balsa deveriam ser turistas.

Um deles tinha uma camiseta do Hard Rock Café de Cancun e uma bandana vermelha sobre a testa. Achei que estivesse tiritando de frio. Viu-me olhando para ele e perguntou: "Você já esteve hospedada no Cão da Ilha?".

"Não, mas é legal. Você vai gostar", respondi, elevando o tom da voz para que pudesse me ouvir acima do barulho ensurdecedor do motor da embarcação.

Um sobrado azul-claro com janelas brancas era a única pousada da ilha. Perguntei-me se Bonnie Langston ainda seria a dona. Ela era o que Hepzibah chamava de *comya*, uma denominação gullah para estrangeiro. Se seu antepassado tivesse vivido na ilha, então seria um *binya*. *Comyas* eram raros na ilha da Garça, mas havia alguns. Depois que fiz dez anos, eu só pensava em deixar a ilha. "Quero ser uma *goya*", eu disse a Hepzibah certa vez. Primeiro, ela riu, mas depois parou e olhou para mim, adivinhando por que eu queria ir embora: "Você não pode abandonar seu lar", ela disse, docemente. "Você pode ir a outros lugares, é verdade, você pode viver do outro lado do mundo, mas você nunca pode abandonar o seu lar."

Descobria agora que ela se enganara.

"Vá ao Café do Max", recomendei ao turista. "Peça camarão com canjica."

Na verdade, se ele quisesse comer, o café seria sua única escolha. Assim como a pousada, seu nome era inspirado em Max, o labrador preto cuja mente Benne dizia ler. Ele vinha aguardar a balsa impreterivelmente duas vezes por dia, e havia se tornando uma espécie de celebridade local. Nos dias quentes, quando as mesas tomavam as calçadas, perambulava com sua graça canina, passando a ser adorado por todos. Queriam fotografá-lo como se Lassie tivesse aparecido em seu *set* de filmagem. Tornara-se famoso não apenas porque recebia a balsa exatamente na hora que ela chegava, mas por sua imortalidade. Supunham que tivesse vinte e sete anos. Bonnie jurava ser verdade, mas, na realidade, o Max que todos viam era da quarta geração de cachorros. Desde que era pequena, eu já havia amado vários Max.

Havia uma praia na frente da ilha chamada praia dos Ossos, que recebera o nome por causa dos galhos de árvores que vinham dar na areia, assemelhando-se a imensas esculturas retorcidas. Dificilmente alguém ia até lá, pois as correntes marinhas faziam com que fosse muito perigosa para o nado e vivia infestada de mosquitos. Bastava ficar ali por alguns minutos para perceber que um dia o mar acabaria por engolir de novo a ilha.

A maioria dos turistas vinha fazer o passeio guiado ao mosteiro, a abadia de santa Senara. Seu nome se originava de uma santa celta que fora uma sereia antes de ser convertida, e começou como um simples posto avançado — ou, como os monges diziam, uma *casa filiada* — da abadia da Cornualha, na Inglaterra. Os monges a construíram com suas próprias mãos na década de 30, num terreno doado por uma família católica de Baltimore, usado como praia de pescaria no verão. No começo, era tão malvista que os moradores da ilha da Garça — todos protestantes — chamavam-na de "Santa Pecadora". Hoje havia pouquíssimos protestantes na ilha.

Os guias turísticos classificavam o mosteiro como uma atração menos importante da baixada, principalmente por causa da cadeira da sereia, colocada numa capela lateral da igreja. Descreviam-na com uma "cadeira encantada" — e realmente era. Era uma réplica de uma cadeira muito antiga e um tanto famosa, que existia na abadia-mãe. Os braços da cadeira foram esculpidos com a forma de duas sereias aladas pintadas com cores brilhantes — caudas vermelhas de peixe, asas brancas e cabelos dourados alaranjados.

Quando éramos pequenos, Mike e eu costumávamos entrar sorrateiramente na igreja, quando não havia ninguém, atraídos, claro, pela cintilação dos mamilos dos seios desnudos das sereias, com quatro pedras de granada incrustadas. Eu costumava desafiar Mike a pôr as mãos sobre eles. A lembrança desse fato me fez rir e eu olhei em volta para ver se não havia ninguém olhando para mim.

Se os turistas tivessem sorte e a capela não estivesse fechada por um cordão de isolamento, poderiam tomar assento e fazer um pedido a Senara, a santa sereia. Por alguma razão, diziam que sentar-se na cadeira garantia que o pedido fosse ouvido. Pelo menos assim rezava a tradição. No fim, tornou-se uma atração turística, como jogar moedas numa fonte para ter um desejo atendido, mas, de vez em quando, via-se um peregrino de verdade, alguém em cadeira de rodas saindo da balsa, ou puxando um pequeno tanque de oxigênio.

Ela flutuava lentamente entre as salinas, passando por diminutas ilhas do pântano, movimentando o longo capim amarelado ao sabor do vento. A maré estava vazante, desnudando um extenso depósito de ostras arremessadas à praia. Tudo parecia estar exposto e abandonado.

À medida que os riachos se alargavam em direção à baía, a embarcação começou a acelerar. Pelicanos escuros passavam voando ao largo, ultrapassando-nos. Concentrei-me neles e, logo depois, desapareceram, pendurando-se nas cordas estendidas sobre a balsa. Eu não queria pensar em minha mãe. No avião, minha ansiedade aumentava, mas, ao chegar aqui, espairecí, talvez por causa do vento e da sensação de liberdade.

Reclinei a cabeça para trás sobre a janela aberta e aspirei o odor sulfuroso do pântano. O capitão, usando um quepe vermelho desbotado e óculos de sol metálicos, começou a falar ao microfone. Sua voz saía de um pequeno alto-falante acima de mim, recitando uma apresentação decorada para turistas. Disse onde poderiam alugar carrinhos de golfe para dirigir pela ilha e deu-lhes dicas sobre o viveiro de garças e o aluguel de varas de pescar.

Terminou sua fala contando a mesma piada que ouvi da última vez que vim: "Amigos, lembrem-se de que há jacarés na ilha. Duvido que vejam algum nesta época do ano, mas, se virem, saibam que não conseguirão correr mais rápido do que eles. Apenas se assegurem de que conseguirão correr mais rápido do que quem estiver com vocês".

Os turistas riram, concordando, e se entreolharam, encarando sua mera visita a uma ilha costeira da Carolina do Sul sob um ponto de vista novo e um tanto perigoso.

No momento em que a balsa adentrava as estreitas águas que se mesclavam com o pantanal ao fundo da ilha, levantei-me e fui até o convés. Observei as ondas, que tinham cor de chá preto. Olhando para trás, para a distância que havíamos percorrido, dei-me conta de como eu crescera totalmente isolada, numa ilha onde não existiam pontes. Eu vivera aprisionada, envolta pela água e, no entanto, nunca sentira solidão até começar a cursar o segundo grau no continente. Lembro-me de Shem Watkins, que levava as crianças, provavelmente umas seis, através da baía do Touro, todas as manhãs, em seu barco de pesca, e depois ia nos buscar à tarde. Nós o chamávamos de "ônibus-camarão".

Mike e eu brincávamos de ser parte da família Robinson, do filme *A cidadela dos Robinsons*, enquanto ele remava o bote pelos riachos, parando para pescar pequenos caranguejos, que vendíamos como isca a cinquenta centavos o meio quilo no cais. Conhecíamos cada canal e banco de areia, exatamente onde as ostras iriam se agarrar ao casco do barco na maré vazante. No verão em que completei nove anos, antes de minha vida desabar, éramos destemidos, descobrindo trilhas de perus e rastros de jacarés. À noite, quando as palmeiras sacudiam suas folhas violentamente em torno da casa, fugíamos pela janela e íamos até o cemitério de escravos, onde desafiávamos os fantasmas a aparecer.

Onde fora parar aquela menina? Eu olhava para as águas escuras e sentia saudade de quem era.

Surpreendi-me com o peso da minha memória, a terrível intrusão da família, do lugar. Lembro de meu pai conduzindo sua lancha de vinte pés, o cachimbo de marinheiro que eu comprara para ele preso entre os dentes, e eu enfiada entre seu peito e o timão. Quase podia ouvi-lo dizer: "Jessie, veja os golfinhos!". Eu corria até a grade de proteção para ouvi-los aspirar antes de lançar seu jato d'água, rompendo o negror das ondas ao vir à tona.

Quando divisei a margem a noroeste da ilha, pensava mais uma vez na explosão de seu barco e no recorte de jornal guardado na gaveta da penteadeira de mamãe: "A polícia suspeita de que uma brasa de seu cachimbo possa ter incendiado um vazamento do tanque de combustível". Deixei meus olhos vagarem sobre as águas, lembrando-me de onde o acidente ocorrera, e depois desviei o olhar.

Caminhei ao longo da grade de proteção da balsa e vi a ilha se aproximar. Tinha apenas oito quilômetros de comprimento por quatro de largura, mas parecia ainda menor vista daquele ponto de vista. Os telhados das lojas por trás do cais tornaram-se visíveis, encimados por gaivotas estridentes que os sobrevoavam em círculos, e, além desse limite, via os carvalhos, as palmeiras e os arbustos de mirtilo que formavam o coração verde da ilha.

O motor desligou-se ruidosamente assim que nos aproximamos do cais. Lançaram a corda, e ouvi o ranger da madeira velha ao puxarem e amarrarem o barco aos pilares.

No píer, algumas pessoas sentadas em espreguiçadeiras seguravam suas varas de pescar, tentando fisgar peixes do canal. Nem sinal de Kat ou Benne. Kat dissera que viria me buscar. Voltei para a balsa, peguei minha mala e fiquei ao lado da janela, enquanto os outros passageiros desembarcavam.

Logo depois, elas chegaram correndo, com Max trotando atrás delas. Vinham de mãos dadas, e Benne parecia puxar Kat, que calçava sapatos de salto alto e meias soquetes. Amarrara seu cabelo no topo da cabeça com uma fita vermelho-escura, uma que minha mãe chamava de "vinho do porto". Algumas mechas de seu cabelo caíam sobre o rosto.

Pararam à beira do cais e olharam para a balsa. Max sentou-se entre elas, abanando ligeiramente o rabo.

Quando Kat me viu à janela, encheu o peito de ar. "Ei, não fique aí parada! Desça daí!", ela gritou.

Benne pulava de um jeito engraçado, levantando os pés, como se estivesse marchando sem sair do lugar. "*Jes-sie, Jes-sie*", ela cantarolou. Max começou a latir, assustando um bando de gaivotas ao longo do cais. Os outros passageiros pararam para ver a cena; depois se entreolharam, um pouco desconcertados.

Lar. Não havia nada a fazer senão pegar minha mala e me arrastar até lá.

Kat tinha, sob os olhos, sombras pálidas e amareladas como duas meias-luas. Enquanto ela me abraçou, o cheiro da ilha penetrava em minhas narinas, uma poderosa mistura de lodo, caldeirada de caranguejo, ar marinho e escuros e pegajosos pântanos vivos, infestados de criaturas estranhas.

"Você veio!", disse Kat. Abri um sorriso para ela.

Benne deitou seu rosto redondo sobre a manga do meu casaco e grudou em mim como craca agarrada ao casco de um barco. Pus meu braço em torno dela e a abracei.

"Você não queria vir", ela disse. "Você detesta vir aqui."

Kat pigarreou: "Está bem, Benne, pode parar com isso".

Benne, no entanto, ainda não tinha terminado: "Mãmi está pisando na mancha de sangue", disse.

Olhei para o chão. Nós três olhamos. Podia-se se ver a ponta escura de uma mancha debaixo do sapato de Kat. Pensei na corrida que devem ter feito até o cais para pegar a balsa e atravessar para o outro lado, mamãe com sua mão embrulhada em uma toalha de banho.

Kat puxou o pé para trás. Naquele final de tarde, por um instante, nossos olhos se fixaram, imóveis, sobre o sangue coagulado de minha mãe.

5

Subimos no carrinho de golfe de Kat estacionado no final do píer. Benne sentou-se atrás com minha mala, e eu, no banco da frente; e olhei, enfastiada, para a buzina, lembrando-me da última vez que tinha andado naquilo.

"Não se preocupe", disse Kat. "Não vou apertá-la, a menos que apareça um louco cruzando na minha frente."

"Odeio essa coisa", respondi.

"Sim, bem... Odeie o quanto quiser, mas ela já salvou a vida de inúmeros turistas."

"Mãmi costumava tentar acertar os turistas", disse Benne.

"*Eu?* De jeito nenhum!"

"Acho que Benne não costuma mentir", repliquei. Kat bufou assim que entrou no asfalto.

Acima, o céu ganhava tons alaranjados. A noite começava a avançar, emprestando contornos escuros a toda aquela claridade. Ao passar rapidamente pelas lojas da ilha, todas permanecemos em silêncio, até mesmo Benne.

As lojas, inclusive a diminuta agência de correios, tinham pequenos canteiros cheios de amores-perfeitos arroxeados em frente às suas vitrines. A loja de material de pesca que pertencia a Shem fora pintada de vermelho e o pelicano de madeira em frente ao mercado Caw Caw ganhara uma sela de pônei, provavelmente para as crianças se sentarem. Passamos por vários turistas diante do escritório da empresa Garça Excursões, reservando lugares para fazer passeios de barco e caminhadas para observar pássaros. Mesmo no auge do inverno, a ilha tinha muita procura.

Apontei para uma pequena loja espremida entre o Café do Max e a pousada Cão da Ilha. Tinha um toldo azul e branco listrado e um cartaz na vitrine onde se lia: O CONTO DA SEREIA. "Ali não era o mercado de peixes?"

"Fechou", respondeu Kat.

"Ali é a loja da mãmi agora", completou Benne.

"Não brinca. É sua? Aquela loja de presentes?" Fiquei surpresa. Conhecia Kat minha vida inteira e ela nunca demonstrara o menor interesse em ter uma loja. Depois que o marido morreu — há pelo menos vinte anos —, ela e Benne viviam razoavelmente bem com a pensão que ele deixara e um pequeno provento do Seguro Social.

"Abri a loja na última primavera", disse Kat.

"Quem está tomando conta dela agora?"

"Quando estou lá, está aberta. Quando não estou, está fechada", explicou.

"Gostei do nome", comentei.

"Queria chamá-la de Rabo de Saia,* mas sua mãe não aprovou. Essa mulher não tem o menor senso de humor."

"Nunca teve."

"Isso não é verdade. Um dia, ela teve um *grande* senso de humor", disse ela.

Kat dirigia pela estrada desenfreadamente em direção à linha do anoitecer. Observei-a inclinar-se para a frente, como se fosse ultrapassar o limite de velocidade de vinte e cinco quilômetros por hora do carrinho de golfe, e deixei-me inundar por recordações: o riso de minha mãe, quando ainda tínhamos uma vida normal e feliz. Kat tinha razão, mamãe *teve* um grande senso de humor. Lembrei-me da vez em que ela cozinhou camarões ao molho de coco e serviu-nos usando um saiote havaiano. Ou da vez em que, aos oito anos, o pobrezinho do Mike prendeu o pênis no gargalo de uma garrafa de Coca-Cola enquanto fazia pipi dentro dela — por razões que nunca descobrimos. Seu pênis, digamos, aumentou um pouco de volume depois de ter passado pelo gargalo. Mamãe tentou continuar séria, mas acabou caindo na gargalhada. Ela sugeriu a ele: "Mike, vá para seu quarto, pense na Madre Teresa de Calcutá e seu pênis vai acabar saindo da garrafa".

"O que mais vendemos na loja são as imitações de placas de trânsito amarelas de 'cruzamento de sereias'", disse Kat. "Além dos livretos sobre a nossa sereia. Lembra-se de d. Dominic? Ele escreveu a história de santa Senara para nós e mandamos imprimir um pequeno livro chamado *O conto da sereia*, o mesmo nome da loja. Sempre se esgotam. Dominic vem toda vez nos visitar usando aquele estúpido chapéu que ele tanto gosta, pedindo para autografar alguns exemplares. Eu digo a ele: 'Pelo amor de Deus, Dominic, você não é nenhum prêmio Nobel!'."

Soltei uma gargalhada. Quando era menina, encontrava d. Domenico quando ia brincar no terreno do mosteiro, esperando mamãe terminar o trabalho na cozinha. Ele sempre me contava piadas sem graça. Mas também tinha outro lado um tanto sombrio que eu não conseguia entender. Ele foi um dos que veio até em casa naquele dia trazendo os restos do barco de meu

---

* No original, Fin Fatale. Não haveria uma tradução literal para o português que fizesse o mesmo trocadilho com a expressão em francês *femme fatale* — referindo-se *fin*, em inglês, à "cauda" ou "rabo" de sereia. Manteve-se apenas a alusão popular à roupa feminina, fazendo-se o trocadilho entre sereia e mulher. (N. T.)

pai e testemunhou, em pé, mamãe queimar as tábuas de madeira em nossa lareira.

"Ele ainda usa aquele chapéu de palha?"

"O mesmo chapéu. A palha está começando a apodrecer", ela respondeu.

Ficamos em silêncio assim que chegamos ao lado posterior da ilha, cheio de árvores retorcidas pelo vento. Fizemos uma curva onde se abria uma clareira de capim amarelo entre as árvores e, além dela, podia-se avistar o mar. As águas adquiriram uma cor púrpura, e, por alguma razão, tudo voltou à minha mente: o motivo pelo qual eu estava ali, o que mamãe havia feito, o dedo decepado com o cutelo. Sua vida havia se tornado tão difícil e confusa.

Pensei que, se tivesse sido uma filha mais condescendente, talvez isso não tivesse acontecido. Eu não deveria ter previsto tudo isso? Exatamente agora, ela poderia muito bem estar cortando fora os outros dedos de sua mão.

"Por que o dedo?", pensei. *Por que isso?*

Benne estava cantarolando sozinha no banco de trás. Aproximei-me de Kat: "O que aconteceu com o dedo da minha mãe? O que foi decepado...".

"Está num vidro de maionese na cabeceira dela", respondeu, friamente.

A torre da igreja do mosteiro surgiu no horizonte assim que o asfalto terminou. Kat nem se importou em diminuir a velocidade e saltamos alguns centímetros no ar quando o carrinho entrou na estrada de terra batida. Os pneus começaram a levantar poeira. "Segure firme!", Kat gritou para Benne.

O cabelo de Kat soltou-se dos grampos que o prendiam e ergueu-se assim que passamos diante do portão do mosteiro. Logo depois dele estava a Capela da Estrela-do-Mar, uma igreja paroquial feita de madeira branca, onde os monges diziam a missa para os moradores da ilha e onde todas as crianças da ilha da Garça — eu, inclusive — fizeram o curso primário. Todas as matérias foram dadas por Anna Legare, que me disse, sucintamente, ao completar dez anos, que eu era uma artista nata. Pendurou todos os meus esboços de naufrágio de barco nas paredes da capela quando eu tinha onze anos e convidou a todos na ilha para ver minha "exposição". Kat comprou um deles por vinte e cinco centavos.

"O que você fez com aquele desenho que você comprou e pendurou na sua cozinha?"

"Ainda o tenho. Está exposto no Conto da Sereia agora."

Ao passarmos pela entrada da sua casa, notei a placa CRUZAMENTO DE SEREIAS pregada num poste ao lado da caixa do correio.

Poucos segundos depois, paramos diante da casa de mamãe, uma casa de praia construída nos idos de 1820, como a maioria das construções da ilha. Mantinha-se sobre palafitas em meio a uma floresta de palmeiras, com uma água-furtada, venezianas escuras e uma imensa varanda que tomava toda a frente da construção.

A casa sempre teve um tom verde vivo, mas a cor já havia se esvaído. O quintal estava infestado de ervas daninhas e lá no meio estava, semienterrada, a banheira de mamãe, fazendo as vezes de gruta.

Há mais de dez anos, ela contratou Shem para enterrar uma banheira até a metade, em posição vertical, no jardim, e, sem ter entendido muito bem por quê, enterrou-a, deixando as torneiras à mostra. Mamãe foi à frente com seu intento mesmo assim e colocou uma estátua da Virgem Maria dentro do arco de porcelana. Agora a banheira tinha manchas de ferrugem e algumas flores de plástico penduradas sobre as torneiras.

Quando vi a banheira pela primeira vez, disse à mamãe que todas as lágrimas que supostamente as estátuas da Virgem verteram se desviavam pela extrema falta de tato de seus devotos. Dee, naturalmente, achou que a Madona da Banheira era o *máximo*.

Quando estacionamos e Benne saltou do banco de trás, vi Hepzibah de pé na varanda. Estava usando um de seus trajes africanos, uma bata em tons vermelhos e amarelos que ia até os tornozelos, com um tecido de padrão semelhante cobrindo-lhe a cabeça. À distância, parecia alta e resplandecente.

"Ora, se não é a nossa rainha egípcia", disse Kat, acenando para ela. Em seguida, pôs a mão sobre meu ombro. "Jessie, se sua mãe lhe disser que peixes voam, concorde com ela e diga: 'Sim, senhora, peixes voam'. Não discuta com ela sobre nada, ouviu?"

"Alguns peixes *conseguem* voar", disse Benne. "Eu vi uma foto num livro."

Kat ignorou o comentário dela. Continuou olhando fixamente para mim: "Não a aborreça".

Eu recuei: "Não pretendo aborrecer ninguém".

Hepzibah desceu alguns degraus da varanda para me receber, acompanhada de um aroma de *okra gumbo*, um guisado de quiabo preparado com algum tipo de carne, e então percebi que ela havia cozinhado o jantar para nós.

"*We glad fa see oona*", ela me saudou, o que queria dizer "Estamos felizes em ver você" em gullah, seu dialeto, como ela costumava me cumprimentar.

Eu sorri e vi a janela acesa por trás dela. Notei o estado do batente de madeira, um pouco gasto, um pedaço da cortina rasgado, e meus olhos se encheram de lágrimas de uma forma que não consegui escondê-las.

"Ué, o que foi?", Hepzibah perguntou, puxando-me contra seu corpo envolto naquela roupa de desenhos geométricos confusos.

Dei um passo para trás. Ocorreu-me fazer uma pergunta ridícula. Poderia perguntar: *Bem, para começar, tem um vidro de maionese nesta casa com o dedo da minha mãe dentro dele*, mas dizer isso soaria rude e desnecessário; além do mais, não era na minha mãe que eu estava pensando. Era no meu pai.

A última vez que vi Joseph Dubois ele estava sentado naquela janela descascando uma maçã sem romper a casca — um dos truques menos importantes de seu incrível repertório de façanhas. Com a casca, ele estava fazendo uma espécie de boneca rodopiante. Nessa noite, eu me sentei no chão, debaixo do foco de luz de um abajur, e observei o modo irresistível como a casca ia saindo da lâmina de sua faca, nervosa para ver se conseguiria chegar até o fim sem parti-la. Ergui-me nos joelhos à medida que ele chegava à última volta. Se conseguisse, eu iria pendurá-la na janela do meu quarto com as outras bonecas rodopiantes que ele havia feito, todas suspensas por fios de linha, balançando-se contra o vidro da janela em vários estágios de putrefação.

"Uma bonequinha rodopiante para a minha Boneca Rodopiante", ele disse, chamando-me pelo apelido carinhoso que me dera e deixando-a cair sobre minhas palmas abertas.

Essas foram as últimas palavras que ele me disse.

Corri para meu quarto sem olhar para trás, sem dizer a ele que, para mim, a melhor parte daquele ritual todo era quando ele me chamava de sua Boneca Rodopiante, fazendo-me acreditar que eu era uma daquelas suas perfeitas criações, com as cascas de maçã penduradas em minha janela funcionando como uma estranha coleção de autorretratos.

Ao ver minhas lágrimas, Kat subiu os degraus ruidosamente com seus saltos altos e avançou sobre mim movimentando os braços para baixo e para cima, lembrando-me do pássaro mais barulhento do pântano, que parecia uma galinha gigante, e a raiva que eu estava sentindo dela desapareceu antes que ela dissesse qualquer coisa. "Jessie, sei que falo demais, eu e minha boca grande. Claro que você não viria aqui para aborrecer sua mãe. Eu..."

"Tudo bem", respondi. "Não foi isso que me chateou. De verdade."

Benne subiu a escada, arrastando minha mala atrás dela, e colocou-a junto à porta. Agradeci a elas e disse que poderiam ir, que eu ficaria bem. Disse-lhes que tinha chorado porque estava cansada, só isso.

Foram embora no carrinho de golfe, passando sobre raízes à flor da terra — os "quebra-molas da ilha", como Kat as chamava. Eu queria entrar, mas fiquei na varanda ainda por alguns minutos, sentindo a brisa que trazia o frio, a escuridão e o odor do brejo, pondo um ponto final em qualquer emoção que eu tivesse sentido até então — esse pequeno batismo de tristeza.

6

IRMÃO THOMAS

Ele estava prostrado no chão da igreja com os braços abertos em cruz como punição pelo que escrevera em seu pequeno diário com capa de couro. D. Sebastian, o prior do mosteiro, encontrara-o sobre o balcão da loja de presentes da abadia, onde havia deixado enquanto Thomas indicava a localização do banheiro a um turista e depois dava informações a outro sobre as redes de pesca à venda na loja. Há quanto tempo os monges as faziam? Tinham aprendido a tecê-las com os moradores da ilha ou haviam trazido essa arte da Cornualha? Vendiam redes em quantidade suficiente para sustentar o mosteiro? Desejava não ter ficado tanto tempo conversando com aquele homem.

Era fevereiro, Quarta-Feira de Cinzas. O chão estava frio e um pouco da umidade atravessava seu hábito negro. Estava deitado no corredor entre as fileiras do coro, uma defronte à outra de cada lado da nave, enquanto ouvia os monges recitando as completas. Irmão Timothy solava como um cantor de bar: "Ó clemente, ó piedosa, ó doce sempre Virgem Maria".

Quando terminaram de dizer a salve-rainha, ouviu cada um dos assentos das baias ranger à medida que eles se erguiam, depois um arrastar de pés cansados, enquanto os monges se alinhavam para serem borrifados com água benta pelo abade. Finalmente, as luzes se apagaram, exceto uma próxima à baia do prior, e irmão Thomas ficou na penumbra, no mais absoluto silêncio.

Ele era o monge mais jovem, aos quarenta e quatro anos, e também o que chegara mais recentemente, um professo simples com votos temporários. Seus votos solenes — *usque ad mortem*, até a morte — iriam acontecer dentro de quatro meses. Não entendia por que fizera isso — falar tanto com o rapaz na loja de presentes como se tivesse passado ali sua vida inteira? Falara sem parar sobre as redes de pesca.

Deitado no chão, ele se amaldiçoava. Dera a d. Sebastian, que deveria ter se tornado um fuzileiro naval e não um monge, a oportunidade de folhear seu diário e de se preocupar com seu estado de espírito. Levou-o ao abade, que era bem retrógrado em relação a esses assuntos, e totalmente irlandês. Thomas foi chamado ao seu gabinete, ao temido claustro papal, como ele o chamava. Agora, ele estava de castigo, deitado no chão.

Ele já tinha ouvido a preleção do abade pelo menos uma dúzia de vezes, mas aquela era a primeira vez que estava sendo punido; e, afinal, não parecia tão ruim ter de ficar deitado naquele lugar. Deveria ficar estirado ali até quando o abade achasse que ele tinha meditado o suficiente sobre os perigos da dúvida e mandasse alguém chamá-lo. Ele estava ali havia uma hora, talvez mais.

O chão da igreja cheirava a sabão de óleo de baleia e outro odor azedo e ligeiramente fétido que ele reconheceu como mistura de lama do pântano e de fertilizante de jardim. Essa gosma havia secado e endurecido entre as diminutas fendas das tábuas de madeira do assoalho, sendo impregnada nos sapatos dos monges nos últimos cinquenta anos.

Aquele lugar rarefeito — onde todos se imaginavam imersos em santidade, graças aos incansáveis turnos de canto e oração — estava cheio de lama e esterco de vaca. Era difícil avaliar quanto esta ideia o agradava. Certa vez, irmão Thomas havia sonhado com os pés de Cristo — não com a crucificação ou a ressurreição, ou seu sagrado coração, mas com os seus *pés*.

Os odores que emanavam do chão da igreja, e até mesmo os pés de Cristo em seu sonho, faziam-no pensar de forma mais elevada sobre a religião de algum modo. Os outros monges — Sebastian, por exemplo — teriam considerado a sujeira incrustada entre as fendas do assoalho como profana, mas Thomas, deitado no chão, subitamente sabia que o cheiro que ele aspirava era uma fina camada da mais inviolada e surpreendentemente sagrada beleza. Aquele era o cheiro da terra.

Ele vivia na abadia de santa Senara, na pequena ilha da Carolina do Sul, havia quase cinco anos, e cada um deles havia sido de uma escuridão quase insuportável. *Ainda nenhum sinal de luz*, ele pensava, embora vez por outra percebesse pequenos lampejos que surgiam do nada e o iluminavam. Como no momento em que distinguiu aquele odor.

Depois que sua vida anterior terminara, quando era casado, com um filho ainda por nascer, ele se tornara um obstinado. Por vezes, sua busca parecia impossível, como se quisesse olhar para trás e ver a si mesmo. Tudo que descobrira até aquele momento era que Deus lhe parecia oculto e tristemente comum. Isso era tudo.

Seu nome verdadeiro era Whit O'Conner. Antes, em sua outra vida, tinha sido um advogado em Raleigh, combatendo incorporadores e poluidores industriais e representando diversos grupos ambientalistas e de conservação ambiental. Tinha uma casa de tijolos aparentes, com um belo jardim, e uma esposa, Linda, grávida de sete meses e meio. Ela trabalhava como gerente de um consultório de ortodontia, mas queria ficar em casa para cuidar do filho que iria nascer, mesmo que isso não fosse o costume. Ele gostava de seu modo de ser — fora dos parâmetros comuns. Eles haviam se conhecido em Duke, casaram-se no domingo depois de sua formatura na pequena capela metodista da família de Linda, perto de Flat Rock, na Carolina do Norte, e nunca haviam se separado, até que um pneu se soltou do caminhão que seguia à sua frente na estrada I-77. O médico que a atendeu depois do acidente disse-lhe, muitas e muitas vezes, que ela havia morrido rápido — como se saber que ela morrera logo fosse consolá-lo.

Sentia-se abandonado, à beira de um abismo — não apenas abandonado por Linda e a promessa de uma família, mas por Deus, em quem realmente acreditava: o tipo de crença que se tem diante de um imenso sofrimento.

No dia em que morreu, Linda havia telefonado do trabalho para lhe dizer que tinha certeza de que estava esperando uma menina. Até aquele momento, não tivera nenhum indício, embora ele acreditasse desde o começo que fosse um menino. Ela tivera essa sensação no chuveiro pela manhã. Tocara seu abdômen e simplesmente sabia. Ele sorria agora, lembrando-se disso, e seus lábios tocaram o chão. Depois do enterro, soube pelo legista que ela estava certa.

Ele não sabia exatamente quando teve a ideia de vir para cá pela primeira vez, mas foi cerca de um ano depois da morte de Linda. Ele enviou as certidões de batismo e de crisma, as cartas de recomendação de dois padres, e uma longa carta detalhada de próprio punho. E todas as pessoas, incluindo o abade, disseram que ele estava tentando se esconder de sua dor. Eles não sabiam o que estavam dizendo. Ele acalentava sua tristeza quase a ponto de amá-la. Ele se recusara a se afastar de sua dor por todo esse tempo, pois abandoná-la seria o mesmo que abandonar Linda.

Às vezes, perguntava-se por que havia se juntado a esses velhos caquéticos. Alguns eram tão ranzinzas que ele desviava de seu caminho para evitar cruzar com eles, e pelo menos quatro beatos usavam andadores para caminhar e viviam permanentemente na enfermaria. Havia um monge, irmão Fabian, que sempre escrevia cartas de reclamação ao papa sobre coisas que os outros monges faziam e colava cópias delas nos corredores. Irmão Basil tinha um tique nervoso bizarro: gritava "Bip!" durante o coro, ou em outros estranhos momentos sacrossantos. *Bip*. O que queria dizer isso? No início, isso enlouquecia Thomas. Mas Basil era ao menos gentil, ao contrário de Sebastian.

Thomas não era dessas pessoas que tinham uma visão romântica dos mosteiros, e, se tivesse, essa ilusão teria evaporado logo na primeira semana.

Sua tristeza simplesmente se transformou num abismo maior.

"Não vim aqui para encontrar respostas", ele escreveu em seu diário naquele primeiro ano, "mas para encontrar um meio de viver num mundo sem respostas."

Na verdade, ele fora recusado três vezes durante três anos antes que o abade, d. Anthony, finalmente o aceitasse. Thomas tinha certeza de que ele não mudara de ideia, mas finalmente se deixara vencer pelo cansaço. E também porque precisavam de uma pessoa mais nova que pudesse subir as escadas e alcançar o teto da igreja para trocar as lâmpadas e que soubesse usar computadores — alguém que não achasse que "antivírus" é uma espécie de injeção para prevenir gripes. Principalmente, precisavam de alguém que remasse a balsa pelos riachos da enseada e medisse os ovos de garça, contasse a ninhada e testasse a salinidade da água — trabalho que o mosteiro fora contratado para fazer pelo Departamento de Recursos Naturais do estado da Carolina do Sul, e que trazia uma receita extra para o mosteiro. Thomas gostava desse serviço. Adorava se embrenhar no viveiro de pássaros.

Seus braços começaram a doer um pouco na altura dos cotovelos. Mudou de posição e virou a cabeça para o outro lado. Podia observar a igreja do mesmo plano que um rato. Um inseto. Virou os olhos em direção ao teto sem mover a cabeça e sentiu-se deitado nas profundezas da terra, olhando para cima. "Fico onde toda escada sai do chão" — não foi isso que Yeats escreveu? Ele passara muito tempo lendo — especialmente os poetas, sistematicamente, um a um, nos livros da biblioteca. Amava ler Yeats mais que qualquer outro.

Ele se sentia menos pomposo ali ao rés do chão e subitamente se deu conta de que todas as pessoas que se consideravam importantes — as que estavam no Congresso, no Vaticano e talvez na companhia telefônica AT&T — deveriam ficar ali por algum tempo. Deveriam se deitar ali, olhar para cima e ver tudo mudar de perspectiva.

Ele se superestimava antes de vir para cá, era verdade. Os casos que defendera — bastante escandalosos — muitas vezes o colocaram na primeira página do jornal do estado e por vezes sentia saudade da vida que levava. Ele se lembrou da vez que impediu uma grande empresa de aterramento de se livrar do lixo dos esgotos da cidade de Nova York em local proibido e de como isso o transformou em notícia do *New York Times*, além de todas as entrevistas que deu para a televisão. Ficara exultante com isso.

Na balsa, no dia em que veio de vez para a ilha, lembrou-se do rio Estige, dos barqueiros conduzindo-o através do último portal. Ele pensou estar morrendo para sua vida anterior a fim de começar uma nova existência na outra margem, oculta entre as águas, afastada do mundo. Parecia tolo e exageradamente dramático, mas ele gostava de fazer essa analogia. Depois, percebeu que não foram tanto as águas, mas as árvores que o impressionaram, como os galhos se emaranhavam e se contorciam em estranhas espirais por causa dos ventos marinhos. No momento em que as viu, sabia que aquele seria um lugar de muita aspereza, onde precisaria ser perseverante.

Claro que havia recebido o nome de irmão Thomas porque estava cheio de dúvidas, o que era uma redundância, mas aceitou mesmo assim.* Ele duvidava de Deus. Talvez descobrisse que nunca houve um Deus. Ou talvez deixasse de adorar um Deus e encontrasse outro. Ele não sabia. Apesar disso, sentia a presença de Deus da mesma forma que os monges artríticos sentiam em suas juntas que iria chover. Notava apenas uma pálida presença.

Na primeira página de seu caderno, escrevera "Perguntas controversas", em homenagem a Thomas Merton, o monge que publicara um livro com o mesmo título. Ele chamara a atenção desse fato a d. Anthony, como se tentasse se justificar, mas não adiantou. Se cometermos uma heresia e quisermos passar impunes, devemos morrer muito antes para que a reconsiderem e nos vejam com novos olhos.

Ele tentou recordar as partes mais condenáveis de seu diário. Provavelmente, seriam as perguntas que o despertavam no meio da noite. Ficava sentado junto à janela aberta, ouvindo os sinais das boias na baía do Touro, e anotava todas as suas perguntas. Dúvidas sobre o mal, e se esse mal existiria sem o consentimento de Deus, sobre a declaração de Nietzsche de que Deus está morto, até mesmo sobre teorias de que Deus não está nos céus e é apenas um mero aspecto da personalidade humana.

Thomas se sentiu aterrorizado diante da possibilidade de o abade ler isso. Quis levantar e ir até ele para se explicar. Mas o que iria dizer?

O vento soprou mais forte, vindo da entrada da baía, fustigando o teto. Imaginou o vento sobre a superfície das águas. O sino do mosteiro tocou, indicando a hora do recolhimento dos monges, alertando-os de que o Silêncio Noturno iria começar, e Thomas se perguntou se o abade teria se esquecido dele.

A igreja estava cheia de sombras, as longas lâminas de vidro empalidecido das janelas estavam completamente escuras. Lembrou-se da capelinha por trás da capela-mor, onde a cadeira da sereia ficava sobre um estrado acarpetado. Por vezes, gostava de se sentar na cadeira quando não havia turistas na igreja. Sempre se perguntou por que Senara, a famosa santa, fora esculpida na cadeira em sua forma de sereia, seminua. Ele não tinha objeções quanto à sua representação; até gostava dela. Apenas achava inusitado que os beneditinos tivessem dado destaque aos seus seios.

Amara Senara desde a primeira vez que vira a cadeira da sereia. Não

---

* O nome do personagem faz referência a Saint Thomas, ou são Tomé, apóstolo conhecido por duvidar da Ressurreição de Cristo.

apenas por sua vida mítica no mar, mas porque ela ouvira as orações dos moradores da ilha da Garça e os salvara — não só dos tufões, mas dos campos de golfe.

No início, ele se sentava na cadeira da sereia e pensava em sua mulher, em fazer amor com ela. Agora, poderia passar semanas sem pensar nela. Às vezes, quando pensava em fazer amor, era simplesmente com uma mulher, uma mulher qualquer, não mais com Linda.

Antes, recém-chegado como postulante, não fora difícil abrir mão de sexo. Naquela época, não via como poderia fazer amor com qualquer outra mulher senão Linda. Seus cabelos jogados sobre o travesseiro, seu cheiro — tudo isso se fora. O sexo se fora. Ele deixara que se fosse.

Sentiu uma tensão em sua virilha. Ridículo pensar que o desejo sexual o tivesse abandonado. Ficaria escondido por algum tempo em suas entranhas, afundaria como os pequenos chumbos que os monges amarravam nas redes de pesca, mas não ficariam no fundo para sempre. Tudo o que desce, acaba subindo. E quase riu, quando percebeu o trocadilho infame que fizera sem querer.

Nos últimos meses, pensara demais em sexo. A abstinência se tornara um sacrifício real, mas não o fazia se sentir santo, apenas anulado, como um monge normal exasperado por causa do celibato. Em junho, ele faria seus votos solenes. E então tudo estaria acabado.

Quando ouviu passos finalmente se aproximando, cerrou os olhos, abrindo-os novamente quando o ruído cessou. Viu a ponta de um par de sapatos e a barra de um hábito acima deles.

O abade falou com seu sotaque irlandês, inalterado depois de todos esses anos: "Espero que o tempo tenha sido produtivo".

"Sim, dom abade."

"Não foi muito difícil, então?"

"Não, dom abade."

Thomas não sabia a idade de d. Anthony, mas ele parecia bem velho agora, olhando-o a partir do chão — a pele de seu rosto dobrada sobre o queixo e as bochechas flácidas. Às vezes, o que ele dizia parecia emergir de um mundo fora do tempo. Certa vez, durante uma reunião num domingo de manhã, sentado em sua cadeira de espaldar alto que parecia um trono, segurando seu crucifixo, ele disse: "Quando são Patrício expulsou todas as cobras da Irlanda, transformou as antigas mulheres pagãs em sereias". Thomas achou isso estranho, além de um pouco bizarro. O abade realmente acreditava naquilo?

"Vá se deitar agora", disse d. Anthony.

Thomas se ergueu do chão e saiu da igreja, mergulhando numa noite de muito vento. Cobriu a cabeça com o capuz e atravessou o claustro central, em direção às celas duplas que se espalhavam sob os carvalhos retorcidos próximo ao pântano.

Seguiu até a cela que dividia com d. Dominic. Dominic era o bibliotecário da abadia e também o travesso do mosteiro ("Toda corte tem seu bobo", Dominic gostava de dizer). Ele nutria a aspiração de se tornar um escritor e mantinha Thomas acordado nas várias noites em que datilografava seus textos. Thomas não tinha ideia sobre o que Dominic estava escrevendo do outro lado do quarto, mas acreditava que fosse um romance policial — um abade irlandês que aparece morto no refeitório, estrangulado com seu próprio terço. Algo assim.

O chão tinha placas de cimento indicando as estações da via-crúcis, e Thomas passou por elas no instante em que uma névoa difusa se elevava do mar, fazendo-o lembrar-se de Dominic, que, certa vez, desenhara boquinhas sorridentes em várias delas. Claro que d. Anthony o fez limpar as lajotas, e depois as baias do coral, enquanto os demais assistiam ao musical *A noviça rebelde* na televisão. Por que *ele* não era repreendido como Dominic, por fazer coisas cômicas e engraçadas? Por que tinha de ser pelas bobagens existenciais que escrevera em seu diário?

Em determinado momento, acreditou que seria punido por causa do cartão de beisebol que usava para marcar as páginas em seu livro de orações, mas, aparentemente, ninguém, incluindo o abade, parecia se importar com isso. Thomas achava surpreendente o fato de sentir falta de coisas simples como beisebol. De vez em quando, conseguia assistir a um jogo na televisão, mas não era a mesma coisa. Dale Murphy fez quarenta e quatro *home runs* no ano passado e ele apenas assistira a um deles.

Linda lhe presenteara com aquele cartão de beisebol no último Natal que passaram juntos. Eddie Matthews, 1953 — ela sequer revelara quanto pagou por ele.

Invejava Dominic, que devia ter pelo menos oitenta anos e ia a toda parte usando um chapéu de palha amarfanhado, exceto para as orações. Foi ele quem convenceu o abade a colocar uma televisão na sala de música. Certa vez, Dominic bateu à porta de Thomas depois do começo do Silêncio Noturno e tentou convencê-lo a irem escondidos assistir a um programa especial sobre o ensaio fotográfico de trajes de banho que saía anualmente na revista *Sports Illustrated*. Thomas recusou o convite. Arrependia-se até hoje de não ter ido.

Estava quase chegando aos seus aposentos quando interrompeu o passo abruptamente pensando ter ouvido uma voz, a voz de uma mulher ao longe. Olhou a leste, na direção do viveiro, e o hábito envolveu suas pernas.

Uma canção folclórica. A mulher gullah que vivia na ilha, Hepzibah Postell, que cuidava do cemitério de escravos, certa vez lhe dissera que aquelas canções eram dos espíritos desencarnados dos entes queridos. Claro que ele não acreditava nisso e tinha certeza de que ela também não, mas gostava de imaginar que fosse Linda cantando. Que fosse sua voz chamando ao longe.

Thomas imaginou sua mulher — ou seria uma mulher qualquer? — posando de maiô. Lembrou-se da maciez da parte interna de sua coxa, logo acima do joelho. Pensou em beijá-la nesse lugar.

Postou-se debaixo de uma árvore retorcida durante aquele Silêncio Noturno e pensou em se deixar levar pela vida e depois voar acima de tudo. Então, ouviu novamente: a voz da mulher ao longe. Não o canto de um pássaro, nem o gemido do vento, mas uma mulher.

7

O cheiro do guisado impregnara a casa tal como raízes que cresciam e se multiplicavam, tomando conta de todo o espaço disponível. Coloquei minha mala sobre o tapete bege e segui pelo corredor até o quarto de mamãe. "Mãe? Sou eu, Jessie", chamei-a, com a voz rouca e cansada.

Ela não estava na cama. O cobertor jogado para trás e os lençóis brancos revirados davam a impressão de que crianças tinham usado sua cama como trampolim.

A porta do banheiro estava fechada e a luz fluorescente passava sob suas frestas. Enquanto eu a esperava sair, estiquei meu pescoço e ombros doloridos. Um par de chinelos surrados estava virado sobre um tapete bege como o da sala. Minha mãe não aceitava tapetes que não fossem de cor bege. Ou paredes e cortinas que não fossem brancas, cremes ou marfim. Ela até abria uma *exceção* para a cor verde nas paredes externas, mas dentro tudo tinha de ter mais ou menos a mesma cor lavada. Sem vida.

Examinei o saiote de tecido da antiga penteadeira — aquilo era bege ou branco envelhecido? Sobre a mesa, ao centro, uma estatueta de Nossa Senhora portava um Jesus rechonchudo sobre o quadril, com um ar de depressão pós-parto. Ao lado, havia uma foto de meu pai em seu barco. As águas estavam escuras e estendiam-se por trás dele até o infinito.

Eu não me dera conta de que mamãe estava muito quieta dentro do banheiro; preocupei-me apenas em estar invadindo sua vida, seu quarto, mergulhando nas contradições que sempre me perturbaram, um misto de amor e ódio. Investiguei sua mesinha de cabeceira: o antigo terço de contas vermelhas, dois vidros de remédio, um rolo de gaze, esparadrapo, tesoura, um relógio digital. Percebi que eu estava procurando pelo vidro de maionese. Não estava em lugar nenhum do quarto.

"Mamãe?"

Bati à porta do banheiro. Não houve qualquer som em resposta. Senti um frio na barriga. Girei a maçaneta e entrei. Não havia nada além do minúsculo banheiro. Estava vazio.

Fui até a cozinha — um ambiente tão intocado que parecia congelado no tempo. Ao entrar ali, senti-me de volta à década de 50. Lá estava o mesmo abridor de latas na parede, o conjunto de potes com desenhos de galo, a chaleira de cobre, a caixa em que se guardava o resto do pão amanhecido, as colheres de chá penduradas num suporte de madeira. O relógio de parede ao lado da geladeira tinha a forma de um gato preto e o rabo oscilava como pêndulo. O imortal Félix. Esperava encontrar mamãe sentada à mesa de fórmica comendo o cozido de quiabo, mas a cozinha também estava vazia.

Corri até a sala de jantar, cheguei os outros dois cômodos — os antigos quartos meu e de Mike. Ela não podia ter saído dali enquanto Hepzibah estava em casa — afinal, haviam se passado dez minutos, no máximo, não era? Voltei à cozinha e procurei o número de Hepzibah, mas, assim que peguei o telefone, notei que a porta dos fundos estava escancarada.

Peguei uma lanterna e desci as escadas dos fundos, vasculhando todo o quintal com o facho de luz. O cinto do roupão de banho azul de mamãe estava enrolado no último degrau da escada. Abaixei-me e o peguei. Começou a ventar de repente, e o cinto foi arrancado da minha mão. Ele voou e desapareceu na escuridão.

Onde ela teria ido?

Lembrei-me de quando Dee, aos cinco anos de idade, escapara de mim no Northlaek Mall — recordei o pânico que senti, seguido de uma calma quase antinatural, induzida por uma voz interna que me dizia que a única forma de encontrá-la seria pensar como ela. Sentei-me num banco e refleti sobre como Dee agiria, depois fui direto à loja de sapatos infantis, onde a encontrei entre os tênis da Vila Sésamo, tentando calçar Beto e Ênio em seus pezinhos. E eu conhecia apenas uma coisa que mamãe gostava tanto quanto Dee amava Beto e Ênio.

Localizei a trilha que seguia até o mosteiro nos fundos do terreno da casa. Não era uma trilha muito longa, mas dava voltas entre os arbustos. Os monges haviam aberto uma passagem no muro do mosteiro para que mamãe não precisasse dar a volta até o portão de entrada quando viesse cozinhar para eles. Batizaram-no de "Portão da Nelle". Mamãe, claro, adorou isso. Repetiu pelo menos umas cinquenta vezes o nome que haviam dado para ele.

Ao passar pelo portão, gritei por mamãe. Escutei o som de algum animal se movendo entre os arbustos, depois o canto de algum pássaro noturno e, assim que o vento silenciou, ouvi a arrebentação reboando ao longe.

Mamãe abrira uma trilha até o caminho que ligava o pátio às celas dos monges. Eu segui por aquele caminho, parando de vez em quando para chamá-la, mas o vento não deixava que ela me ouvisse. A lua despontara no horizonte. Erguia-se um pouco acima do pântano, numa esplêndida esfera de luz.

Quando cheguei aos fundos do pátio, apaguei a lanterna e comecei a correr. Transpus tudo o que estava ao longo do caminho — as pequenas placas com as estações da via-crúcis, a névoa, o vento marinho, o solo nodoso. Passei correndo pela casa onde os monges teciam suas redes de pesca, mas vislumbrei a placa sobre a porta que dizia FORTUNA, MARIA, RETIA NOSTRA — Abençoai, Maria, nossas redes.

A estátua de santa Senara ficava num jardim coberto junto à igreja. Passei pelo portão e atravessei um pátio repleto de roseiras com galhos secos que projetavam uma sombra de candelabros sobre o muro distante. Os monges haviam construído um jardim colocando a estátua de santa Senara ao centro e seis alamedas simetricamente distribuídas à sua volta, formando uma magnífica mandala.

Eu costumava brincar ali quando era menina. Enquanto mamãe se matava de trabalhar cozinhando no mosteiro, eu vinha até o jardim, arrancava várias dúzias de botões de rosa e enchia uma cesta de vime com pétalas — numa profusão de cores — que eu usava em minhas cerimônias secretas, lançando-as no brejo atrás da igreja, em torno dos troncos de alguns carvalhos antigos e sobre o assento da cadeira da sereia que, por alguma razão, era o mais sagrado de todos. Era uma brincadeira fúnebre, que eu repetia solenemente depois que meu pai morrera. As pétalas eram suas cinzas e daquela forma eu imaginava estar me despedindo dele, mas poderia ser entendido ao contrário — eu tentava mantê-lo junto a mim, escondê-lo em lugares secretos que somente eu conhecia. Eu encontrava as pétalas semanas depois, secas e escuras.

A noite parecia mais clara, como se o vento tivesse dissipado a escuridão. Parei por um instante, olhando, acima do roseiral, para as alamedas tomadas pelo luar. Nem sinal de minha mãe.

Nesse momento, desejei ter chamado Hepzibah e Kat em vez de ter corrido para cá, perdendo todo esse tempo. Mas tinha tanta certeza de que ela estaria ali, mais do que em relação a Dee e à loja de sapatos infantis. Mamãe designou-se guardiã da estátua na mesma época em que começou a cozinhar no mosteiro. De tempos em tempos, ela carregava um balde de água com sabão para lavar o cocô de passarinho acumulado e, quatro vezes por ano, lustrava-a com uma pasta que cheirava a cascas de laranja e limão. Ela preferia ir até ali para expiar os inúmeros tormentos de sua vida em vez de ir à igreja para confessá-los a Deus. Senara era praticamente ninguém na ordem hierárquica dos santos, mas mamãe era sua devota.

Ela adorava contar várias vezes a história do meu nascimento como prova da força de Senara, dizendo que eu estava sentada em seu útero e ficara presa na hora do parto. Ela rezou para Senara, que imediatamente virou-me de cabeça para baixo, e eu me esgueirei para entrar de cabeça no mundo.

No meio do jardim, a estátua parecia um estame erguido no centro de uma imensa flor ressecada pelo inverno. Ocorreu-me que a santa havia existido dessa mesma forma ao longo de toda a minha infância, lançando sua sombra sobre o vazio que tomara conta da minha vida a partir dos meus nove anos de idade.

O pior castigo que Mike e eu recebemos aconteceu quando resolvemos vestir a estátua com um maiô de duas peças, óculos escuros e uma peruca loira. Cortamos a parte de baixo ao meio e a prendemos em torno do quadril de Senara. Alguns monges acharam graça na brincadeira, mas mamãe brigou conosco por causa do nosso desrespeito e mandou-nos escrever o agnus dei quinhentas vezes por dia ao longo de uma semana: "Cordeiro de Deus, que tirais os pecados do mundo, tende piedade de nós". Em vez de me sentir arrependida, fiquei apenas mais confusa, como se tivesse traído e libertado Senara ao mesmo tempo.

Do fundo do jardim, enquanto pensava o que fazer, já que não conseguia encontrar mamãe em lugar algum, ouvi um som abafado vindo de perto da estátua de Senara, como se um pequeno pássaro estivesse arranhando o chão à cata de insetos ou minhocas. Contornei a estátua e lá estava mamãe, sentada no chão, segurando o vidro de maionese. Seu cabelo branco brilhava como um letreiro de néon no meio da noite escura.

Ela vestia seu casaco de marinheiro de sempre sobre um longo roupão de chenile, sentada com as pernas estendidas à sua frente, como uma criança num caixote de areia. Cavava a terra com a mão esquerda, usando o que parecia ser uma concha de sopa de aço inoxidável. A bandagem em sua mão direita tinha o mesmo tamanho de uma luva de beisebol de criança e estava toda suja.

Ela não sentiu minha aproximação, de tão absorta que estava. Olhei para sua silhueta por alguns segundos, aliviada por encontrá-la aprontando mais uma das suas. Eu disse: "Mãe, sou eu, Jessie".

Ela se moveu de supetão para trás, deixando a concha cair em seu colo: "Jesus, Maria e José!", ela gritou. "Você quase me matou de susto! O que está fazendo aqui?"

Acocorei-me perto dela. "Eu estava procurando por você", respondi, tentando parecer natural e despreocupada. Até tentei sorrir.

"Bem, você já me achou", ela retrucou, pegando a concha e continuando a escavar o buraco de rato junto à base da estátua.

"Muito bem, já sabemos o que *eu* estou fazendo aqui. Agora, o que *você* está fazendo aqui?", perguntei.

"Realmente, não lhe interessa."

Quando encontrei Dee naquele dia na loja de sapatos, agarrei-a pelos ombros e tive vontade de gritar com ela por ter-me deixado tão apavorada.

A mesma cólera irracional tomava-me agora. Queria sacudi-la até que sua dentadura caísse.

"Como pode dizer isso?", perguntei. "Hepzibah deve ter dito que eu estava aqui, e você saiu antes de eu ter tempo de entrar em casa. *Você* quase *me* matou de susto também."

"Ah, pelo amor de Deus, eu não quis assustá-la. Apenas tinha de tomar providências em relação a isto."

Isto. O que era *isto*? Liguei a lanterna e direcionei o facho de luz sobre o vidro de maionese. Seu dedo decepado estava dentro dele. Parecia limpo e a unha tinha o aspecto de ter sido lixada. Levantando o vidro à altura do meu nariz, pude ver a pele dilacerada pelo corte, com uma ponta alva do osso aparecendo.

Um enjoo me embrulhou o estômago, fazendo-me lembrar da náusea que sentira pela manhã. Fechei os olhos sem responder nada, e mamãe continuou escavando a terra fria. Finalmente, eu consegui dizer: "Não sei o que está fazendo aqui, mas você não está bem. Precisa se levantar e voltar para casa comigo".

Senti-me subitamente exausta.

"O que você quer dizer com 'eu não estou bem'?", ela perguntou. "Estou perfeitamente normal."

"*Jura?* Desde quando decepar o próprio dedo é considerado perfeitamente normal?", perguntei, soltando um longo suspiro em seguida. "*Pelo amor de Deus!*"

Ela olhou para mim. "Por que não pergunta para alguém que você *conheça?*", retrucou em tom de ironia. "Ninguém lhe pediu para voltar."

"Kat pediu."

"Kat deveria tomar conta da própria vida."

Eu bufei: "Bom, vá esperando".

Ela quase começou a gargalhar, um som raro e enternecedor que eu não ouvia fazia muito tempo e que, por alguma razão, era capaz de abrandar meu instante de ira.

Aproximei-me dela até nossos ombros se encostarem, pus minha mão sobre a dela, a mesma que ainda estava agarrada à concha, e esperei que a tirasse de debaixo da minha abruptamente, mas não fez isso. Senti seus ossos finos por baixo da pele e o toque suave de suas veias saltadas. "Desculpe, por tudo que eu lhe disse", repliquei. "De verdade."

Ela se virou e me encarou, e eu pude notar que seus olhos estavam marejados e muito brilhantes. Ela era a filha, e eu, a mãe. A ordem natural das coisas tinha se invertido e não havia nada a fazer sobre isso, eu não podia revertê-la. Só o fato de pensar sobre isso recaía sobre mim como uma punhalada.

Eu disse: "Diga-me, por favor. Você pode me dizer por que fez isso a você?".

Mamãe respondeu: "Joe... seu pai...", balbuciou, deixando cair o queixo, como se seus lábios não conseguissem suportar o peso daquele nome. Ela olhou para mim e tentou retomar o raciocínio: "D. Dominic...", disse, mas sua voz falhou mais uma vez.

"O que foi? O que tem d. Dominic?"

"Nada", ela disse, e se recusou a continuar falando. Eu não conseguia imaginar o tipo de angústia que ela estava guardando, ou como é que d. Dominic poderia ter algo a ver com tudo aquilo.

"Não recebi as cinzas hoje", ela disse, e eu me dei conta de que eu também não tinha. Era a primeira celebração de Quarta-Feira de Cinzas que eu perdia desde que meu pai morrera.

Tornando a segurar a concha, reiniciou as atividades de escavação do chão. "A terra está muito dura."

"Você está tentando enterrar seu dedo?", perguntei.

"Só quero colocá-lo num buraco e cobri-lo de terra."

Se sua mãe lhe disser que peixes voam, concorde com ela e diga: "Sim, senhora, peixes voam".

Tirei a concha da mão dela. "Está bem, então", eu disse.

Cavei o buraco que ela havia começado a fazer na base da estátua até que tivesse vinte centímetros de profundidade. Ela abriu a tampa do vidro e tirou o dedo de dentro. Ela o segurou na mão e olhamos para ele. Mamãe tinha um tipo de reverência sombria estampada no rosto, e eu me sentia vencida, quase entorpecida.

Estamos enterrando o dedo de minha mãe, pensei comigo mesma. *Estamos aqui no jardim, enterrando um dedo, e isso tem alguma relação com meu pai. E com d. Dominic.* Aquele momento não teria como se tornar mais estranho do que já era, nem se acendêssemos a ponta do dedo e o deixássemos queimar como um círio.

Ao depositá-lo no buraco, mamãe virou o dorso do indicador para cima e acariciou-o com a ponta dos dedos de sua outra mão, antes de cobri-lo com uma colherada de terra. Vi-o desaparecer, como se uma diminuta boca se abrisse na terra e tornasse a se fechar, engolindo uma parte da minha mãe que ela não conseguia mais suportar.

O chão estava coberto de pétalas de rosas ressecadas, como chamas vermelhas escorridas de uma vela. Recolhi algumas delas. "Pois tu és pó e ao pó tornarás", eu disse, e pressionei uma pétala sobre a testa de mamãe, depois outra contra a minha. "Agora você já recebeu as suas cinzas."

Mamãe sorriu para mim.

O jardim tornou-se absolutamente silencioso e imóvel, já que nenhuma de nós tinha ouvido ele se aproximar até que estivesse praticamente do nosso lado. Mamãe e eu erguemos a cabeça ao mesmo tempo e o vimos passar por trás da estátua, materializando-se das sombras em seu longo hábito, muito alto, seu rosto brilhando na claridade da noite.

8

Levantei-me num só impulso, e mamãe continuou sentada no chão. O monge olhou para ela. Ele devia ter pelo menos um metro e oitenta e cinco, ou um e oitenta e oito de altura, pois tinha aspecto e porte de atleta, talvez de nadador ou corredor de cem metros rasos.

"Nelle?", ele perguntou. "Você está bem?"

Ele não perguntou o que estávamos fazendo sentadas no chão, no escuro, com uma concha de sopa, um vidro de maionese vazio e um monte de terra recém-revolvida.

"Estou ótima", declarou mamãe. "Vim ver a santa, só isso." Ele abaixou o capuz, descobrindo a cabeça, e sorriu para ela de um modo descontraído e contagiante. Notei que seu cabelo era escuro e cortado rente ao pescoço.

Ele olhou para a mão de mamãe sob a bandagem. "Sinto muito que você tenha se machucado. Rezamos por você durante a missa."

Ele se virou para mim e nos olhamos por alguns segundos. Sob a luz fina da lua, notei o azul pálido de seus olhos e o bronzeado de sua pele. Tinha um ar maroto irresistível, mas algo também me pareceu sério, intenso.

"Irmão Thomas", ele disse, sorrindo novamente, e eu senti um estranho calafrio atravessar meu peito.

"Sou a filha de Nelle", respondi. "Jessie Sullivan."

Depois, eu relembraria este encontro inúmeras vezes. Eu poderia dizer que, quando o conheci, todas as células do meu corpo estremeceram ao perceber que lá estava *ele* — aquela pessoa que era exatamente o que você procurava —, mas não sei dizer se isso é verdade ou se eu acabei acreditando que realmente tivesse acontecido assim. Sei que, da minha parte, idealizei bastante nosso primeiro encontro. Mas eu *senti mesmo* um calafrio no peito: olhei para ele e alguma coisa aconteceu.

Ao ver que mamãe fazia força para se levantar, ele estendeu a mão para ajudá-la, e somente a soltou quando ela se reequilibrou.

"Quem está cozinhando para vocês?", ela perguntou ao monge.

"Irmão Timothy."

"Ah, não, ele não!", ela exclamou. "Ele é ótimo para trabalhar no refeitório, arrumando os pratos e enchendo as jarras de leite, mas não sabe cozinhar."

"Claro que não", replicou Thomas. "Foi por isso que o abade o escolheu. Ele fez um ensopado estranhíssimo hoje. Fomos forçados a iniciar o jejum para a Quaresma antes da hora."

Mamãe brincou, empurrando-o com sua mão boa, e pude notar a afeição que os monges sentiam por ela. Isso me surpreendeu. Imaginara-a como uma mascote incômoda do mosteiro, mas talvez ela fosse mais do que isso para eles.

"Não se preocupe", ela replicou. "Vou estar de volta à cozinha em poucos dias..."

"Não, não vai", interrompi-a, abruptamente. "Pode levar várias semanas até sua mão sarar." Ela arregalou os olhos para mim.

Thomas disse: "Semanas? Estaremos mortos de fome até lá! Seremos santificados e purificados por causa do jejum, mas acabaremos morrendo de inanição".

"Jessie virá comigo", acrescentou mamãe. "Ela vai me ajudar a cozinhar."

"Não, por favor, fique boa primeiro", ele respondeu. "Estou só brincando com você."

"Precisamos voltar", murmurei para ela.

Segui-os através do portão de ferro retorcido ao longo do caminho até em casa, e vi que Thomas segurava mamãe pelo cotovelo, conduzindo-a por todo o trajeto. Ela falava com ele sem parar. Eu segurava o pote de vidro e a concha em uma mão e a lanterna acesa na outra.

Ele nos acompanhou até o Portão da Nelle. Mamãe parou por um instante antes de passar para o outro lado. "Dê-me a sua bênção", pediu.

Ele pareceu perturbado com o pedido, e eu pensei: *Que monge estranho esse*. Ele ergueu a mão direita acima da cabeça dela e esboçou um sinal da cruz no ar. Mamãe pareceu satisfeita e atravessou o jardim em direção à casa.

Passei pelo portão e olhei para ele do outro lado do muro de tijolos que se elevava a meio metro do chão.

"Obrigada por nos acompanhar até aqui", disse. "Não era necessário."

Ele sorriu mais uma vez, e as linhas do canto de sua boca se acentuaram. "Não foi favor nenhum. Foi um prazer."

"Você deve estar se perguntando o que mamãe e eu estávamos fazendo ali." Coloquei o pote de vidro e a concha de sopa suja de terra em cima do muro e abaixei a lanterna, apontando o facho de luz na direção das árvores. Não sei por quê, mas de repente me senti compelida a dar explicações, provavelmente por estar me sentindo envergonhada.

"Ela não estava fazendo apenas uma visita a santa Senara. Encontrei-a ajoelhada ao lado da estátua, tentando enterrar seu dedo. Estava tão determinada a fazer isso que acabei cavando o buraco no chão para ela. Não sei se foi certo fazer isso ou não, se ajudei ou se piorei as coisas para ela."

Ele balançou um pouco a cabeça. "Eu certamente teria feito a mesma coisa se a encontrasse ali", ele respondeu. "Você acha que o dedo era uma espécie de oferenda a santa Senara?"

"Para dizer a verdade, não sei de mais *nada* quando se trata de minha mãe."

Ele virou o rosto para mim, com o mesmo olhar absorto de antes. "Sabe, muitos de nós, no mosteiro, achamos que poderíamos ter pressentido que isso iria acontecer. Estávamos com Nelle todos os dias e nenhum de nós percebeu que ela estava tão..."

Pensei que ele fosse dizer "doida". Ou "demente".

"... desesperada", ele completou.

"'Desesperada' é gentileza de sua parte", repliquei.

"Tem razão, concordo com você. De qualquer forma, ficamos mal com o que aconteceu."

Houve um momento de silêncio que se congelou à nossa volta. Olhei para trás procurando por mamãe. A luz amarela brilhava através das janelas, envolvendo a casa em uma aura de calor. Ela já havia subido as escadas do fundo e deveria estar na cozinha.

Dei-me conta de que eu não queria entrar. Esticando o pescoço, olhei para o céu, com a Via Láctea acima de nós, e senti a inesperada sensação de estar flutuando, sem controle sobre a minha vida. Quando olhei para baixo novamente, vi suas mãos fortes e bronzeadas sobre os tijolos do muro a poucos centímetros das minhas, e imaginei como seria o seu toque.

"Olhe, se precisar de alguma coisa, ou se pudermos fazer qualquer coisa para ajudar, por favor, nos chame", ele disse.

"Você está apenas a um muro de distância", respondi e bati de leve nos tijolos, querendo parecer engraçada para aliviar a sensação incômoda que me envolvera.

Ele riu e colocou o capuz sobre a cabeça. Seu rosto desapareceu sob a sombra.

Recolhi os objetos que estavam sobre o muro, virei-me em seguida e atravessei o gramado, às pressas. Sem olhar para trás.

9

Na manhã seguinte, quando acordei em meu antigo quarto, percebi que havia sonhado com irmão Thomas.

Continuei deitada, enquanto a luz invadia o quarto, e consegui me lembrar do sonho: nós dois flutuando no meio do oceano, deitados lado a lado num bote inflável. Eu estava usando um maiô muito parecido com o duas-peças que Mike e eu havíamos colocado em santa Senara há tantos anos. Irmão Thomas estava com seu hábito negro e o capuz cobria-lhe a cabeça. Ele se virou, apoiado num cotovelo, e olhou para mim. As águas moviam-se sob o bote num ritmo doce, e pelicanos mergulhavam à nossa volta, pegando peixes com o bico. Ele baixou o capuz e sorriu do mesmo modo cativante como no jardim, um sorriso bastante sensual. Tocou meu rosto com a ponta dos dedos e me chamou pelo nome. *Jessie.* Sua voz soou grave, e eu senti minhas costas se arquearem um pouco. Seus dedos deslizaram ao longo do meu corpo e desprenderam a parte de cima do meu maiô. Ele aproximou sua boca do meu ouvido, e eu pude sentir sua respiração. Virei-me para beijá-lo, mas, inesperadamente como nos sonhos, eu me vi sentada no bote, em pânico, sem qualquer noção de tempo. Não havia nada à nossa volta a não ser o mar, extenso e imbatível.

Raramente me lembro de sonhos. Para mim, sempre foram miragens frustrantes que me rondavam momentos antes de acordar, dissolvendo-se assim que eu abria os olhos. Mas esse permaneceu nos mínimos detalhes. Eu conseguia lembrar das pequenas gotas de água salgada sobre o manto de lã negra de irmão Thomas espirradas pelo mergulho dos pelicanos. Seu olhar azul e faiscante. Seus dedos deslizando pelas minhas costas.

Imaginei por um segundo como Hugh ou mesmo dra. Ilg analisariam um sonho desses, mas decidi que era melhor não saber. Sentei-me rapidamente e tateei com os pés a lateral da cama para encontrar meus chinelos. Passei os dedos pelos cabelos, desfazendo os pequenos nós, e esperava ouvir barulhos de minha mãe andando pela casa, mas tudo estava em silêncio.

Mamãe e eu despencamos na cama à noite, cansadas demais para falar. Só de pensar em iniciar uma conversa com ela na manhã seguinte me deu vontade de voltar para debaixo dos cobertores e me enrolar neles novamente. O que eu poderia conversar com ela? "E agora, você acha que vai querer cortar mais alguma parte do seu corpo?" Soava crasso, horrível, mas era o que eu realmente queria perguntar — se continuaria se mutilando, ou se precisaria ser internada numa clínica para que tomassem conta dela.

Fui até a cozinha e fucei os armários até encontrar um pacote de pó de café. Tive de prepará-lo numa cafeteira elétrica antiga que deveria ter uns vinte anos de uso. Acho que ela nunca tinha ouvido falar de máquinas de café expresso. Enquanto o café passava pelo filtro, fui até a porta do quarto de mamãe e auscultei. Ela ressonava. Sua insônia aparentemente desaparecera com a perda do dedo.

Voltei à cozinha. A manhã estava clara e fria. Risquei um fósforo, liguei o aquecedor e ouvi as chamas de gás se levantarem, produzindo o mesmo som baixo e azulado de sempre. Ao colocar duas fatias de pão na torradeira, observei as espirais internas se aquecerem, e pensei no monge Thomas e na estranheza do nosso encontro — em como ele tinha aparecido de repente no jardim.

Lembrei-me da nossa conversa, do modo agudo como seu olhar me pôde ver através de mim. Do estremecimento do meu corpo. E, em seguida, recordei que tivera um tipo de sonho que já ouvira Hugh descrever, como se um imenso e misterioso avião atravessasse nosso sono, abrisse o compartimento de bombas e lançasse um pequeno sonho perturbador.

A torrada saltou. Derramei o café na xícara e comecei a bebericá-lo puro, mordiscando o pão. O aquecedor transformara a cozinha num autêntico brejo da Carolina do Sul. Levantei-me para desligá-lo. Eu não entendia por que estava pensando nessas coisas. Pensando no irmão Thomas — que era um *monge*. E *daquela* forma, tão fogosa.

Pensei em Hugh em casa e me senti terrivelmente vulnerável. Como se o lugar mais íntimo dentro de mim tivesse sido subitamente abandonado, tornando-se aberto e devassável por completo — a parte de mim que sabia quem eu era.

Fui até a sala sem conseguir me desprender daquele sonho, que ia e vinha, acompanhado de uma desconfortável sensação de estar soltando minhas amarras. Numa das paredes, mamãe tinha quinze ou vinte fotografias emolduradas dispostas de forma confusa, algumas já amareladas nas bordas. Eram em grande parte antigas fotos de colégio, minhas e do Mike. Penteados horrendos. Olhos semicerrados. Blusas brancas amarfanhadas. Aparelhos dentários. Dee chamava aquela parede de "Muro da Vergonha".

A única foto tirada depois da década de 60 que estava ali era da nossa família — Hugh, Dee e eu —, em 1970, quando Dee ainda era bebê. Olhei para nós na foto e lembrei-me de Hugh armando o temporizador da câmera enquanto posávamos no sofá, colocando Dee entre nós, com seu rostinho sonolento debaixo de nossos queixos.

Na noite em que tiramos aquela foto, tínhamos feito amor pela primeira vez depois que Dee nascera. Teríamos de esperar seis semanas antes de voltar a ter relações sexuais. Aconteceu, no entanto, dois dias antes do prazo.

Ao passar pelo quarto de Dee, eu vira Hugh debruçado sobre o berço. Ele cantarolava algo baixinho para ela, que estava adormecida. A cor de âmbar da lâmpada de cabeceira espalhava-se pelo quarto, envolvendo seus ombros como uma nuvem de poeira.

Senti um calor descer pelo corpo, forte e sensual. A doçura de Hugh comoveu-me, devastadora — ao vê-lo demonstrar seu amor por Dee sem saber que estava sendo observado.

Enterneci-me com a intimidade com que havíamos gerado a nossa filha, com o fato de sua carne ter se formado a partir do amor que fizéramos no quarto ao lado. Entrei e passei meus braços pela cintura dele. Pressionei meu rosto contra as suas costas e ele se virou para mim. Suas mãos passearam lentamente, em círculos, pelo meu corpo. Ele sussurrou: "Precisamos esperar mais dois dias". Mas, quando eu disse que não conseguiria esperar, ele me tomou nos braços e me levou para a cama.

Amá-lo daquela vez me pareceu diferente — mais forte, mais profundo, mais puro. De certa forma, era por causa de Dee, como se Hugh e eu nos entregássemos de uma forma nova, e esse sentimento se tornasse imensurável e inebriante para mim.

Depois, enquanto estávamos largados na cama, Dee acordou chorando. Enquanto eu a amamentava, Hugh preparou a câmera. Eu estava usando um casaquinho cor de pêssego, que sequer estava abotoado direito, e Hugh — a expressão dele na foto é impagável — divertia-se, clandestinamente feliz. A foto sempre despertava um sentimento secreto em mim, seguido de um farfalhar de contentamento que se abria como um leque exótico em meu peito. Permaneci imóvel, esperando essa sensação voltar.

Tudo parecia ter acontecido fazia muito tempo. Como um esplêndido navio dentro de uma garrafa. Não sei como entrou, nem como fazer para tirá-lo dali.

Peguei o telefone e comecei a discar.

"Alô", Hugh respondeu, e sua voz reverberou dentro de mim.

"Sou eu", eu disse.

"Estava pensando em você. Você está bem? Tentei falar com você ontem à noite. Ninguém atendeu."

Ah, que legal, vou ter de comprar uma cafeteira nova *e* uma secretária eletrônica.

"Estávamos no mosteiro", respondi. "Encontrei mamãe lá, enterrando o dedo dela."

"Cavando um buraco no chão e cobrindo com terra depois?"

"Exatamente."

Houve um longo silêncio. "Talvez isso seja na verdade um bom sinal, neste momento", ele acrescentou. "Talvez signifique que ela esteja encerrando o assunto, 'enterrando', por assim dizer, a obsessão dela."

Ergui as sobrancelhas, intrigada, quase querendo acreditar no que ele havia dito: "Você acredita nisso?".

"Pode ser verdade", ele disse. "Mas, Jessie, ela ainda precisa de ajuda clínica. Ela deveria estar internada numa unidade psiquiátrica. Daqui a algum tempo, esse comportamento pode se repetir."

Estiquei o fio do telefone até a mesa e me sentei na cadeira. "Você quer dizer que ela pode querer decepar outro dedo?"

"Bem, sim, ou ela poderia fazer outra coisa completamente diferente. Obsessões como essas são egodistônicas, como pensamentos erráticos."

Ouvi uma batidinha do outro lado da linha, então percebi que ele estava usando o telefone sem fio junto à pia do banheiro, fazendo a barba enquanto falava comigo.

"Mas eu não acho que ter decepado um dos dedos foi algo errático. Ainda acho que esteja relacionado com algo específico", respondi.

"Ah, não, duvido muito", ele disse, descartando minha hipótese, me descartando.

Sentei-me novamente na cadeira e soltei um suspiro profundo. "Vou falar com ela hoje e ver se..."

"Acho que não fará mal, mas eu estive pensando... Irei até a ilha neste fim de semana. Você não deveria estar cuidando disso sozinha."

Ele me interrompeu enquanto eu falava.

"Não, não acho que seja uma boa ideia você vir até aqui", respondi. "Acho que ela deve ser capaz de..."

"Isso é complicado demais para você lidar sozinha, Jessie."

Claro que era. Era como tentar resolver uma longa equação matemática. O que se passava dentro dela era tão insondável para mim que se tornava patético. Pensei em dizer: "Sim, sim, por favor, venha resolver tudo para mim". Mesmo assim, me pareceu errado. Em parte, eu tinha a sensação de que eu — a não psiquiatra da família — realmente poderia ajudar mamãe melhor do que ele. Que eu poderia entender tudo melhor sozinha.

E talvez eu simplesmente não quisesse que Hugh viesse. Queria passar esse tempo sozinha, para estar comigo — seria algo tão terrível assim?

Eu queria acreditar que isso não tinha nada a ver com o monge ou com o que acontecera na véspera. Quer dizer, nada realmente *acontecera*. Não, pela primeira vez, isso era algo que eu queria fazer, atendendo à minha própria vontade sobre determinado assunto. Mais tarde, eu me questionei sobre isso. Alguma vez os motivos se apresentam tão claros assim?

Eu me levantei.

"Já disse que *vou* cuidar disso. Não quero que você venha." Soei mais zangada do que pretendia.

"*Nossa!*", ele exclamou. "Não precisa gritar comigo."

Olhei na direção do quarto de mamãe, esperando não tê-la acordado. "Talvez eu *esteja* com vontade de gritar", respondi. Não entendia por que estava começando a discutir com ele.

"Pelo amor de Deus, só estava tentando ajudar. O que há de errado com você?"

"Nada", respondi bruscamente. "Não tem nada de errado comigo."

"Bom, parece que *tem* sim", ele disse, elevando o tom de voz.

"O que você quer dizer é que, se eu não preciso de sua ajuda, então tem algo de errado comigo."

"Agora você está sendo ridícula", ele disse, elevando cada vez mais a voz do outro lado. "Está me ouvindo? Você está sendo ridícula."

Desliguei o telefone. Simplesmente desliguei o telefone. Enchi mais uma vez minha xícara de café e me sentei, segurando-a com as mãos. Elas tremiam de leve.

Esperei que o telefone tocasse, que ele me ligasse de volta. Quando percebi que ele não ligaria, fiquei ansiosa, cercada por uma estranha turbulência, tentando me recompor, sem saber como me virar sozinha.

Depois de algum tempo, abaixei-me e olhei debaixo da mesa. O crucifixo continuava pregado ali. O Cristo que nos abrigava da tempestade.

10

Naquela manhã, quando troquei o curativo de mamãe, tive de desviar os olhos da ferida de sua mão várias vezes. Mamãe se sentou na cadeira de vime marrom junto à penteadeira enquanto eu limpava a pele em volta das suturas com água oxigenada e aplicava um óleo antisséptico com gaze esterilizada. Ela fizera o corte logo abaixo da junta do "dedo apontador", como ela sempre se referia a ele. Eu não conseguia deixar de imaginar a força violenta que ela precisou empregar para pressionar o cutelo a ponto de partir o osso. Ela se contraiu quando pus a gaze sobre a base do dedo inchado.

Olhei para a fotografia de meu pai, imaginando o que ele acharia dela agora, do rumo terrível que a vida dela tomara depois da morte dele. O que ele pensaria ao vê-la decepar o próprio dedo? Mamãe se virou e olhou para a foto dele também. "Sei que o que fiz parece insano para você."

Ela estava falando com ele ou comigo? "Gostaria apenas que me ajudasse a entender por que você fez isso", eu disse.

Ela tocou o vidro sobre o retrato com a ponta da unha. O som ecoou pelo quarto. "Esta foto foi tirada no dia em que ele começou a fazer o serviço de fretamento."

Eu tinha cinco anos na época. Não lembrava dele como pescador de camarão, apenas como capitão do *Jes-Sea*. Antes de comprar o barco, ele trabalhara para Shem Watkins "caçando camarões", como ele costumava dizer. Ele conduzia um dos barcos de pesca de Shem por uma semana e voltava com mais de cinco toneladas de camarão. Mas tudo que ele queria era ter seu próprio negócio, ser seu próprio patrão, para ter a liberdade de velejar quando quisesse e poder estar em casa com a família quando bem entendesse. Idealizou um fretamento de pesca costeira, economizou e comprou sua lancha. Quatro anos depois, ela explodiu.

Ele dizia que sua religião era o mar. Que era sua família. Contou histórias para mim e Mike sobre um reino submarino governado por um grupo de destemidas lesmas do lodo, que enfrentavam os bravios moluscos que tentavam tirá-las do poder. Sua imaginação era prodigiosa. Contou-nos que poderíamos fazer varinhas de condão com rabo de arraia, e, se as movimentássemos de certo modo, faríamos as ondas entoarem uma típica canção sulista, algo que tomou muitas de nossas horas de lazer. Ele dizia que, se sonhássemos com uma garça bem grande, encontraríamos suas penas debaixo do nosso travesseiro na manhã seguinte. Acordei várias vezes com plumas brancas sobre a cama, embora nunca me lembrasse de ter sonhado com garças para justificar as penas. E, claro, a melhor de suas histórias: contava que certa manhã vira um imenso cardume de sereias vir nadando até seu barco.

Não lembro de ele ter ido à missa nenhuma vez, mas foi o primeiro a me levar ao mosteiro para ver a cadeira da sereia e me contar sua história. Acho que só fingia ser um excomungado.

Embora se recusasse a compartilhar da religião de mamãe, parecia admirá-la. Antes, ela não apresentava um comportamento religioso patológico. Às vezes, acho que ele se casou com ela por causa de sua infinita fé, porque ela conseguia aceitar aquelas doutrinas e dogmas absurdos e as histórias que a Igreja inventava. Talvez a fé de minha mãe na Igreja suprisse a falta de fé de meu pai. Meus pais formavam um casal curioso — Walt Whitman e Joana d'Arc —, mas se davam maravilhosamente bem. Tinham adoração um pelo outro. Disso eu tenho certeza.

Mamãe desviou o olhar da foto de meu pai e esperou que eu terminasse de enfaixar sua mão com gaze. Pôs seu vestido de chenile azul sem o cinto. Levantou o colarinho do vestido e depois baixou sua mão até a gaveta, a mesma que continha todos os badulaques religiosos. Tocou o puxador com a ponta dos dedos. Perguntei-me se o recorte de jornal com a notícia da morte de papai ainda estaria ali.

Por que dei aquele cachimbo a ele?

Um dia, papai e eu o vimos no mercado Caw Caw, e ele ficou olhando admirado para aquele cachimbo. Pegou-o na mão e fingiu estar fumando. "Sempre quis ser um homem que fuma cachimbo", ele disse. Tirei todo o dinheiro que tinha em meu cofrinho e dei o cachimbo a ele no Dia dos Pais. Mamãe me disse para não fazer isso, que não queria vê-lo fumando cachimbo. Comprei-o mesmo assim.

Ela nunca mencionou uma palavra sobre o cachimbo ser a causa do incêndio.

Rasguei um pedaço do esparadrapo e prendi a ponta da gaze na altura do seu pulso. Ela fez menção de se levantar, mas eu me ajoelhei diante da cadeira e coloquei minhas mãos sobre seus joelhos. Não sabia por onde começar. Mas eu havia assumido tudo isso. Tinha impedido que Hugh me ajudasse e agora só dependia de mim.

E, ajoelhada ali à frente de minha mãe, percebi que a crença que eu tinha de poder lidar com tudo isso sozinha começou a esmorecer. Mamãe fixou seus olhos nos meus. Suas pálpebras inferiores pendiam de forma profunda, expondo linhas de mucosa cor-de-rosa. Ela parecia muito mais velha do que realmente era.

Eu disse: "Ontem à noite, no jardim, você mencionou d. Dominic, lembra?".

Ela concordou. Tomei sua mão esquerda entre as minhas e toquei a ponta de seus dedos.

"Eu perguntei a você por que você decepou seu dedo e você mencionou papai e depois d. Dominic. Ele tem alguma coisa a ver com você ter cortado seu dedo?"

Ela me devolveu um olhar vazio.

"Ele por acaso sugeriu que você deveria se punir ou se flagelar de alguma forma?"

Seu olhar se exasperou: "Não, claro que não".

"Mas cortar seu dedo *foi* uma penitência, não foi?"

Ela desviou o olhar.

"Por favor, mamãe. Precisamos conversar sobre isso."

Ela mordeu o lábio inferior e pareceu ponderar sobre minha pergunta. Tocou em uma mecha de seus cabelos e notei o tom amarelado que tinham adquirido.

"Não posso falar sobre Dominic", disse, finalmente.

"Por que não?"

"Não posso, só isso."

Ela pegou um vidro de remédio e dirigiu-se à porta. "Preciso tomar meu analgésico", remedou e saiu porta afora, deixando-me ajoelhada junto à penteadeira.

11

Passei a manhã toda empenhada em limpar a casa, tentando ajudar. Troquei os lençóis da cama de mamãe, coloquei a roupa para lavar e limpei coisas que havia anos não eram sequer tocadas: o reboco do banheiro, as venezianas, a serpentina atrás da geladeira. Entrei na despensa e joguei fora tudo que estivesse vencido — enchi dois sacos de lixo enormes. Empurrei o carro de golfe enferrujado para fora da garagem, acionei-o para ver se ainda funcionava, e, ao ver a gruta/ banheira encardida, liguei a mangueira do jardim e enxaguei até limpá-la.

Depois que terminei de fazer tudo isso, tentei analisar a recusa de mamãe em falar sobre a morte de meu pai e a estranha menção a d. Dominic.

Pensei bastante no irmão Thomas também. Eu não tinha intenção de pensar nele, mas continuava a me lembrar dele mesmo sem querer. Em certo momento, na despensa, enquanto segurava uma lata de tomates pelados, me peguei imaginando coisas sobre ele, e então percebi que estava relembrando algo que havia acontecido na véspera.

O dia estava quente, o sol reluzia com uma luminosidade de inverno. Mamãe e eu almoçamos na varanda da frente, com as bandejas sobre o colo, tomando a sopa que nenhuma de nós tinha sequer conseguido pensar em tomar na noite anterior. Tentei puxar o assunto sobre Dominic novamente, mas ela continuou trancada em seu mutismo.

Procurando aproximar-me dela de qualquer forma que fosse, perguntei se ela gostaria de ligar para Dee na faculdade, e ela fez que não com a cabeça.

Então, desisti. Ouvi sua colher raspar o fundo da tigela e percebi que teria de desencavar a história de Dominic de outro modo. Duvidei de que algum dia ela me contasse qualquer coisa sobre esse assunto para chegarmos à "raiz do problema", como Hugh gostava de dizer. Detestava ter de admitir que ele tivesse razão. Isso fez com que eu decidisse desvendar tudo sozinha.

Depois do almoço, ela se deitou em seu quarto e adormeceu. Como se estivesse finalmente recuperando todo o sono perdido. Assim que ela dormiu, entrei no quarto para ver o nome do médico no vidro de remédio para poder falar com ele. Mas não cheguei a pegá-lo.

Fiquei olhando para a penteadeira e a estátua da Virgem Maria com o Jesus gordinho encaixado em sua cintura. A gaveta estava bem ali. Eu a puxei.

A madeira rangeu e olhei para mamãe deitada sobre a cama. Ela sequer se mexeu.

A gaveta estava lotada de santinhos, terços, um livro de orações, fotos antigas de Dee. Vasculhei seus adorados entulhos o mais silenciosamente possível. Exatamente como eu fazia quando era menina. *Será que ela ainda guardava o recorte de jornal?* Meu coração disparou.

Quase no fundo da gaveta, meus dedos tocaram em algo longo e rijo. Eu sabia o que era antes mesmo de puxá-lo para fora. Gelei por um instante, antecipando o que eu iria ver.

Era o cachimbo que eu dera ao meu pai.

Olhei de novo para mamãe e, em seguida, ergui-o para vê-lo melhor na luz baça que entrava pelas frestas da janela, mas nada mais fazia sentido para mim. Meus joelhos se dobraram, moles — era impossível continuar de pé. Sentei-me diante da penteadeira.

Como o cachimbo poderia estar na gaveta? Quando ela o teria colocado ali? Deveria estar no fundo do mar junto com o *Jes-Sea* e meu pai. Eu havia imaginado tantas e tantas vezes como isso acontecera.

Joseph Dubois, em pé em seu barco, envolvido pelas últimas sombras da noite, olhando para o leste, onde o sol acabara de despontar sobre o mar. Muitas vezes, ele saía com seu barco a essa hora para "saudar a manhã" — como ele costumava dizer. Mike e eu nos levantávamos para tomar café, e ao vermos que papai não estava em casa, perguntávamos:

"Papai ainda está saudando a manhã?"

Acreditávamos que fosse algo normal que as pessoas faziam, como ir ao barbeiro para cortar o cabelo. Ele ia sozinho em suas excursões, fumava seu cachimbo sem ser perturbado, e via o mar se transformar numa membrana de luz.

Visualizei-o na última manhã de sua vida, batendo o cachimbo contra a grade. Já viram como as fagulhas de um cachimbo voam longe? Ele bateu seu cachimbo sem perceber o vazamento do combustível. Uma centelha, cem vezes menor do que um mosquito, cai sobre uma gota de gasolina do tanque ao lado do motor. Ouve-se um estalo, eleva-se uma língua de fogo. As chamas se espalham de um lado a outro, como uma pedra saltando sobre a água. Sempre imagino que, nessa hora, ele se vira, exatamente quando as chamas se erguem e crepitam ao atingir o tanque de gasolina, no exato momento em que o barco fulgura e explode no ar.

Vislumbrei tudo acontecer assim tantas vezes que sequer imaginava que pudesse ter sido de outra forma. E todo mundo havia confirmado isso — a polícia, os jornais e todos na ilha.

Fechei os olhos. Senti que o cerne da minha história fora destruído e transformado numa mera ficção. O abismo que se abrira dentro de mim parecia impossível de se ultrapassar.

Eu segurava o cachimbo, mortificada de dor. Relaxei a mão. Aproximei-o de mim e aspirei o odor dentro do bojo. Cheirava a meu pai.

Tudo começou, então, a se recompor. *Não tinha sido o cachimbo que causara o incêndio*. Fiquei sentada junto à penteadeira por algum tempo, enquanto mamãe dormia do outro lado do quarto. E então eu permiti que este fato novo me invadisse: *Não foi minha culpa*.

12

    Levei o cachimbo para meu quarto. Duvidei de que ela procurasse por ele na gaveta e desse por sua falta. Assim que o coloquei dentro da bolsa, o alívio que senti se transformou numa ira sanguínea. Comecei a andar de um lado para o outro. Tive uma vontade quase incontrolável de sacudir mamãe, até acordá-la e perguntar a ela por que havia deixado que eu crescesse acreditando que o cachimbo tinha sido a causa de tudo?

    Minha culpa era secreta, um peso que ninguém via, do tipo que sobrevém em sonhos quando se tenta correr, mas sequer conseguimos nos mover. Carreguei-a como um fardo entranhado em meus ossos e minha mãe havia permitido que isso acontecesse. *Ela havia permitido.*

    Espere. Não estou sendo justa. Talvez mamãe pensasse que eu não *soubesse* sobre o cachimbo. Ela tentou evitar que eu soubesse — nunca falando sobre isso, escondendo o recorte de jornal —, mas, mesmo assim, não era uma boa desculpa. *Não era*. Ela deveria saber que em algum momento Mike e eu descobriríamos. A ilha inteira sabia do cachimbo, pelo amor de Deus! Como ela poderia esperar que *nós* não soubéssemos?

    Eu podia ouvi-la ressonar, como pequenos acordes ritmados que ecoavam por toda a casa. Não queria estar ali quando ela acordasse. Rabisquei um bilhete e deixei-o de pé sobre a mesa da cozinha, dizendo que eu precisava sair para andar, tomar um ar.

    A casa de Hepzibah ficava a menos de um quilômetro e meio de distância, descendo por um atalho que passava pelo cemitério de escravos, na direção do viveiro das garças, contornando até chegar à praia. Podia vê-la ao passar pela curva, em meio a tufos amarelo-claros de prímulas selvagens e esporões marinhos. Bati em sua porta pintada de azul vivo e esperei.

    Não houve resposta.

    Dei a volta na casa e fui até a porta dos fundos. A porta de tela da varanda estava destrancada, então entrei e bati à porta da cozinha, que tinha a mesma cor anil reluzente da porta principal. O azul servia para afugentar o Booga Hag — um espírito atormentado que vinha sugar as almas durante o sono. Eu duvidava de que Hepzibah acreditasse no Booga Hag, mas ela gostava de seguir as velhas tradições angolanas. E como se as portas azuis já não fossem suficientes para afastar o Hag, Hepzibah espetara também uma fileira de conchas no jardim.

Na lateral da varanda estava o seu famoso altar de tesouros da ilha, cheio de itens estranhos que ela passara a vida inteira colecionando.

Ao aproximar-me da mesa, fui tomada por uma forte e súbita saudade. Mike e eu passávamos horas debruçados sobre aquela mesa. Estava lotada de pedaços de coral, patas de caranguejo, ouriços do mar, conchas em espiral, olhos de tubarão, brocas, moluscos bivalves. A mais insignificante das conchas estava ali, até mesmo as lascadas. Eu mesma tinha coletado várias dessas conchas quebradas e uma estrela-do-mar com apenas duas pernas. Penas de garças, flamingos e íbis entremeavam os objetos, algumas enfiadas como se tivessem nascido ali.

Sobre uma caixa de madeira no centro da mesa estava a longa mandíbula de um jacaré. Obviamente, esta era a relíquia favorita de Mike. A minha era o crânio esbranquiçado de uma tartaruga-cabeçuda. Em minha imaginação, eu havia nadado com essa tartaruga pelo mar sem fim até o fundo do oceano e voltado.

Mexi nos objetos sobre a mesa e descobri o crânio soterrado sob uma pilha de carrapichos.

Na noite em que Hepzibah encontrou o crânio de tartaruga estávamos fazendo um Piquenique das Garotas na praia. Assim eram chamados esses eventos. Sentei-me na cadeira de balanço, segurando o pequeno crânio em minhas mãos, sentindo outra pontada de saudade. Fazia tanto tempo que não me lembrava do Piquenique das Garotas. Desde que era menina.

Kat começara a organizá-los havia décadas, quando ela e mamãe ainda não eram casadas, e Benne era apenas um bebê de um aninho. Na véspera de todo Primeiro de Maio, sem falta, elas iam à praia dos Ossos. Se estivesse chovendo, faziam o piquenique na primeira noite seguinte sem chuva, embora eu me lembre de que certa vez Kat se cansou de esperar e montou uma barraca de lona impermeável.

Depois que Hepzibah passou a conviver com mamãe e Kat, também aderiu ao Piquenique das Garotas, e eu passei a participar assim que aprendi a andar. Suspenderam tudo repentinamente depois que papai morreu.

Lembrei-me dos grandes banquetes que elas preparavam: os bolinhos de caranguejo de Kat, o arroz com ervilhas cozido em leite de coco, uma das especialidades de Hepzibah, e muito vinho. Mamãe sempre trazia seu pudim de pão com passas e um pacote de biscoitos recheados para Benne — que recebeu esse nome por causa de uma marca de biscoitos de gergelim que Kat comia bastante quando estava grávida. Todas ganhavam presentes de Primeiro de Maio, normalmente sais de banhos e esmaltes coloridos — quase sempre vermelhos. Mas não era isso que fazia com que eu gostasse desses encontros. Era porque, nessa noite especial, uma vez ao ano, mamãe, Kat e Hepzibah se metamorfoseavam em criaturas completamente diferentes.

Depois de comermos, elas armavam uma fogueira com gravetos da praia e dançavam, enquanto Benne e eu ficávamos sentadas na areia em meio às sombras, olhando para tudo, extasiadas. Hepzibah batia seu tambor gullah — produzindo um som tão antigo que, depois de algum tempo, parecia sair de dentro da terra e vir em ondas com o mar — e Kat sacudia um velho pandeiro, enchendo o ar de sons metálicos. A certa altura, algo acontecia, e elas se moviam cada vez mais rápido, diluindo suas sombras na luz da fogueira.

No último ano que fizeram o piquenique, as três entraram na água, vestidas, cada uma segurando um fio de linha que tinham puxado do suéter bordado de mamãe. Benne e eu ficamos na ponta dos pés à beira d'água e imploramos para nos deixarem entrar, mas Kat negou: "Não, isso é uma coisa nossa. Fiquem aí vocês duas".

Avançaram até que a água estivesse na altura da cintura e, então, ataram os três fios de linha. "Rápido, rápido!", repetiam umas para as outras, gritando cada vez que as ondas quebravam sobre elas.

Acreditei naquela época e ainda hoje acredito que elas fizeram algum pacto de amizade que acabaram inventando, graças ao vinho e à tontura produzida pela dança. E ao suéter desfiado de mamãe.

Kat arremessou os fios atados sobre as ondas, no escuro, e elas caíram na gargalhada. Foi uma risada voluptuosa e travessa, como se ainda fossem crianças.

Ao cambalearem de volta, Hepzibah encontrou o crânio de tartaruga. Quase tropeçou nele ao sair da água. Ela se pôs de pé sobre o crânio, enquanto as ondas espumavam à sua volta, e Kat e mamãe ainda riam. *"Tie yuh mout!"*, Hepzibah disse em dialeto gullah, e todas nós nos calamos imediatamente.

"Vejam o que o mar nos trouxe!" E retirou o crânio da água, um osso cor de marfim, liso, encharcado e imaculado contra a escuridão da noite.

Acredito que elas tenham pensado que fosse algum sinal. Haviam unido suas vidas em meio às águas do mar, e, de repente, um crânio de tartaruga surgiu milagrosamente aos seus pés, entre as ondas.

Por muito tempo — muitos e muitos anos — o crânio passou de uma à outra. Lembro de tê-lo visto sobre a lareira por algum tempo antes de ir parar na estante de livros de Kat, ou aqui sobre a mesa de Hepzibah. O crânio talvez esteja sobre o altar por ser uma lembrança daquelas noites e dos nós que deram nos fios que lançaram ao mar.

E então, sentada na cadeira de balanço da varanda, esfreguei o osso po-

71

roso com meu polegar e olhei novamente para a porta azul. Era óbvio que Hepzibah não estava em casa.

Levantei-me, coloquei o crânio de volta e por um momento aquela mesa me pareceu mais do que um episódio remoto entre as minhas reminiscências de infância. Parecia uma parte viva da minha vida.

Eu sabia desde os dez anos de idade que um dia eu abandonaria a ilha. Na primeira Quarta-Feira de Cinzas depois da morte de papai, quando o padre tocou minha testa, senti como se estivesse me reerguendo daquele pequeno monte de cinzas com a determinação de uma fênix. "Vou sair daqui", disse para mim mesma. "Vou alçar voo." Depois da faculdade, raramente voltava e, quando o fazia, comportava-me de forma arrogante. Eu nem sequer me casei com Hugh na ilha. A cerimônia de casamento foi realizada no jardim da casa de um conhecido em Atlanta, que nós nem conhecíamos tão bem assim. Lembrei-me de Kat me provocando, dizendo que eu havia me esquecido do brejo de onde eu vinha, e ela tinha razão. Fiz tudo o que estava ao meu alcance para apagar este lugar da minha vida.

A última coisa que esperava fazer era estar na varanda da casa de Hepzibah e sentir uma pontada de amor pela ilha da Garça. E não apenas pela ilha, mas pela mulher que minha mãe tinha sido quando dançava em torno da fogueira.

Subitamente, me dei conta de uma coisa: nunca havia feito nada do que minha mãe fizera. Jamais dançara numa praia. Jamais armara uma fogueira. Jamais entrara no mar à noite com outras mulheres às gargalhadas e unira minha vida às delas.

13

Na manhã seguinte, fui até o mosteiro. O sol amarelo e brilhante do dia anterior se escondera em algum lugar. Tudo estava sob a bruma, como se a névoa tivesse envolvido a ilha durante a noite. Vesti meus jeans, um casaco vermelho e um boné de beisebol também vermelho que encontrei, estampado com o logo CAROLINA GAMECOCKS. Enterrei-o na cabeça, cobrindo a testa, e pus meu rabo de cavalo através da abertura posterior do boné.

Percorri o mesmo caminho que fizera havia duas noites ao sair procurando por mamãe. Pude aspirar o odor primitivo e denso do pântano trazido pela névoa, que me fez lembrar de irmão Thomas. Mentalmente pude ver seu rosto, e senti uma contração curiosa.

Eu estava indo falar com d. Dominic. Se eu acabasse encontrando irmão Thomas ao acaso, tudo bem, mas eu não pretendia desviar meu caminho.

Para falar a verdade, eu não fazia ideia do que iria dizer a Dominic quando o encontrasse. Comecei a elaborar diversas estratégias para arrancar o que quer que ele soubesse sobre os motivos que levaram minha mãe a cortar seu dedo.

Mas e se eu falar com Dominic, desvendar a história, e ele for falar com mamãe? Eu não havia pensado nisso. Qualquer avanço que eu tivesse ganho com ela iria para o espaço na mesma hora. Provavelmente, ela me despacharia novamente para casa.

Eu a deixara assistindo a um antigo programa de culinária na televisão. Ela amava a apresentadora do programa, Julia Child — quero dizer, ela era realmente *vidrada* nessa mulher. Ela costumava me encher de perguntas: "Você acha que Julia Child é católica? Ela tem de ser, não?". Mamãe sempre copiava suas receitas, em especial as que levavam camarão. E se ela quisesse fazer um dos pratos de Julia, simplesmente despachava um dos monges até o riacho com uma rede de pesca.

Os monges faziam as redes à mão — com dez ou treze metros — e as vendiam não apenas no sul, mas em butiques sofisticadas à beira-mar e em lojas de equipamento de pesca por toda a Costa Leste. Certa vez, vi uma delas em uma loja em Cape Cod, quando Hugh e eu estávamos viajando de férias. Havia uma citação da Bíblia na etiqueta, "Jogue sua rede", retirada do Evangelho de são João, creio eu, como uma espécie de ordem divina para que fosse comprada. "São marqueteiros perspicazes, não são?", Hugh comentou. Custavam setenta e cinco dólares.

Enquanto eu caminhava, lembrava como os monges costumavam se sentar na grama aparada no meio do pátio, com os barbantes de algodão e os baldes com pequenos pesos de chumbo, movimentando as mãos calosas num ritmo lento e belo. Eu costumava pensar que essas redes de pesca artesanais eram o modo mais exótico de os monges ganharem seu sustento, mas, há dois anos, Dee me contou sobre um "mosteiro muito maneiro" no Oeste americano que vendia palha para atores de cinema alimentarem suas lhamas. Discutimos sobre qual dos dois mosteiros teria a ocupação mais inusitada ou auspiciosa. Chegamos à conclusão de que era o que alimentava lhamas, mas, mesmo assim, a confecção de redes de pesca estava longe de ser uma ocupação tradicional.

Mike sabia usar a rede de pesca como ninguém. Segurava os lados com as mãos e prendia a parte de cima entre os dentes, arremessando-a no ar com um movimento de corpo giratório. A rede planava por alguns segundos e depois mergulhava na água com um grande estrondo, espirrando água para todo o lado. Ele então erguia a rede e despejava os camarões aos nossos pés.

Ao passar pelas últimas árvores, olhei na direção das celas onde os monges viviam, os tetos de telha vermelha embranquecidos pela luz fosca. No fundo, queria que irmão Thomas surgisse de repente, como fizera havia duas noites naquele mesmo lugar.

Aproximando-me do portão que levava ao roseiral, pensei no dedo de mamãe enterrado ali e estremeci, lembrando-me de algo que não me ocorria havia muitos anos. Mamãe e seus ex-votos.

Quando eu era adolescente, ela sempre os encomendava a partir de um catálogo asqueroso da Igreja. Para mim, pareciam pingentes comuns, mas eram, na verdade, partes do corpo humano — pés, corações, orelhas, torsos, cabeças e mãos. Acabei descobrindo que eram oferendas, pequenas orações na forma do mal que afligia o suplicante. Quando mamãe pensou que tivesse catarata, deixou um ex-voto com a forma de um olho na estátua de santa Senara; quando seu joelho doeu por causa da artrite, deixou um ex-voto com a forma de uma perna.

Comecei a pensar que talvez ela quisesse fazer com que o dedo fosse seu ex-voto mais poderoso.

Dei a volta pelos fundos da igreja e avancei por um caminho com três pistas na direção do centro de recepção do mosteiro, próximo à entrada da abadia. Parecia uma cabana. A varanda tinha um teto inclinado e era adornada com arbustos de lírios alaranjados. Dentro havia um monge careca e com sobrancelhas muito rústicas, que formavam uma só curva espessa sobre os óculos de armação escura.

Ele me cumprimentou movimentando a cabeça assim que passei por ele, dirigindo-me a um salão que os monges chamavam de loja de presentes. Olhei para as redes de pesca em exposição, mexi numa bandeja com terços e medalhinhas de santos. Deparei com uma pilha de livretos com capa azul-petróleo e peguei um deles, que, para a minha surpresa, era o mesmo que Kat me dissera ter publicado: *O conto da sereia*.

Abri-o na primeira página:

> De acordo com a lenda narrada na *Legenda áurea*: *Vidas de santos*, em 1450, uma linda sereia celta chamada Assinora nadou até uma praia na costa da Cornualha, onde um mosteiro beneditino se estabelecera havia pouco tempo. Depois de retirar sua cauda de peixe e escondê-la entre as pedras, explorou o terreno a pé e descobriu a comunidade masculina. Ela fez várias visitas clandestinas [...]

"É a história que existe por trás da nossa cadeira da sereia", disse uma voz por trás de mim. Levantei os olhos do livreto, interrompendo minha leitura, e vi o monge calvo com os braços cruzados sobre o peito, tão apertados que ele parecia estar se flagelando. Carregava uma grande cruz de madeira pendurada em volta do pescoço e os cantos da boca tinham linhas bem marcadas. "Um dos nossos monges escreveu isso. Creio que seja bastante fantasioso."

"Sim, sempre gostei desta história", respondi, e dei-me conta de que fazia tempo que eu não a ouvia. Grande parte dela eu inclusive já havia esquecido.

"Se você está aguardando a visita guiada, infelizmente acabou de perdê-la, e só haverá outra às três horas da tarde. Mas eu sinceramente não entendo o motivo do grande interesse. Você só vai ouvir 'Aqui é onde os monges rezam, ali é onde tecem suas redes e lá é a lavanderia, onde lavam suas meias'."

Creio que tenha dito isso em tom de ironia, mas, quando eu ri, ele franziu a testa. "Não", respondi, "eu não vim fazer a visita guiada." Puxei do bolso da calça a nota de dez dólares que tinha trazido e comprei o livro. "O autor, d. Dominic, onde posso encontrá-lo? Adoraria pedir um autógrafo."

"Você quer que ele autografe o livro?", perguntou, balançando a cabeça. "Se já é difícil conviver com ele hoje, imagine como vai ser quando começar a autografar livros!" Mais uma vez, eu não sabia se ele estava falando sério ou não. Seu humor ácido tornava difícil adivinhar o que ele realmente queria dizer. "Creio que esteja por aí, na biblioteca", respondeu. "Ela fica no prédio branco ao lado da igreja. Está aberta para visitação, mas algumas áreas são restritas. Você se espantaria se soubesse aonde as pessoas acabam indo. Ontem, uma mulher ficou vagando pelo refeitório durante o almoço. Ela tirou uma foto do nosso bufê de saladas!"

Encontrar uma mulher perambulando por áreas de acesso restrito me soou divertido, bem como a própria indignação dele, mas muito mais engraçado foi descobrir que a abadia tinha um bufê de saladas. Fiquei me perguntando se mamãe teria sido a responsável por isso. Era típico dela inventar coisas assim tão improváveis.

"Sei quais são os lugares reservados", eu disse. "Minha mãe é Nelle Dubois. Sou Jessie. Eu costumava vir aqui quando era pequena." Não sei por que disse isso a ele, que não era das pessoas mais simpáticas para se conversar. Achei curioso que ele fosse o monge designado para trabalhar no centro de recepção. Talvez isso fizesse parte de uma conspiração para desencorajar a presença de visitantes no mosteiro.

"Lamento pelo que aconteceu a ela", ele disse. A frase soou como uma resposta gravada numa secretária eletrônica.

"E você é...?"

"Ah, desculpe. Sou d. Sebastian. Sou o prior da abadia."

Tentei me lembrar da hierarquia do mosteiro. Tinha certeza de que o prior era o segundo monge mais importante, aquele que, como mamãe dizia, mantinha o mosteiro na linha.

Seguindo até a biblioteca para encontrar d. Dominic, comecei a me arrepender de ter vindo falar com ele. *O que eu estou fazendo?* Fui caminhando mais devagar, até parar completamente, corroída pela dúvida. Pensei em voltar para casa e ligar para Hugh. *Pensando bem, vem você dar um jeito na mamãe,* eu diria a ele. *Eu não tenho os culhões, ou os ovários, ou qualquer que seja a região anatômica necessária para isso.*

Espiando a parte de trás da igreja, vi o atalho que conduzia à margem junto ao pântano. Segui-o, até chegar a um banco de pedra sob um carvalho.

Covarde.

Não me sentei no banco; em vez disso, caí sentada no chão e fiquei olhando, imóvel, para a enseada coberta de névoa, que se movia como um veio vivo, esgueirando-se até a baía. Costumava ir ali desde que meu pai morrera, quando me sentia triste ou perdida. Eu gritava meu nome e ouvia minha voz ecoar sobre as águas pantanosas, como se o capim me respondesse. Por vezes o vento elevava minha voz como uma gaivota planando acima do mar: "Jessie", eu berrava, repetidas vezes.

Segurei o livreto que havia comprado e o abri na passagem que estava lendo antes de d. Sebastian me interromper:

... Suspeitando de que Assinora não fosse uma mulher comum, mas uma sereia, e muito alarmado com sua presença, o abade do mosteiro se ocultou perto dos rochedos e esperou. Viu Assinora nadar até a praia, retirar sua cauda de peixe e escondê-la num nicho junto ao penhasco.

Quando ela seguiu em direção à abadia, o astuto abade recolheu a cauda de peixe, colocando-a sob o hábito. Depois, escondeu-a num compartimento secreto sob o assento de sua baia na igreja. Sem sua cauda, a pobre sereia não pôde mais retornar ao oceano e pouco depois seu instinto selvagem desapareceu. Assinora foi convertida e transformada mais tarde em santa Senara.

Ao me contar essa parte da história, meu pai mencionava o "trágico destino" de Assinora — por perder sua cauda de sereia e ser convertida em santa —, e tive a impressão, embora estivesse concluindo por conta própria, de que Dominic tinha a mesma sensação. E, sinceramente, o fato de d. Dominic ter escrito esta história causou-me imensa preocupação.

Um interessante detalhe da lenda diz que, depois de sua conversão, Assinora por vezes sentia tanta falta do mar e de sua vida anterior que saía pelo mosteiro à noite à procura de sua cauda de sereia. As histórias sobre se ela a encontrou ou não são controvertidas. Uma delas diz que Assinora não apenas encontrou sua cauda de peixe como a usava sempre que queria visitar novamente sua antiga morada; no entanto, sempre retornava e a devolvia ao mesmo lugar sob a cadeira do abade.

Recordei-me de mamãe e de sua paixão desenfreada por santa Senara, mas minhas lembranças não combinavam com o que eu estava lendo. Senara era uma santa que escapulia para reviver seu passado nefasto. Nunca tinha me ocorrido o quanto isso era contraditório.

Alguns estudiosos sugerem que a história de santa Senara tenha sido criada para fazer com que as pessoas escolhessem o caminho das delícias divinas em vez do prazer sensual. Mas quem sabe também fosse um modo de enfatizar a importância de *ambos*?

"De ambos?" Eu não esperava que ele escrevesse isto — afinal, era um monge. Fechei o livreto — de certa forma, de modo resoluto. Novamente eu sentia uma tensão crescer no meu peito.

A umidade da grama atravessava a minha calça jeans. Levantei-me e, quando olhei em volta, vi d. Dominic vindo pelo atalho em minha direção. Ele parou do outro lado do banco de pedra. Estava usando o chapéu de palha, e Kat estava certa: grande parte do chapéu estava com as pontas todas soltas. Parecia um ninho de passarinho malfeito.

"Toc-toc!", ele disse, olhando para mim com ar divertido.

Hesitei. *Ele se lembra de mim.*

"Quem bate?" Senti-me completamente deslocada dizendo isso, mas não vi outro modo de reagir senão *responder* à brincadeira.

"Zen."

"Zen o quê?"

"*Zen* você esperava?", ele respondeu, soltando uma gargalhada desproporcional em relação à piada. "Acho que não a vejo desde que você era garota. Você se lembra de mim?"

"Claro, d. Dominic", respondi. "Eu... Eu estava apenas..."

"*Você estava apenas* lendo meu livreto e, a julgar pelo modo como o fechou, acredito que não tenha gostado muito do que leu." Riu novamente para dar a entender que estava brincando comigo, porém conseguiu fazer com que eu me sentisse pior.

"Não, não, pelo contrário, eu gostei."

Nós nos calamos por um momento. Desviei meu olhar para o pântano, sentindo-me envergonhada. A maré estava abaixando, deixando à mostra montículos de lama que pareciam macios e recém-descobertos. Era possível ver os buracos de dúzias de caranguejos hibernando, com a ponta de suas patinhas de fora.

"D. Sebastian disse que você estava à minha procura. Acredito que esteja querendo um autógrafo no seu livro."

"Ah, sim, é verdade. Você o daria?" Passei-lhe o livreto, sentindo-me pega em minha mentirinha. "Desculpe-me, mas não tenho caneta."

Ele retirou uma de dentro de seu hábito negro. Rabiscou alguma coisa na parte interna da capa e em seguida me devolveu o livro.

"Aqui é um lugar muito agradável, não?", disse ele.

"Sim... Adorável."

O capim alto que tomava todo o campo por trás de nós agitava-se ao vento, e ele oscilava de um lado para o outro sob o hábito, como um ramo solitário tentando alcançar o mesmo ritmo dos demais.

"Então, como está nossa Nelle?"

Fui surpreendida pela pergunta. Talvez pelo modo curioso como ele disse "nossa Nelle", ou por algo mais que ressoou em sua voz, como se tivesse pronunciado o nome com mais doçura do que as outras palavras.

Nossa Nelle. *Nossa.*

"A ferida em sua mão está cicatrizando", respondi. "Mas o verdadeiro problema está aqui dentro." Minha intenção era pousar o dedo sobre a minha testa, mas sem querer esbarrei no meu osso esterno, na altura do coração, e senti que estava certo, como se meu dedo tentasse me mostrar alguma coisa.

"Sim, suponho que o coração nos force a fazer coisas estranhas e inesperadas." D. Dominic bateu com as juntas dos dedos sobre o peito e tive a impressão de que ele estivesse se referindo aos impulsos de seu próprio coração.

Ele tirou o chapéu e ajeitou as palhas soltas. Eu me lembrava dele no dia em que os monges entregaram os restos do barco de meu pai que vieram dar na praia, como havia se postado junto à lareira, segurando o chapéu desse mesmo modo e observando a tábua ser devorada pelo fogo.

"Você sabia que ela chamava o dedo que ela decepou de 'dedo apontador'?", perguntei a ele.

Ele sacudiu a cabeça, e seu rosto — tão enrugado e terno — mudou ligeiramente de expressão, contraindo-se de leve.

Hesitei. Fiz algumas associações — palpites, impressões —, mas não tinha certeza se deveria mencioná-las. "E se ela o cortou para aliviar um terrível sentimento de culpa?"

Ele desviou o olhar.

Ele sabe.

Um silêncio espesso se instalou entre nós. Lembro de ter ouvido um zunido se elevar como um enxame de insetos. Pareceu durar uma eternidade.

"Por que ela fez isso?", perguntei.

Ele replicou como se minha pergunta tivesse sido retórica: "Sim, por que será?".

"Não, estou perguntando a *você*. Por que ela fez isso?"

"Por acaso sua mãe lhe fez acreditar que eu soubesse dos motivos dela?"

"Ela disse que não podia mencionar esses motivos."

Ele suspirou e continuou brincando de fazer e desfazer elos com os dedos. Eu tinha certeza de que ele estava tentando tomar uma decisão.

"Jessie, faço ideia do quão confuso tudo isso deva ser para você, mas não posso lhe dizer nada. Gostaria de ajudá-la, mas não posso."

"Ela lhe contou algo durante a confissão?"

A pergunta o pegou desprevenido, como se isso não tivesse lhe ocorrido antes. Ele se inclinou para mim, olhando-me carinhosamente, aproximando-se como amigo. Cheguei a pensar que iria pegar em minha mão.

"Tudo o que quero dizer é que talvez não seja bom para sua mãe entrarmos nesse assunto. Sei que é justamente o oposto do que você pensa: hoje em dia, somos levados a acreditar que devemos escarafunchar cada centímetro do nosso passado e examiná-lo, mas nem sempre isso é o melhor para a outra pessoa. Nelle quer guardar algo para si mesma, seja lá o que esse ato signifique. Talvez devêssemos deixá-la fazer o que quer."

Ele contraiu os lábios e seu rosto tomou uma expressão de dor, súplica. "Jessie, preciso que confie em mim. Confie em sua mãe."

Quando eu estava a ponto de começar uma discussão, ele estendeu sua mão e, segurando meu rosto, sorriu um pouco sério e resignado. Não sei por quê, mas eu não me retraí, e ficamos nesta posição até ele se virar e começar a caminhar novamente em direção à igreja, ajeitando o chapéu desfiado na cabeça.

14

Sentei-me no banco, de costas para o brejo, e esperei até que d. Dominic sumisse de vista. *O que aconteceu aqui?*

Ele parecia tão autêntico. Sincero. *Jessie, preciso que confie em mim.* Tudo indicava que eu deveria acreditar nele. Ele era, afinal, um velho monge divertido que contava piadas. Todos o amavam. E mais: Kat confiava nele, e Kat Bowers não era uma imbecil. Era impossível enganar aquela mulher.

Ainda me sentindo confusa, estiquei o pescoço para trás e vi dois pássaros descrevendo um imenso círculo em meio à nevoa. E se d. Dominic estivesse certo? Eu poderia piorar a situação de mamãe se tentasse compreender seus motivos?

Meus olhos se detiveram no exemplar de *O conto da sereia*, no banco, ao meu lado. Abri-o. "*Zen* você esperava?", ele escrevera com letras inclinadas e desengonçadas, e depois rabiscara seu nome.

Enquanto eu encarava aquele livro, uma certeza tomou conta de mim: eu não confiava nele. Simplesmente não confiava. No íntimo, tinha certeza de que *poderia* confiar nele, afinal Kat e mamãe acreditavam em Dominic piamente, mas, no fundo, eu não aceitava aquilo.

Olhei para o relógio. Passava pouco das onze. Eu logo teria de voltar e fazer o almoço para mamãe, mas senti um impulso inesperado de entrar na igreja e ver a cadeira da sereia.

A última vez que a vira fazia provavelmente vinte e cinco anos, logo antes de entrar para a faculdade. Apesar do tempo que Mike e eu passávamos brincando de cavalinho na cadeira quando éramos crianças, eu sempre a associava a meu pai — talvez porque fora ele quem a havia mostrado primeiro para mim, porque me contara a história por trás dela, porque amava aquela cadeira quase tanto quanto seu barco. Mamãe, por outro lado, nem queria chegar perto dela.

Nem sempre fora assim. Até a morte de papai, mamãe nem se importava com a cadeira. Entrava e saía ano, ele era um dos que carregava a cadeira da sereia durante a procissão de pouco mais de três quilômetros que ia da igreja ao píer da balsa para a Bênção dos Barcos, algo que ela incentivara. Em geral, os monges escolhiam os homens mais católicos — e Joe Dubois era um completo pagão, mas sempre conseguia dar um jeito para entrar na procissão.

Ele dizia acreditar somente na bênção dos barcos de camarão: não importava se santa Senara, Deus, os monges, ou Max, o cachorro, os abençoassem. Mas creio que era algo maior do que isso. Enquanto minha mãe venerava Senara, a santa, meu pai amava a sua *outra* natureza — sua vida como Assinora, a sereia.

A cadeira tinha ganchos de ferro em cada braço para deixar passar as hastes e, todo mês de abril, ao final do dia da festa de santa Senara, quatro homens a punham sobre os ombros e saíam em romaria, passando pelo portão da abadia, diante das lojas da ilha, como se fosse o trono de Cleópatra ou a estátua de um deus grego. Lembro de ir com Mike ao lado do meu pai ao longo de todo o trajeto, de peito estufado e orgulhosa — "pavoneada", como dizia mamãe —, com os moradores da ilha atrás de nós, transformando a estrada numa longa trilha colorida.

Indo agora em direção à igreja, refleti sobre aquelas procissões radiantes, a oração lida pelo abade, sentado na cadeira da sereia à beira do cais, erguendo sua mão para a bênção. E umas quarenta traineiras, não apenas da ilha da Garça, mas também de McClellanville e Mount Pleasant, passando diante do píer, cheias de luzinhas coloridas, a água escurecendo à medida que anoitecia. Depois que os barcos eram abençoados e a cadeira cerimoniosamente aspergida com água salgada, os moradores da ilha atiravam Lágrimas de Sereia — diminutos seixos perolados — na baía, numa demonstração de respeito à tristeza da santa-sereia, por ter deixado o mar. Em seguida, toda a ilha se sentava à mesa para degustar camarão frito ou cozido no Café do Max.

Entre a Casa das Redes e a igreja havia um gramado onde os monges costumavam estender as redes de pesca sobre cavaletes de madeira e aplicar uma solução com cheiro de cobre para não apodrecerem. Não havia mais cavaletes, mas vi um monge jogando uma bola de tênis amarela para Max. Ele estava de costas para mim, mas pude perceber que ele era alto e tinha cabelos escuros. Max voltou saltitando com a bola até o monge, que se abaixou e acariciou o cão na cabeça. Era o irmão Thomas.

Quando me dirigi até onde o monge estava, ele se virou e, ao ver que era eu, abriu um sorriso numa demonstração explícita de prazer. Ele veio ao meu encontro, segurando a bola de tênis em uma das mãos, e Max o acompanhou de perto.

"Não pretendia interromper sua diversão", eu disse, tentando por alguma razão não corresponder ao seu sorriso, mas não consegui evitar. Senti uma lufada de felicidade apenas em vê-lo.

"Estava só brincando com Max até a hora das vésperas que entoamos antes da missa", ele respondeu.

Houve um momento de silêncio e desviei meu olhar até as árvores.

Ao tornar a encará-lo, pude ver que me observava com um ar divertido. Lembrei-me do meu sonho, nós dois num bote inflável no meio do mar. Essas imagens haviam voltado à minha mente várias vezes nos últimos dois dias — seu capuz jogado para trás revelando seu rosto, sua mão me tocando e deslizando pelas minhas costas. Senti-me envergonhada de pensar no sonho diante dele, como se pudesse ler meus pensamentos.

Abaixei meus olhos de repente e vi suas botas sob o hábito, cobertas de lama seca do brejo.

"São minhas botas de trabalho", explicou. "Sou o monge do viveiro."

"Você é o *quê?*"

Ele riu.

"O monge do viveiro", repetiu.

"E o que é isso?"

"O Estado nos paga para tomar conta do viveiro: é uma área de proteção ambiental. Então, um de nós recebe a incumbência de ir até lá todos os dias para cuidar de tudo."

"Você não tece as redes como os outros?"

"Não, graças a Deus. Eu não saberia fazer aquilo; além disso, sou o monge mais novo, então me deram o trabalho ao ar livre."

Max estava sentado, esperando pacientemente.

"Esta é a última", disse Thomas para o cão, e arremessou a bola.

Por um instante, ficamos observando Max correr a toda em meio à névoa.

"E o que o monge do viveiro faz exatamente?", perguntei.

"Ele mantém um registro do número de pássaros; não apenas as garças, mas os pelicanos, as íbis, os flamingos, todos eles. Na primavera e no verão, ele conta e mede os ovos das garças, checa os ninhos, as ninhadas, esse tipo de coisa. Nesta época do ano não há muito o que fazer."

Senti um odor exalando de seu corpo. Em seguida, dei-me conta de que ele cheirava a geleia de uva.

"Então você toma conta dos pássaros."

Ele sorriu. "Esta é minha função principal, mas faço outras coisas: inspeciono o paredão de ostras, coleto amostras de água, tudo o que for necessário fazer. O Departamento de Recursos Naturais me manda uma lista de itens." Max veio pulando com a bola na boca e Thomas a pegou, colocando-a num bolso de seu hábito. "Max sempre vai no barco comigo", acrescentou, dando um tapinha nas costas do cachorro.

"Posso ver que você gosta do seu trabalho", completei.

"Para ser franco, às vezes acho que estar na enseada cuidando do viveiro é o que me mantém aqui."

"Sei o que quer dizer. Eu cresci nesta enseada. Meu irmão e eu adorávamos os pássaros. Costumávamos ir até o viveiro das garças e observar os machos na dança de acasalamento."

Eu disse isso sem pensar. E não teria a menor importância, a *menor* que fosse, seria apenas uma conversa tola sobre pássaros, se, ao me dar conta do que dissera, eu não tivesse prendido a respiração, fazendo um ruído de espanto. Senti o calor subir à minha face, então deve ter ficado claro para ele que eu dera alguma conotação sexual ao que estávamos fazendo. Quis me virar e sair correndo, do mesmo modo como Max fizera havia poucos minutos.

Ele continuou me olhando fixamente. Tenho certeza de que ele sabia o que eu estava pensando, mas foi gentil e tentou minimizar a situação. Ele disse: "Sim, já vi isso acontecer várias vezes. É linda a forma como eles estalam seus bicos e alongam seus pescoços".

Aparentemente eu é que estava estalando meu bico e alongando meu pescoço nos últimos cinco minutos.

"Contei a você o que *eu* faço", ele continuou. "E *você*, o que faz?"

Eu me esforçava para não esboçar nenhuma reação e para parecer muito sóbria e comedida. Não sabia como dizer quem eu era ou o que eu fazia. O que eu *realmente* fazia? Cuidava da casa para Hugh? Pintava caixinhas e fazia colagem de objetos em miniatura dentro delas? Não, nem isso eu poderia dizer mais. Dee havia crescido e saído de casa, então não poderia dizer "Sou mãe em tempo integral" daquele jeito alegre e despreocupado que eu costumava dizer.

"Sabe, na verdade, estava a caminho da cadeira da sereia. Eu não deveria prendê-lo aqui conversando comigo", respondi.

"Você não está me prendendo, muito pelo contrário. Venha, eu a acompanho até lá. A menos que queira ir sozinha."

"Está bem." Percebi que ele havia notado a mudança no meu comportamento e não entendi por que insistiu em me acompanhar. Ele queria desfrutar da minha presença ou estava apenas sendo hospitaleiro?

Ele tocou meu cotovelo, conduzindo-me até a igreja, com o mesmo gesto simples e corriqueiro que usou com mamãe, mas a pressão de sua mão sobre a manga do meu casaco me fez estremecer por dentro.

A igreja estava vazia, imersa em silêncio. Caminhamos lentamente pela nave entre as baias do coro, passando pelo altar até o corredor estreito por trás da capela-mor, onde paramos diante do arco de um pequeno altar.

A cadeira da sereia repousava sobre uma plataforma forrada com tapete bordô. Notei que estava desfiado em vários lugares. Na parede atrás da cadeira, um estreito vitral filtrava uma réstia de luz baça e empoeirada sobre o assento.

Aproximei-me e coloquei a mão sobre o encosto entalhado com um intrincado desenho de nós celtas. As sereias que formavam os braços da cadeira ainda estavam pintadas de verde, dourado e vermelho, embora seu brilho tivesse esmaecido desde a última vez que as vira.

Não imaginava que me emocionaria ao vê-la, mas meus olhos marejaram quase que instantaneamente. Meu pai havia se sentado na cadeira e me colocado sobre os seus joelhos. Encostando meu rosto contra a aspereza do veludo cotelê de seu paletó, sussurrei para ele: "Você está rezando?". Era isso que se fazia quando alguém se sentava na cadeira. Rezava-se por coisas que fossem impossíveis e esses pedidos deveriam ser atendidos. Antes de mamãe passar a ter sua estranha aversão à cadeira, ela costumava entoar uma canção que toda criança da ilha sabia de cor:

Sente-se na cadeira.
Faça seu pedido.
Amanhã santa Senara
Ter-lhe-á atendido.

Meu pai sussurrou-me de volta: "Sim, estou rezando, mas não ouse contar à sua mãe. Ela nunca mais vai me deixar em paz".

"Pelo que você está rezando?"

"Por você."

Reergui-me, eletrizada ao ouvir isso. Meu pai estava rezando por *mim*, e fosse lá o que ele estivesse pedindo, iria acontecer. "O que você está pedindo?"

Ele pôs a ponta do dedo sobre meu nariz. "Que você continue sendo sempre minha Boneca Rodopiante."

Percebi que irmão Thomas continuava na entrada da capela, sem saber se deveria permanecer ou me deixar sozinha. Deslizei minha mão sobre os cachos do cabelo de madeira da sereia e, em seguida, sobre suas asas.

"Sempre quis saber por que ela tem asas", indaguei. "Nunca ouvi falar de sereias aladas. Você sabe por quê?"

Ele tomou aquilo como um convite para entrar, o que realmente era, e se postou do outro lado da cadeira, aproximando-se da luz fosca e poeirenta que era filtrada pela janela. Um facho de luz riscou seu hábito. "O palpite aqui é de que ela seja uma sirena. Sirenas têm caudas de peixe *e* asas."

As asas da sereia subitamente me remeteram a plumas. A danças de acasalamento. "Mas eu achava que as sirenas fossem criaturas terríveis."

"Você provavelmente está pensando na *Odisseia*, em como elas atraíram os marinheiros até os rochedos, mas, antes disso, eram deusas do mar. Traziam mensagens das profundezas. Como os anjos, mas em vez de descerem dos céus, vinham do fundo dos oceanos. Diz-se que suas mensagens poderiam trazer inspirações ou curas; portanto, as sereias não foram sempre más."

Devo ter demonstrado minha surpresa ao ver que ele conhecia o assunto profundamente, pois esboçou um leve sorriso e disse: "Eu substituo por vezes o irmão Bede, responsável pelas visitas guiadas".

Ouvi um som de passos no corredor, do lado de fora da capela, e olhei para trás, esperando ver um dos monges entrar, mas, como não surgiu ninguém, continuamos conversando por mais algum tempo sobre as sereias esculpidas na cadeira. Ele me disse que gostava da ideia de que elas tivessem tanto asas quanto caudas de peixe, pois significava que poderiam transitar em dois mundos totalmente diversos, pertencendo da mesma forma ao céu e ao mar, e que sentia inveja disso. Continuou falando mais um pouco, mas eu não acreditava que fosse um privilégio, era apenas intrigante, e, para ser franca, eu me sentia atraída pelo fato de que ele soubesse tudo isso sobre anjos.

Olhei para o braço da cadeira novamente, fingindo estar prestando atenção à sereia, sobre o mistério de ter asas e cauda de peixe ao mesmo tempo, sentindo que ele continuava a me observar.

"Você acredita na lenda de que qualquer pessoa que se sente na cadeira e faça um pedido conseguirá que ele seja realizado?", perguntei.

"Não no sentido mágico da lenda."

"Então você *não* se senta na cadeira como os turistas, para pedir algo?"

"Creio que rezo de outros modos."

"De que modos?", perguntei, somente depois me dando conta do quanto isso soara invasivo. Com certeza, nunca havia perguntado a ninguém sobre a forma como rezava.

"Thomas Merton escreveu que os pássaros eram suas orações e acho que concordo com ele. Estar na enseada me faz rezar melhor. É a única forma de oração que minha alma parece aceitar."

Alma. Esta palavra reverberou em mim e eu refleti, como tantas outras vezes, o que ela realmente significava. As pessoas costumavam se referir a ela o tempo todo, mas será que alguém sabia o que era? Algumas vezes, entendia a alma como uma chama dentro das pessoas: uma língua de fogo do inferno invisível que elas chamam de Deus. Ou uma substância informe, como uma porção de argila ou um molde dentário, que reunia o somatório de suas experiências — milhões de marcas de felicidade, desespero, medo, as breves e agudas visões de beleza com que nos deparamos ao longo da vida. Eu ia perguntar a ele sobre isso, mas o sino da torre da igreja começou a ressoar acima de nós. Ele seguiu até o corredor e então virou-se para mim, e eu pude ver a cor clara de seus olhos mesmo à distância. "Não faço minhas orações sentado na cadeira da sereia, mas, só para deixar registrado, isso não significa que ela não tenha nenhum poder."

O sino soou novamente. Ainda sorrindo, pôs as mãos por baixo do hábito, onde colocara a bola de tênis de Max, e se afastou.

15

Depois que ele se foi, eu me sentei na cadeira da sereia. Era bastante dura e desconfortável. Diziam que era feita de um único tronco de bétula, embora eu acreditasse que isso apenas fosse parte da lenda. Deslizei até encostar minhas costas no fundo da cadeira e senti a ponta dos meus pés se erguerem do chão. Do outro lado da igreja, os monges começavam a entoar seu canto. Eu não conseguia reconhecer se era latim. Suas vozes reverberavam em ondas, inundando o espaço sob a abóbada dentro da capela.

Talvez meus pensamentos estivessem havia algum tempo pairando junto ao teto, flutuando com a melodia, porque senti, de repente, como se minha consciência estivesse invadindo meu corpo, que voltara a estar vivo e pulsando. Senti como se estivesse correndo sem sair do lugar. Tudo à minha volta parecia reluzir e respirar — cores, arestas, réstias de luz deslizando obliquamente sobre meus ombros.

Minhas mãos repousavam sobre os braços da cadeira, exatamente onde as costas ondulantes das sereias se transformavam em rabos de peixe. Deslizei meus dedos por toda a sua extensão, até tocar a ponta das caudas abertas que se assemelhavam a um par de chifres. Dentro de mim, não sabia se deveria parar ou me entregar ao impulso do meu próprio sentimento.

Meus sentimentos em relação a Thomas eram confusos. Pareciam agitados, como lama respingando sobre o casco de um barco que navega em águas revoltas, mas, naquele momento, sentada na cadeira da sereia, senti que começavam a se sedimentar, deixando tudo bastante claro para mim. Eu sentia por ele um desejo quase feroz.

Claro, assim que me permiti pensar nisso, fui tomada por um choque, um completo asco, e, mesmo assim, a vergonha que sentia era muito pequena perto da força do que estava em meu coração. Era como se arrombasse as paredes à minha volta. Aquilo me fazia pensar na pintura de Magritte, com a locomotiva atravessando a lareira.

As preces preenchiam o ar. Soltei lentamente um longo suspiro, desejando que a cadeira operasse um milagre e fizesse todos esses sentimentos sufocantes desaparecerem por completo. Meu desejo, no entanto, somente crescia. Um desejo por alguém que, eu sabia, não era Hugh. Eu mal o conhecia, na verdade. E mesmo assim sentia como se conhecesse. Como se eu conhecesse seus mais profundos segredos.

Tinha sido assim com Hugh ao longo de todos esses anos. Como se eu tivesse encontrado alguém que eu conhecia. Apaixonar-me por Hugh foi uma loucura. Ele me consumia, quase me deixando doente de saudade, incapaz de me concentrar em qualquer outra coisa, como uma doença sem cura — e, para falar a verdade, nem sentia vontade de me curar. Não havia mais como controlar a vontade quando a paixão tomou conta. O coração fazia o que bem entendesse. Ele se tornou autônomo, independente de mim.

O ar, impregnado de incenso, vibrava com o canto gregoriano. Imaginei Thomas em uma das baias do coro e tive a mesma sensação de estar sendo consumida, tragada pelo desejo.

Pior de tudo, sentia que estava me entregando a todas essas sensações, a tudo que estava prestes a acontecer. Um grande êxtase e a uma grande catástrofe.

Perceber isso me assustava, o que é pouco para explicar o que eu estava sentindo. Eu não imaginava que fosse capaz de me apaixonar novamente.

Mais cedo, quando Thomas me perguntou o que eu fazia, não consegui responder. Talvez porque simplesmente não soubesse mais quem eu era. Voltar para esta ilha fez com que tudo se desintegrasse.

Cerrei os olhos. *Chega. Pare com isso.*

Não tive a intenção de dizer isso em forma de prece, mas, quando abri os olhos novamente, dei-me conta de que sim. Por um momento desejei, como certas esperanças infantis, que algum poder mágico atenderia ao que eu pedira. Assim, tudo iria acabar. Os sentimentos, tudo, e eu seria absolvida. Eu estaria a salvo.

Na verdade, eu não acreditava nisso. *Sente-se na cadeira. Faça seu pedido* — era pueril demais.

Porém, até Thomas, que também não acreditava em nada disso, dissera que a cadeira tinha poderes. E *tinha*. Eu podia senti-los. Como uma espécie de revelação.

E se *esse* fosse o verdadeiro poder da cadeira — a capacidade de revelar as pessoas? E se ela pudesse resgatar os sentimentos mais proibidos de uma pessoa e os expusesse à luz do dia?

Eu me levantei. Sem coragem de passar pelo meio da igreja na frente dos monges, vaguei pelo corredor por um tempo, abrindo todas as portas erradas até encontrar a dos fundos da sacristia e sair da igreja.

Atravessei o pátio correndo e o ar denso atingiu meu rosto. Em vez de a névoa ter se dissipado, como ocorrera mais cedo ao surgir um único facho de sol, a umidade dobrara.

Quando atravessei o portão do jardim de mamãe, parei no mesmo lugar onde conversávamos na noite em que Thomas nos acompanhou até em casa. Coloquei a palma das mãos sobre o muro de tijolos e olhei para o cimento erodido pela maresia. Vultos de arbustos se moviam no jardim, quase tomados pela neblina.

Ele é um monge, pensei, fazendo força para crer que isso fosse capaz de me salvar.

16

IRMÃO THOMAS

Durante a entoação das antífonas que precediam a missa, Thomas notou que d. Sebastian o encarava com os olhos apertados por trás dos imensos óculos de armação negra. Thomas queria que ele desviasse o olhar. Certa vez, Thomas o encarou de volta, mas Sebastian sequer se constrangeu. Em vez disso, moveu a cabeça, como se saboreasse algum pensamento secreto ou tentasse dizer alguma coisa.

Thomas estava encharcado de suor por baixo de seu hábito. Sentia-se como se estivesse com insolação. Mesmo no inverno a lã aquecia muito e a calefação aumentava ainda mais o calor. A razão, como o abade tão cuidadosamente costumava dizer, era que os monges mais velhos tinham sangue-frio. Thomas cerrou os dentes molares para endireitar a expressão de seu rosto.

Havia três anos começara a nadar diariamente no rio que atravessava o viveiro, próximo à cabana improvisada que construíra numa das ilhotas pantaneiras. Fizera isso para poder relaxar. Aproveitava para nadar mais durante o inverno do que nas outras estações, contorcendo-se na água gelada. Isso o fazia lembrar de uma iluminura de um livro de horas da Idade Média chamado *A boca do inferno*, que retratava pessoas escaldadas correndo de uma abertura em chamas para um lago refrescante. Sua ermida ficava oculta no meio do capim alto e espesso. A água onde nadava vinha de um ribeirão que afluía do riacho e formava uma piscina que não se via do lado de fora. Era um perfeito lago particular.

Não encontrara nada no mosteiro que pudesse lhe servir de calção de banho, então nadava nu. Isso seria algo que provavelmente devesse revelar durante a confissão pública às sextas-feiras pela manhã, quando admitiam pecados como "estar distraído e quebrar o abajur do centro de recepção", ou "entrar à noite na cozinha depois do silêncio noturno e comer a última gelatina de cereja", mas ele não se considerava culpado. Quando nadava nu em pelo, exultava em poder se aventurar. Pessoas que se voltam à espiritualidade têm o hábito de se fechar em si mesmas, anestesiando-se para todo o resto. Esta era uma questão fechada para ele — as pessoas tinham necessidade de nadar nuas. Algumas mais do que outras.

Com o lábio gotejando de suor, fechou os olhos e pensou na água fria escorrendo sobre a pele.

Os monges postavam-se no coro por ordem hierárquica, ou *statio*, como eles chamavam em latim: o abade, o prior, o subprior, o mestre de noviços, depois cada monge de acordo com sua ordem monástica no mosteiro. Thomas estava na última baia da fileira posterior, do lado esquerdo da igreja.

Como prior, d. Sebastian se colocava na primeira fileira do lado direito, segurando firme seu missal de santo André, abolido na década de 60. Seu olhar agudo tornou-se carrancudo.

A razão por que o encarava daquele modo tornou-se de repente clara para Thomas. Ele apertou os dedos sobre o breviário. D. Sebastian o vira falando com Jessie Sullivan. Ele ouvira o som do lado de fora da capela. Ele se esquecera de que Sebastian sempre entrava na igreja pela sacristia. Sem dúvida, ouvira a conversa.

Certas coisas que Thomas dissera a Jessie voltaram à sua mente. Nada lhe soava inadequado. Conversavam sobre a cadeira da sereia. Sobre *orações*, pelo amor de Deus. Apenas havia sido gentil com a filha da mulher que todos os dias fazia o almoço para eles. Que erro haveria nisso? Os monges costumavam conversar com os visitantes quando eles apareciam.

Thomas permaneceu em pé na baia do coro imerso em autojustificações, como se o seu antigo eu advogado tivesse ressuscitado como Lázaro. Era surpreendente notar este instinto ainda vivo nele, a facilidade com que contra-argumentava e defendia seu encontro com Jessie Sullivan, como se isso depusesse contra ele.

Cessou o canto, e o abade, notando isso, olhou para ele e torceu o nariz. Thomas retomou a cantilena, depois interrompeu-se mais uma vez, os braços largados ao lado do corpo. Até mesmo o fato de ele ter de armar para si uma defesa parecia uma revelação.

Seus olhos vagaram lentamente em direção a Sebastian, e assentiu com a cabeça quando o outro monge olhou para ele. Esse gesto era uma admissão para si mesmo, um consentimento doloroso de que não conseguiria se defender — não com base na verdade, porque vinha pensando nesta mulher desde a primeira vez que a vira no roseiral, sentada no chão. Pensara na perfeição de seu rosto oval, o olhar que lançou para ele antes de se levantar. Mais do que tudo, lembrava do modo como sua cabeça eclipsara a lua quando ela finalmente se levantou. A lua se erguia por trás dela, e por um, talvez dois segundos, um fino halo contornou sua cabeça, ocultando seu rosto sob uma sombra incandescente.

Aquela visão lhe tirara o fôlego. Fez com que se lembrasse de algo, embora não soubesse o quê. Ele as acompanhara de volta até a casa de Nelle sob a escuridão das árvores, conversando com a mãe, mas sem conseguir tirar da mente a imagem vívida do rosto de Jessie Sullivan sob aquele negror luminoso.

A vontade de revê-la não diminuiu como esperava — ao contrário, cresceu tanto que em algumas noites não conseguia dormir de tanto pensar nela. Então, ele se levantava e lia o poema de Yeats em que ele dizia estar entrando numa floresta com a cabeça em chamas. Yeats havia escrito este poema depois de encontrar Maude Gonne, uma mulher pela qual se apaixonara perdidamente ao vê-la de relance junto a uma janela.

A forma como Thomas se enredara no desejo que nutria por Jessie o fazia se sentir cada vez mais ridículo. Era como se tivesse sido envolvido por uma das redes do mosteiro. Antes disso, tudo ia tão bem... Ao longo de cinco anos, conseguira se manter no ritmo da abadia: *ora, labora, vita communis* — oração, trabalho, comunidade. Sua vida tinha sido apenas isso. D. Anthony por vezes fazia sermões sobre algo que ele denominava de *acedia*, a mesmice que poderia levar os monges ao tédio e ao enfado, mas Thomas nunca havia sido tocado por isso. A cadência e o comedimento deste lugar o consolaram quando teve dúvidas terríveis — a profunda angústia de estar vivo depois de ter perdido as pessoas que tanto amava.

E depois aquela cena aparentemente tão inofensiva: uma mulher erguendo-se do chão num jardim sem flores, com o belo rosto envolto na penumbra, a luz emoldurando sua cabeça. Aquilo estilhaçara a tranquilidade profunda e a ordem perfeita com que Thomas mantinha sua vida.

Podia senti-la agora, como algo que voltava à vida, inundando-o como as águas do riacho secreto onde se banhava.

Ele desconhecia qualquer fato sobre a moça, mas vira a aliança em seu dedo e isso o tranquilizara. Ela era casada. Sentiu-se feliz por saber disso.

Lembrou-se de quando ela corou ao mencionar a dança de acasalamento das garças. Ele a havia acompanhado como um bobo até a cadeira da sereia e agora ficaria acordado a noite inteira, pensando no instante em que a viu de pé na capela, o jeans justo marcando seus quadris.

O abade conduziu-os à missa. Quando a hóstia foi levantada, Thomas sentiu um aperto de saudade no coração — não por Jessie, mas pelo seu lar, seu lar monástico, este lugar que ele amava mais do que qualquer outro. Olhou para a hóstia, pedindo a Deus para que o saciasse com aquele pedaço do corpo de Cristo e a fizesse sair de sua mente. Ele se livraria da tentação. Ele se livraria.

Enquanto os monges abandonavam a igreja em fila para o horário de almoço, ele se afastou, indo em direção ao seu quarto. Não queria comer.

D. Dominic estava sentado na varanda numa antiga cadeira de balanço que um dia tinha sido verde. Tinha um xale xadrez jogado sobre os ombros e estava imóvel, sem se balançar, com o olhar fixo sobre o chão coberto de limo. Thomas se deu conta de que não o vira na missa. Pela primeira vez, Dominic lhe pareceu envelhecido.

"*Benedicite Dominus*", exclamou Dominic, elevando os olhos ao usar a velha saudação de sempre.

"Você está se sentindo bem?", Thomas perguntou.

Exceto na primavera, quando Dominic passara três semanas na enfermaria com pneumonia, Thomas não se lembrava de ele haver perdido a missa uma vez sequer.

Dominic abriu um sorriso forçado. "Estou ótimo. Ótimo."

"Você não estava na missa", disse Thomas, subindo na varanda.

"Sim, Deus me perdoe, eu estava comungando sozinho aqui. Já pensou, Thomas, que se Deus consegue estar presente na hóstia, poderia igualmente estar presente em outras coisas, como nesse monte de limo aí no chão?"

Thomas olhou para o limo que cobria parte dos degraus. "Penso nesse tipo de coisa o tempo todo, mas não sabia que mais alguém pensava assim por aqui."

Dominic gargalhou. "Nem eu. Então, somos dois. Dois heréticos, isso sim." Pisou no chão, fazendo a cadeira balançar de leve.

Thomas ouviu o rangido sobre o assoalho. Instintivamente, abaixou-se ao lado da cadeira. "D. Dominic, sei que o senhor não é meu confessor e que o abade não gostaria nem um pouco disso, mas... Poderia ouvir minha confissão?"

Dominic parou de balançar de repente. Inclinou-se para a frente, lançando um olhar intrigado para Thomas. "Você quer se confessar aqui? Agora?"

Thomas assentiu, sentindo, de súbito, seu corpo se contrair. Precisava urgentemente desabafar.

"Está bem", respondeu Dominic. "Eu perdi a missa, já estou enrolado mesmo. Vamos lá, conte-me."

Thomas ajoelhou-se junto a ele e disse: "Padre, dai-me a vossa bênção, porque pequei. Faz quatro dias desde minha última confissão".

Dominic olhou para o jardim. Pela direção de sua cabeça, Thomas percebeu que estava olhando novamente para o limo.

Thomas continuou: "Padre, uma coisa aconteceu. Creio que me apaixonei. Eu a conheci no roseiral".

O vento soprou sobre eles, que continuaram em silêncio, envolvidos pelo ar frio e bem-vindo. Só o fato de proferir essas palavras — sôfregas e perigosas — deu a Thomas uma sensação de alívio. Elas o conduziam a um ponto sem volta.

E ele estava ali. Ajoelhado na varanda ao lado de Dominic. De cabeça baixa. O dia envolto em bruma. Apaixonado por uma mulher que mal conhecia.

17

Nos estranhos dias que se seguiram ao meu encontro com irmão Thomas na igreja da abadia, começou a chover. Eram as monções frias de fevereiro. A ilha parecia estar sendo jogada de um lado para outro em meio ao Atlântico.

Eu me lembro das chuvas de inverno durante a minha infância como episódios obscuros e torrenciais: Mike e eu correndo para a escola pela estrada debaixo de uma velha lona de barco enquanto a chuva encharcava nossas pernas e, já mais velhos, atravessando a baía para pegar o ônibus — a balsa balançava como um patinho de borracha na banheira.

Por mais de uma semana sentei-me junto à janela da casa de mamãe vendo a água cair sobre os carvalhos e lavar a gruta da banheira à nossa frente. Preparei os jantares com o que havia de comida guardada na despensa, troquei o curativo de mamãe e dei-lhe sistematicamente seus comprimidos cor de canela e as cápsulas bicolores, mas sempre voltava a uma das janelas de trás, apreensiva e silenciosa. Eu estava vivenciando um sentimento novo. Sentia que estava deslizando para dentro de uma concha helicoidal. Como se descesse por uma escada espiral aos obscuros porões de um hospício.

Às vezes, mamãe e eu assistíamos às Olimpíadas de Inverno em sua pequena televisão. Era um modo de ficarmos juntas no mesmo quarto, fazendo de conta que estava tudo bem. Mamãe olhava para a tela segurando o terço de contas vermelhas, e, depois de rezar as cinco dezenas de ave-marias, passava a girar, de modo desengonçado e com apenas uma das mãos, o cubo mágico que Dee lhe dera de presente de Natal havia cinco anos. De vez em quando, deixava o cubo cair do colo e continuava sentada, tamborilando os dedos.

Ficamos as duas ali, creio eu, compartilhando nossas melancolias. Mamãe com seus tormentos particulares, seu dedo enterrado, seu passado. E eu com meus pensamentos cada vez mais voltados para o irmão Thomas, entregue a um desejo permanente do qual não conseguia me livrar. Mas eu tentei, *realmente* tentei.

Havia me esquecido dessa sensação, que surge de repente na boca do estômago como uma repentina revoada de pássaros, e em seguida retrai-se devagar, como plumas caindo ao chão.

De onde vinha essa atração irresistível, afinal? Eu costumava imaginar que as mulheres tivessem um pequeno reservatório de desejo sexual armazenado em algum lugar por trás de seus umbigos, um tipo de reservatório de gás erógeno trazido de nascença, e que eu já tivesse gasto completamente o meu com Hugh nos primeiros anos de nosso casamento. Achava que eu já havia esgotado o meu, e nada que eu fizesse poderia enchê-lo novamente. Certa vez, disse a Hugh que eu tinha vindo ao mundo com um quarto de tanque em vez de um tanque cheio. Era como ter uma bexiga pequena — algumas nascem com esse órgão menor do que o normal. Ele me olhou como se eu tivesse subitamente perdido a razão.

"Homens não passam por isso", expliquei a ele. "Vocês não precisam poupar como as mulheres. O apetite sexual de vocês vem de uma torneira que pode ser aberta e fechada a qualquer momento. Vocês têm uma reserva inesgotável, como água brotando de uma bica."

"É mesmo?", ele questionou. "Você aprendeu tudo isso estudando biologia no colégio?"

"Há certas coisas que *não* estão nos livros", respondi.

"É o que parece." Ele riu, como se eu estivesse fazendo algum tipo de piada.

De certo modo, estava e não estava. Eu realmente acreditava que as mulheres tinham um estoque limitado de libido que um belo dia chegava ao fim.

E eu acabara de descobrir que estava errada. Não havia reservatórios, pequenos ou grandes, apenas torneiras. Todas elas ligadas a um infindável oceano erótico. Talvez eu tenha deixado minha torneira enferrujar enquanto ficou fechada, ou algo a havia entupido. Eu não sabia dizer.

Mamãe também se manteve silenciosa por todos esses dias. Não falava mais em voltar a cozinhar para os monges na abadia. Ela havia deixado essa tarefa nas mãos de irmão Timothy, que se esforçava ao máximo para cumpri-la. Continuei pensando no que Hugh havia dito, em como a necessidade dela de se livrar da culpa poderia crescer de novo. Eu me preocupei. Sempre que olhava para ela tinha a impressão de que algo terrível ainda estava para acontecer.

Por um dia ou dois depois de ter enterrado seu indicador, mamãe parecia ter voltado temporariamente ao normal. Conversava de modo dispersivo, como sempre, sobre como converter receitas de seis para quarenta pessoas, sobre programas de culinária que passavam na televisão, sobre a infalibilidade do Papa, sobre Mike. Por sorte ela havia resolvido não falar sobre a experiência budista do meu irmão. Minha mãe normalmente não tinha pensamentos desarticulados, mas naquele momento ela não parava de falar. Isso não era um bom sinal.

Eu não conseguia arranjar coragem ou energia para perguntar novamente a ela sobre Dominic ou para tocar no assunto do cachimbo de meu pai.

Kat ligava quase todos os dias. "Vocês duas ainda estão vivas aí?", perguntava. "Talvez fosse bom dar uma passada para ver vocês." Eu repetia que estávamos ótimas. Eu não queria companhia, e ela pareceu entender.

Hugh também ligou. Uma vez só. O telefone tocou dois ou três dias depois de eu ter me sentado na cadeira da sereia e ter sentido as comportas se abrirem. Mamãe e eu estávamos assistindo a uma corrida de trenó na televisão.

As primeiras palavras que saíram da boca de Hugh foram: "Não vamos brigar". Ele queria que eu pedisse desculpas pelo que dissera em nossa última conversa. Dava para perceber. Ele esperou pacientemente.

"Também não quero discutir", foi tudo o que eu consegui dizer.

Ele esperou por mais algum tempo. Depois, com um suspiro profundo, disse: "Espero que você tenha mudado de ideia sobre a minha visita".

"Não mudei de ideia de jeito nenhum", respondi. "Ainda acho que preciso lidar com este problema sozinha." Soou ríspido, então tentei consertar: "Tente entender meu lado, está bem?".

Ele respondeu, no automático: "Está bem". Mas eu sabia que ele não entenderia. Esta é uma das piores coisas de se conviver com pessoas inteligentes: estão tão habituadas a estar certas, que não sabem reconhecer quando erram.

Enquanto falávamos, eu me senti imensamente cansada. Não mencionei nada sobre Dominic nem minha suspeita de que ele estivesse envolvido de alguma forma com o caso, porque Hugh iria dissecar o fato até morrer. Iria me dizer o que fazer. Eu queria ir em frente seguindo meus próprios instintos.

"Quando vai voltar para casa?", Hugh quis saber.

Casa. Como contar a ele que neste momento eu sentia uma vontade irrefreável de fugir de casa? Eu queria dizer: "Por favor, eu quero ficar sozinha com minha vida neste momento, descer até o fundo da minha concha helicoidal e descobrir o que existe lá dentro". Mas eu não disse nada.

Eu me deixava conduzir por um egoísmo profundo e doentio, o mesmo descontentamento que sentira em casa, mas era também um sentimento de compaixão por mim mesma. Minha vida parecia doce e monótona, irrelevante e repulsiva. Com tantas coisas intocadas.

Nos últimos dias, andava pensando na vida que gostaria de ter tido, aquela que havia muito tinha vislumbrado em minha mente, cheia de sexo, arte e fantásticas conversas sobre filosofia, política e religião. Pensei até na galeria que sonhara ter. Nela, pintaria meus quadros surrealistas, cheios de imagens oníricas e reveladoras.

Houve um momento, poucos anos antes, em que eu poderia ter conquistado essa vida, pelo menos em parte. Na antevéspera de Natal, retirei minha melhor louça de porcelana de um armário no sótão onde eu guardava essas coisas. A estampa já era antiga — e, por esse motivo, insubstituível. Estava acondicionada em caixas, e eu a usava em feriados mais importantes e nas nossas festas de aniversário de casamento.

Dee me viu abrindo o armário e soube imediatamente o que eu estava fazendo. "Mãe", ela perguntou, "por que você não a usa mais vezes? Para que a está guardando?" Sua voz tinha um tom de piedade inconfundível.

Sim, para quê? Eu não sabia dizer. Talvez para o meu próprio enterro. Dee faria o velório, e as pessoas comentariam o fato surpreendente de eu ainda ter um jogo completo de doze peças de porcelana depois de todos esses anos. Que grande homenagem.

Depois de alguns dias, fui flagrada pela insignificância do meu próprio mundo. Quando passei a ter medo que meus pratos de porcelana quebrassem? Quando perdi meu desejo de viver momentos extravagantes? Depois disso, abri espaço para a porcelana num dos armários da cozinha e passei a usá-la diariamente. Porque era quarta-feira. Porque alguém comprara uma das minhas caixinhas de arte. Porque na comédia da tarde o solteirão da história parecia que finalmente se casaria com a dona do bar que ele frequentava. Entretanto, meu tão acalentado impulso de expansão parou na porcelana.

Enquanto segurava o telefone, queria contar a Hugh sobre isso, sobre a porcelana e o armário do sótão, mas achei que não faria sentido nenhum.

"Jessie", Hugh exclamou, "você ouviu o que eu perguntei? Quando vai voltar para casa?"

"Não sei quando vou voltar para casa. Ainda não sei. Acho que vou ter de ficar aqui por muito tempo ainda."

"Entendi."

Acho que ele realmente entendeu. Percebeu também que eu estava na ilha por outras razões, além de tomar conta de mamãe: havia raízes na inquietude que eu sentira durante todo o inverno. Seria por mim, seria por nós.

Mas Hugh não comentou isso. Ele apenas disse: "Jessie, eu amo você".

Pode parecer estranho, mas acho que ele disse isso para me testar, para checar se eu retribuiria.

"Ligo pra você daqui a alguns dias", respondi.

Quando desligamos, observei a água caindo sobre a vidraça, depois voltei para a sala, para junto de mamãe e para a corrida de trenó na televisão.

Todos os dias, perto das quatro da tarde, eu sentia a noite se aproximando no cheiro do ar. Passava sob as portas e pelas janelas: um odor úmido e obscuro. O desejo de estar com Thomas aumentava ainda mais à noite.

Comecei a tomar demorados banhos de banheira quando chegava a primeira sombra da noite. Furtei uma das velas da velha caixa de emergência anticiclone de mamãe e a coloquei na beirada da banheira. Eu a acendia, depois aquecia a água o máximo possível, enchendo o banheiro de fumaça. Costumava colocar sobre a água folhas de cedro que trazia do quintal, ou um punhado de sal, ou colheres de sopa de óleo de lavanda, como se estivesse inventando um chá. O perfume se tornava muitas vezes inebriante.

Eu deslizava para dentro da banheira deixando apenas o nariz do lado de fora. Parecia que eu nunca havia aproveitado o conforto da água antes: era quente e sedosa.

Submersa, entrava num estado de torpor. Sempre gostei de um quadro de Chagall chamado *Amantes sob o céu vermelho*, com um casal abraçado, voando acima dos telhados das casas e da lua. Eu via essa imagem cada vez que mergulhava na água — por vezes o casal voava contra o céu vermelho, mas outras, nadava sobre um mar azul-escuro.

Às vezes pensava na sereia de Chagall, suspensa acima das águas, das árvores; uma sereia voadora, mas sem asas, e me lembrava de Thomas dizendo que invejava as sereias que pertenciam tanto ao céu quanto ao mar.

Certa noite, acordei num salto. Algo havia acontecido. Eu me dei conta de que fora o silêncio sob o teto. Olhei pela janela e notei que o céu estava aberto. O luar se derramava para dentro do quarto.

Levantei da cama e saí pela casa em busca de algo, de qualquer coisa que pudesse usar para desenhar. Encontrei uma velha caixa de lápis de cor na escrivaninha de Mike, exatamente no mesmo lugar onde ele devia tê-la deixado havia duas décadas. Fui até a mesa da cozinha e apontei-os com uma faca de descamar peixe.

Sem conseguir localizar nada para desenhar senão um caderno de anotações, retirei a gravura que havia sobre a lareira — era o farol da ilha Morris —, desmontei a moldura e comecei a desenhar impacientemente no verso da imagem, com movimentos enérgicos, totalmente estranhos para mim.

Cobri a tela com amplas linhas de água azulada. Desenhei uma concha helicoidal em cada canto com uma luz alaranjada emergindo de dentro e, ao fundo, pus cabeças de tartaruga amontoadas, dispostas em colunas, como uma cidade submersa, a perdida Atlântida. Bem no meio, desenhei os amantes. Seus corpos estavam juntos, suas pernas, enlaçadas. Os cabelos da mulher envolviam os dois. Eles voavam. Na água.

O quadro era esplêndido — e um tanto assustador. Quando terminei o desenho, devolvi a imagem à moldura e pendurei-a de novo sobre a lareira, os amantes virados para a parede.

Era impossível voltar a dormir. Eu estava elétrica. Fui até a cozinha preparar um chá. Estava sentada à mesa, tomando chá de camomila em uma caneca lascada, quando ouvi arranharem a porta, um som forte e determinado. Acendi a luz da varanda e olhei para fora pela janela da cozinha. Max estava sentado do lado de fora, com o pelo todo sujo e encharcado.

Abri a porta: "Nossa, Max, olha como você está!". Ele me lançou um olhar aflito. "Está bem, vamos entrar."

Ele costumava dormir cada dia em uma casa diferente na ilha, fazendo um rodízio cujo itinerário somente ele conhecia, nos horários mais variados. Certa vez mamãe havia me dito que ele aparecia por aqui a cada dois meses procurando um lugar para dormir, mas achei incomum ele procurar abrigo no meio da noite. Imaginei se o haviam enxotado de onde escolhera dormir naquela noite. Será que a luz acesa o tinha atraído?

Trouxe da despensa o velho edredom que mamãe guardava para ele usar. Quando ele se enroscou no chão, sentei-me ao seu lado para secá-lo com uma toalha.

"Por que você está andando por aí no meio da noite?", perguntei. Ele ergueu um pouco as orelhas e depois deitou sua cabeça sobre minha coxa.

Acariciei-o, lembrando que Thomas me contara que Max o acompanhava na balsa quando ia trabalhar no viveiro.

"Você gosta do irmão Thomas?" Ele abanou o rabo, talvez como uma reação ao meu tom de voz doce — aquele mesmo tom que usamos para falar com bebês e filhotinhos. "Eu sei, gosto dele também."

Fazer carinho na cabeça de Max fez mais efeito do que o chá. A excitação havia começado a ceder.

"Max, o que eu vou fazer?", perguntei. "Estou apaixonada."

Eu me dera conta dessa verdade ao me sentar na cadeira da sereia, mas não o dissera em voz alta. Senti um alívio surpreendente ao confessar esse sentimento — mesmo que tenha sido para um cão.

Max suspirou e fechou os olhos. Eu não sabia como parar de sentir tudo aquilo. Como ignorar a ideia de que havia encontrado uma pessoa que eu estava predestinada a conhecer? Não era apenas o homem que me atraía: era tudo a respeito dele; coisas nele que eu desconhecia, que nunca havia experimentado e talvez nunca viesse a experimentar. Naquele momento, parecia mais fácil aceitar o fim do meu casamento do que o arrependimento por nunca vir a conhecê-lo a fundo, sem nunca voar num céu vermelho ou sobre um mar azul.

"Meu marido se chama Hugh", eu disse a Max, que já dormia a sono solto. "Hugh", repeti, e continuei repetindo mentalmente, como uma forma de tentar me redimir.

Hugh. Hugh. Hugh.

18

No dia 2 de março, empurrei o carrinho de golfe para fora da garagem e dirigi através das estradas lamacentas até o aglomerado de lojas próximo à parada da balsa. O sol havia voltado a exibir seu ar indiferente de inverno — uma pequena bola de fogo estática, alta e brilhante. Enquanto eu dirigia atabalhoada sob os grandes carvalhos, me senti uma criatura subterrânea emergindo à flor da terra.

Queria comprar alguns mantimentos no mercado Caw Caw e checar também se vendiam tintas — eu precisava de algum material de pintura além dos lápis de cor de Mike. E, mais do que qualquer outra coisa, queria conversar com Kat sobre d. Dominic.

A balsa estava atracada nas docas, e alguns turistas perambulavam pela calçada com os zíperes fechados até o pescoço. Estacionei diante da loja de presentes de Kat, onde Max estava sentado sob o toldo listrado de azul e branco.

Kat pregara um pequeno espelho ao lado da porta da loja, um velho costume gullah para espantar o Booga Hag.

Quando abri a porta da loja, Max entrou correndo na minha frente. Kat, Benne e Hepzibah estavam sentadas atrás do balcão, tomando sorvete em taças de plástico. Estavam sozinhas dentro da loja.

"Jessie!", exclamou Benne.

Kat sorriu ao me ver: "Bem-vinda ao mundo dos vivos! Você quer sorvete?".

Fiz que não com a cabeça.

Hepzibah estava usando um traje negro estampado com raios brancos e seu usual turbante feito do mesmo tecido. Ela parecia uma linda nuvem trovejante.

Max despencou aos pés de Benne e ela fez um carinho nele, perscrutando-me com o olhar: "Mãmi disse que você tem sido mal-educada com ela".

"Ah, pelo amor de Deus, Benne, você precisa repetir tudo que eu digo?"

"Você acha que fui mal-educada?", perguntei, só para provocá-la, mas também um pouco chateada por ouvir isso.

Ela abriu um sorriso amarelo: "Bem, como você chamaria uma situação quando alguém liga para você todo dia perguntando se pode fazer uma visita, levar comida, ir beijar seus pés, e tudo o que essa pessoa recebe em troca é ser solenemente dispensada?".

"Não dispensei você solenemente e não me lembro de você pedir para vir beijar meus pés. Mas, se quiser, pode fazer isso agora."

Por alguma razão que desconheço, sempre que estava perto de Kat, começava a me comportar mal feito ela.

"Quanta petulância, não?", ela replicou. "Mas é claro que se *eu* tivesse passado duas semanas trancada cuidando de Nelle Dubois, estaria jogando granadas em todo mundo."

Olhei a loja por dentro pela primeira vez. As mesas e as estantes estavam apinhadas com uma imensa coleção de objetos temáticos envolvendo sereias: chaveiros, toalhas de praia, cartões-postais, sabonetes, abridores de garrafas, pesos de papel, abajures de cabeceira. Havia sereias de brinquedo, conjuntos de espelho e pente de sereia, até sereias de enfeite de Natal. As placas CRUZAMENTO DE SEREIAS estavam num suporte de guarda-chuvas num canto, e uma dúzia de sininhos de vento chacoalhavam no teto. No meio da loja, havia uma mesa arrumada com uma pilha dos livretos de d. Dominic, *O conto da sereia*, com um cartaz que anunciava: CÓPIAS AUTOGRAFADAS.

"Pegue alguma coisa para você", disse Kat. "Um presente, um par de brincos, o que quiser."

"Não, obrigada, não precisa se incomodar."

"Está sendo mal-educada de novo", retrucou.

Peguei uma caixinha de Lágrimas de Sereia: "Está bem, então. Vou levar isto".

Benne foi até o armário e pegou uma cadeira de armar para mim, e então me sentei com elas.

"O que a trouxe à cidade?", perguntou Hepzibah.

"Vim comprar mantimentos. E também pensei em comprar...", eu me interrompi, hesitando dizê-lo em voz alta. Uma velha tendência, talvez, de manter minha arte sã e salva, como uma criança insubordinada que precisa ficar trancada no quarto. Olhei para as minhas mãos. Uni as palmas e apertei-as entre os joelhos.

"... material de pintura", concluí, com um esforço que esperei que ninguém notasse. "Tinta para aquarela, pincéis, papel para pintura..."

"Caw Caw vende até máquinas elétricas de fazer cachorro-quente, mas duvido que tenham material de pintura", disse Kat. Ela pegou um lápis e um bloco de anotações em cima do balcão. "Tome, escreva aqui o que você quer e pedirei para Shem comprar para você na próxima vez que ele pegar a balsa para ir ao continente."

Enquanto anotava rapidamente os itens básicos de que precisava, eu as ouvia raspando o fundo das taças de sorvete.

"Creio que esteja pretendendo ficar por algum tempo, então?", Hepzibah perguntou.

"Mamãe precisa de mim aqui. Então, sim, acho que devo ficar."

Kat ergueu as sobrancelhas: "De quanto seria esse 'algum tempo'?".

"Não sei dizer", respondi, querendo mudar de assunto.

"E Hugh?", ela perguntou.

Coloquei a lista na mão dela. "Quando você me ligou pela primeira vez, me acusou de estar sendo negligente em relação à mamãe. Acredito que suas palavras exatas foram 'Você não pode continuar fingindo que não tem mãe'. E agora você está me acusando de negligenciar o Hugh?" Minha voz se elevou ao pronunciar o nome dele.

Kat reagiu como se eu a tivesse esbofeteado. "Puxa vida, Jessie, não me interessa saber se está lá tomando conta do Hugh ou não. Ele pode muito bem tomar conta de si mesmo. Desde quando me preocupo com homens sendo cuidados por suas mulheres? Eu só queria saber se está tudo bem entre vocês dois."

"Como se isso fosse da sua conta", replicou Hepzibah. Eu não fazia ideia do que Kat queria dizer com aquilo. "Então, conte-nos: como vai Nelle?", Hepzibah perguntou.

Encolhi os ombros. "Para ser franca, creio que mamãe esteja deprimida. Ela fica sentada na poltrona o tempo todo, olhando fixamente para a televisão e brincando com um cubo mágico."

"Um almoço no Max!", exclamou Kat. O cão estava roncando baixinho junto aos pés de Benne, mas abriu os olhos ao ouvir a menção de seu nome. "Vamos todas almoçar no Café do Max neste sábado."

Ao longo de todos esses anos, mamãe vinha tentando desatar seu fio do nó que tinham feito e arremessado ao mar naquela noite, o mesmo que as manteve juntas por tanto tempo, mas Kat impediu que ela se afastasse. Sua lealdade — e a de Hepzibah — nunca arrefecera.

"É uma ótima ideia", respondi, percebendo que não conseguia ficar zangada com Kat por mais de três minutos. Não sei por que isso acontecia: ela era a mulher mais irritante que eu conhecia. "Mas duvido que ela queira vir", acrescentei.

"Diga a ela que o papa virá almoçar no Max neste sábado. Isso irá convencê-la."

Hepzibah se virou para mim: "Diga apenas que sentimos sua falta e que queremos vê-la".

"Vou tentar", respondi. "Mas não contem com isso."

Olhando por trás delas, vi a pintura do naufrágio que fizera aos onze anos, emoldurada e pendurada acima do caixa. "Nossa, meu quadro!"

Um barco alvíssimo estava no fundo do mar ao lado de um polvo sorridente, uma ostra gigante olhando por entre a fresta da concha e um bando de cavalos-marinhos ondulantes. Parecia um desenho descontraído de um livro infantil — exceto pelo barco em chamas no centro da pintura.

Fogo sob água — fora assim que eu vira a morte dele quando era criança? Um inferno que nada conseguia extinguir? Na superfície rugosa da água, cinzas flutuavam como plânctons, mas acima de tudo isso o sol sorria e o mundo era um lugar plácido e sem nuvens. Nunca havia notado quanta dor existia neste desenho até agora — um desejo infantil de que o mundo voltasse a ser perfeito.

Quando olhei à minha volta, Hepzibah me observava atentamente: "Eu me lembro de quando você fez esse quadro. Você era uma menina triste".

Kat caçoou dela: "Que legal você dizer isso agora".

Hepzibah completou: "Jessie *era* triste. Ela sabe disso, e nós também. Por que não podemos dizê-lo?". Ela não aceitava nenhuma descompostura de Kat — e essa talvez fosse a razão de as duas se darem tão bem.

"Por que você nunca quer falar sobre esta época?", perguntei a Kat. "Eu *quero* falar sobre ela. Eu preciso falar sobre ela. Adoraria saber, por exemplo, por que todo mundo, incluindo mamãe, disse que foi uma brasa do cachimbo de papai que provocou o incêndio."

"Porque *foi* uma brasa do cachimbo que provocou o incêndio", respondeu Kat, e Hepzibah concordou com a cabeça.

"Bom, eu encontrei isto numa gaveta no quarto de mamãe", respondi, retirando o cachimbo da minha bolsa. Segurei-o na palma das mãos como uma hóstia antes da comunhão, ou uma borboleta sem uma das asas. Um odor de tabaco misturado a um aroma de licor exalou do bojo do cachimbo.

Elas olharam para o cachimbo sem dizer nada, com as taças de sorvete vazias caídas sobre o colo. Seus rostos não tinham qualquer expressão.

Finalmente, Kat perguntou: "O que Nelle disse sobre isso?".

"Eu ainda não falei com ela sobre o cachimbo. Temo que isso possa provocar alguma reação negativa nela."

Kat estendeu a mão pedindo que eu lhe entregasse o cachimbo, e eu a obedeci. Ela o revirou várias vezes nas mãos, como se pudesse extrair dele alguma resposta mágica. "A polícia estava apenas especulando quando disse que o cachimbo começara o incêndio. Então, foi outra coisa. Que diferença isso faz agora?", disse, me devolvendo o cachimbo.

"Mas por que ela deixaria a polícia e todo mundo acreditar que tinha sido o cachimbo, sendo que estava com ela o tempo todo? Por que mentiria sobre isso?", perguntei.

A luz do sol entrou pela vitrine da loja assim que as nuvens se afastaram um pouco, e as três voltaram o rosto para o facho de luz cheio de poeira.

"Fui falar com d. Dominic", continuei. "De certa forma, acusei-o de saber algo sobre os motivos que levaram mamãe a amputar o dedo."

"Não acredito que você fez isso!", exclamou Kat.

"Fiz. E sabe o que ele me disse? Para deixar isso de lado. Disse que se eu não fizesse isso, iria ferir os sentimentos de mamãe."

"Ele disse *isso*?", Kat se levantou da cadeira e caminhou até o balcão. "Não faz o menor sentido." Ela lançou um olhar para Hepzibah, que parecia tão fora de si quanto Kat.

"Ele está escondendo alguma coisa", insisti.

Kat deu a volta na minha cadeira. Pôs as mãos sobre meus ombros e deixou-as ali por alguns instantes. Quando tornou a falar, o tom amargo costumeiro de sua voz havia desaparecido. "Vamos descobrir o que isso quer dizer, está bem, Jessie? Vou falar com Dominic."

Sorri para ela, satisfeita. Notei o contorno da maquiagem próximo ao seu queixo. Sua garganta se comprimiu ao engolir, demonstrando sua ternura.

Aquilo tudo deve ter parecido meigo demais para ela, visto que tirou bruscamente as mãos de cima dos meus ombros e mudou de assunto: "Em troca, você vai ter de pintar alguns quadros de sereias para eu vender na loja".

"O quê?"

Ela deu a volta e parou na minha frente. "Você ouviu o que eu disse. Você disse que queria pintar, então pinte sereias. Vão vender à beça. Você pode vender os quadros em consignação. Vamos colocar um preço bem alto."

Olhei para Kat, embasbacada. Mentalmente, visualizei uma tela com um céu escuro cheio de sereias aladas voando como anjos e mergulhando das alturas dentro do mar. Tentei lembrar o que Thomas tinha me contado sobre sereias aladas. Algo sobre musas marinhas trazendo mensagens do fundo do mar, vivendo em dois mundos.

"E então, o que acha?"

"Posso tentar. Vamos ver."

Os turistas que eu vira mais cedo entraram na loja, e Kat foi atendê-los, enquanto Hepzibah ficou de pé, dizendo que tinha de voltar para casa. Eu também precisava ir, mas continuei sentada ao lado de Benne, ainda pensando em Thomas.

Ao longo dos últimos doze dias, ficara presa em casa com mamãe, pensando em coisas absolutamente contraditórias. Que eu estava apaixonada — e não apenas isso, que estava diante de um grande amor, e tentar afastar-me dele seria negar minha própria vida. E depois, em contraposição, que devia ser apenas um desvario, um momento de alucinação passageira, ao qual eu precisava resistir estoicamente.

Eu não compreendia por que amar alguém poderia causar tanta agonia. Meu coração parecia sangrar.

Benne se endireitou na cadeira e se virou para mim com os olhos apertados; a ponta da língua repousando sobre o lábio inferior. "Jessie?", ela me chamou.

"O que foi, Benne?"

Ela arrastou a cadeira para perto de mim e aproximou os lábios da minha orelha, como as crianças fazem antes de contar um segredo. "Você está apaixonada por um dos monges", ela sussurrou.

Joguei-me para trás na cadeira e pisquei os olhos. "De onde você tirou essa ideia?"

"Eu simplesmente sei."

Continuar negando para ela seria inútil. Benne sempre tinha razão.

Quis me zangar com ela, impedi-la de se intrometer no meu coração, mas Benne continuou sentada, sorrindo para mim. Uma mulher da minha idade com a mente doce de uma criança e uma capacidade psíquica prodigiosa. Ela mesma não se dava conta de como a verdade poderia ser perigosa, quantas diminutas e dilacerantes sementes ela poderia carregar.

"Benne", eu disse, tomando sua mão, "ouça com atenção. Você não pode contar isso a ninguém. Prometa!"

"Mas eu já contei."

Soltei a mão dela e cerrei os olhos por um instante, antes de perguntar: "A quem?", perguntei. "Para quem você contou?"

"Mãmi", ela respondeu.

19

Um bilhete fora passado por debaixo da porta da cozinha. Estava dentro de um envelope branco que continha apenas uma palavra: *Jessie*.

Encontrei-o depois que voltei da loja de Kat. Ao pegá-lo, analisei a caligrafia — um traço forte e inclinado, mas estranhamente hesitante, como se quem escreveu tivesse se interrompido e recomeçado inúmeras vezes.

Algumas coisas você simplesmente sabe. Como Benne.

Enfiei-o dentro do bolso da minha calça cáqui no momento exato em que mamãe entrou na cozinha. "O que é isso?", ela perguntou.

"Nada", respondi. "Deixei cair uma coisa."

Eu não o abri imediatamente. Deixei-o ficar no escuro dentro do bolso junto à minha coxa, fazendo pressão de vez em quando sobre minha pele. Pensei: *Primeiro, vou ligar para minha filha. Depois, farei uma xícara de chá. Verei se mamãe não precisa de mais nada, e então vou sentar na minha cama, tomar o chá e abrir o envelope.*

Eu tinha muita prática em deixar coisas prazerosas para mais tarde. Hugh disse certa vez que pessoas que conseguiam procrastinar prazeres eram extremamente maduras. Eu conseguia retardar momentos de puro deleite por dias, meses, anos. Esse era o grau do meu "amadurecimento". Aprendi isso comendo bombons recheados quando era criança. Mike logo mordia o bombom para sorver o chocolate derretido do recheio, enquanto eu lambia e lambia, retirando toda a cobertura lentamente.

Disquei o número de telefone do dormitório de Dee na Vanderbilt e ouvi-a falar longamente sobre sua última escapada. Suas colegas haviam promovido "a maior guerra de travesseiros do mundo", trezentas e doze meninas num campo de *softball*, com plumas por toda a parte. Ao que parece, o fato fora registrado por um suposto examinador do *Guinness World Records*.

"Foi tudo ideia minha", ela disse, satisfeita.

"Tenho certeza que sim", completei. "Minha filha, uma recordista mundial! Estou muito orgulhosa de você."

"Como vai a vovó?", ela perguntou.

"Ela está bem", respondi.

"Você descobriu por que ela fez aquilo?"

"Ela ainda não conversou comigo direito, pelo menos não sobre esse assunto. Há algo que ela está escondendo. A história toda é muito complicada."

"Mãe? Eu me lembro que... Não sei, talvez não tenha nada a ver."

"O quê? Diga."

"É que uma vez quando fui visitá-la um tempão atrás, estávamos conversando sobre o lugar onde os escravos estão enterrados, o cemitério, sabe qual é? E a vovó ficou apavorada."

"O que você quer dizer com 'apavorada'?"

"Ela começou a chorar e a falar coisas sem sentido."

"Você se lembra do que ela disse?"

"Não exatamente. Apenas algo sobre ter visto a mão ou dedos de algum morto. Acho que ela estava falando sobre os corpos no cemitério, mas ficou transtornada, e aquilo me assustou."

"Você nunca me contou isso."

"Mas ela sempre fez umas coisas assim. É o jeito da vovó." Dee fez uma pausa e eu pude ouvir o CD do U2 tocando ao fundo. "Eu deveria ter contado. Ah, mãe, você acha que se eu tivesse lhe contado teria evitado que isso acontecesse?"

"Escute bem: não teria feito a menor diferença quanto ao que ela fez. Acredite. Está bem? Sua avó é doente, Dee."

"Está bem", ela respondeu.

Depois que desligamos, fiz um chá de hortelã e levei a xícara até a sala. Mamãe estava lá com a televisão e o cubo mágico. Os russos haviam vencido a medalha de patinação e seu hino nacional parecia um canto fúnebre que pesava sobre o ar da sala. Coloquei a xícara sobre a mesa ao lado dela e toquei seu ombro de leve. O que Dee me contou servira apenas para me confundir ainda mais.

"Você está se sentindo bem? Como está sua mão?"

"Ótima. Mas não gosto de chá de hortelã", ela respondeu. "Tem gosto de pasta de dente."

Fechei a porta do meu quarto e girei a chave, depois retirei o envelope do meu bolso. Coloquei o envelope no meio da cama e sentei-me ao lado dele. Tomei um gole de chá e fiquei olhando para a carta.

Eu não estava me perguntando se abriria o envelope ou não. Também não estava tentando preservar os minutos finais de ansiedade acumulada — o lento e exasperado prazer de retirar aos poucos a camada de chocolate antes de morder o bombom. Não, eu estava simplesmente aterrorizada. Eu tinha nas mãos uma carta de Pandora.

Rasguei o envelope e retirei um papel branco pautado, rasgado num dos lados, como se tivesse sido arrancado de um caderno.

Jessie,

Espero não estar sendo muito impertinente ao lhe escrever, mas estava pensando se você gostaria de me acompanhar em meu passeio de barco. Não há muitas garças nesta época, mas localizei uma colônia de pelicanos brancos, o que é muito raro. Estarei no píer do viveiro amanhã às duas da tarde e adoraria que você viesse comigo.

Irmão Thomas (Whit)

Whit. Toquei o papel com a ponta dos dedos e repeti o nome em voz alta, percebendo a intimidade contida no gesto de me revelar seu verdadeiro nome. Como se me oferecesse uma parte oculta que não pertencia ao mosteiro. E mesmo assim o bilhete tinha um tom de formalidade. *Adoraria que você viesse comigo.*

Reli-o várias vezes. Não percebi a xícara de chá entornar sobre a cama até sentir a umidade chegar à minha coxa. Sequei o que pude com a toalha e depois me deitei ao lado da parte molhada da cama, sentindo o perfume da hortelã, a pureza daquele cheiro emanando dos lençóis como um doce recomeço.

Meia dúzia de gaivotas se aboletava por trás de mim no píer do viveiro em perfeita formação, como uma pequena esquadrilha de aviões esperando pela ordem de decolagem. Vim mais cedo, cedo demais. Mais por cautela do que por ansiedade. Achei que se eu chegasse cedo e sentisse que não devesse encontrá-lo, poderia simplesmente ir embora. Sem que ele me visse.

Por mais de uma hora, sentei-me com as pernas cruzadas na beira do píer sob um céu brilhante e sem nuvens e fiquei observando a água. Parecia amarelada, cor de manga ou de melões-cantalupo. A maré estava enchendo, lançando-se contra o píer, impaciente.

Uma canoa vermelha desbotada, quase cor-de-rosa, estava emborcada numa ponta do cais com o casco incrustado de pequenos crustáceos. Lembrei que pertencia a Hepzibah. Eu passeara naquele barco pela última vez havia pelo menos trinta anos. Do outro lado, uma balsa verdejante, praticamente nova em folha, oscilava na água, refletindo hipnoticamente a luz do sol.

Ouvi um ranger de tábuas atrás de mim, e as gaivotas levantaram voo. Ao me virar, eu o vi em pé sobre o píer, olhando para mim. Ele estava vestindo jeans e uma camisa anil com as mangas arregaçadas até os cotovelos. Seus ombros eram mais largos e musculosos do que eu havia imaginado, e seus braços tinham um tom bronzeado reluzente. Trazia uma pequena cruz de madeira em volta do pescoço, destoando de todo o resto.

Era como se ele tivesse permanecido oculto em meu coração por muito tempo e de repente eu o vislumbrasse. Um homem de verdade, mas, ao mesmo tempo, irreal.

"Você veio", ele disse. "Não tinha certeza se viria."

Eu me levantei. "Você prometeu me mostrar pelicanos brancos."

Ele riu. "Eu disse que tinha *localizado* pelicanos brancos. Não posso prometer se conseguiremos vê-los."

Ele entrou na balsa primeiro e segurou minha mão para ajudar a me equilibrar. Por um momento, seu rosto ficou próximo do meu. Pude sentir o cheiro de sabonete começando a se misturar com um leve odor de suor de sua pele.

Sentei-me no primeiro banco — o assento de Max, imaginei — virada para a frente e observei Thomas ligando o pequeno motor de popa. Ele se sentou ao seu lado, e as hélices viravam sobre a água turva e amarelada, conduzindo-nos pelo meio do riacho.

"Devo chamá-lo por Thomas ou Whit?", perguntei.

"Ninguém me chama de Whit há muitos anos. E eu não me importaria de ouvir novamente meu nome."

"Presumo que sua mãe tenha escolhido seu nome. Diferentemente do abade."

"Ela me batizou como John Whitney O'Conner e me chamava de Whit."

"Está bem, então, Whit", eu disse, experimentando dizer o nome dele.

Percorremos vagarosamente o delta com a maré vazante, na ponta posterior da ilha. Passamos por curvas tão estreitas e tão cheias de vegetação que poderia esticar meus braços e quase tocar as margens. Mantivemo-nos em silêncio enquanto o motor girava. Creio que ambos estávamos tentando nos habituar ao que estava acontecendo, de estarmos numa pequena balsa desaparecendo em meio à solidão do pantanal.

Ele apontou para os peixes saltando da água, as cegonhas equilibrando-se no meio da relva, um ninho de mergulhões em cima de um toco de árvore.

Demos voltas ao longo do riacho por algum tempo antes de Whit virar bruscamente o bote num afluente que desembocava numa enseada cercada por capins de quase dois metros e meio de altura. Ele desligou o motor e o silêncio tombou sobre nós. Tive a sensação de ter passado pelo estreito buraco de uma agulha para um lugar fora do tempo.

Ele lançou a âncora. "Foi aqui que vi os pelicanos brancos. Acredito que estejam se alimentando por perto, então, se tivermos sorte, voarão por cima de nós." Ele olhou para o céu, e eu me forcei a fazer o mesmo, para desviar o olhar do rosto dele. Estava banhado de sol e despontava um princípio de barba.

"O que é aquilo?", perguntei, apontando para uma cabana de madeira acima do capinzal numa ilhota a poucos metros atrás dele.

"Ah, aquilo é minha ermida particular", ele respondeu. "É só um lugar para eu descansar. Uso-a para ler, ou para sentar e meditar. É onde tiro minhas sonecas. Para dizer a verdade, creio que tenha dormido mais do que meditado."

"Dormindo em serviço, hein?" Senti-me subitamente estúpida ao dizer isso.

"Minha sesta não surpreenderia o abade, mas a cabana, sim. Ele não sabe que a construí."

"Por quê?"

"Tenho certeza de que ele não aprovaria."

Gostei de saber que ele possuía uma parte secreta que mantinha à parte do mosteiro, um traço de dissidência.

"Você sabia que os pelicanos brancos, ao contrário dos marrons, não mergulham para pescar sua comida?", ele perguntou. "Eles trabalham em equipe. Eu os vi postados na água formando um grande círculo, em volta do peixe. É realmente genial."

"Creio que eu seja um pelicano marrom", eu disse. Assim que as palavras saíram da minha boca, percebi como meu comentário soara idiota. Como um daqueles testes bobocas em revistas femininas. Se você fosse uma cor, que cor você seria? Se você fosse um animal...

"Por que você diz isso?"

"Não sei, talvez porque trabalhe sozinha."

"Nem sei o que você faz."

Eu não gostava de dizer "Sou uma artista". Essas palavras acabavam ficando presas na minha garganta. "Tenho um ateliê", respondi. "Mas é mais como um passatempo."

"Então você é uma artista", ele respondeu. Eu não tinha certeza se alguém me chamara assim alguma vez na vida. Nem mesmo Hugh.

"O que você faz?", perguntou.

"Eu faço... Eu costumava fazer algumas peças usando aquarela. Não sei como descrevê-las."

"Ora", ele insistiu, "tente..."

Surpreendi-me ao perceber o quanto eu queria contar a ele o que eu fazia. Cerrei os olhos, tentando descrever da melhor maneira.

"Começo usando uma caixa de madeira, um tipo de moldura." Fiz uma pausa. Eu não acreditava que havia dito "moldura". *Deus do céu*. Eu detestava quando as pessoas a chamavam assim. "Espere, não é exatamente uma moldura; é mais como um altar mexicano. Eu pinto uma cena dentro dele. Pode ser uma paisagem, ou pessoas, qualquer coisa. Depois coloco objetos sobre a cena, para fora da pintura, construindo uma terceira dimensão, como um diorama."

Abri meus olhos novamente e me lembro de como me senti tomada pela visão que tive de Whit. Estava tão belo inclinado para a frente com os cotovelos apoiados sobre os joelhos, prestando atenção ao que eu dizia. Com aquela claridade, seus olhos azuis ficavam do mesmo tom de sua camisa anil.

"Parecem maravilhosos", ele disse.

"Acredite, eles não são tão maravilhosos assim. No começo, até achei que fossem. Eram satíricos e estranhos, mas se tornaram muito planejados e cada vez mais..." Procurei uma palavra para defini-los melhor. "Não questionadores." Foi o que consegui dizer.

"É uma forma interessante de descrevê-los."

Olhei fixamente para ele. Tudo o que eu dizia saía do jeito errado. Eu mesma não tinha ideia do que queria dizer com "não questionadores". "Acredito que a arte deva evocar algum tipo de reação nas pessoas, não apenas parecer bela. Precisa perturbar as pessoas um pouco."

"Sim, mas olhe em volta." Ele estendeu o braço, apontando para o capim à volta do pantanal, a água aparentemente imóvel, a luz suspensa sobre ela como espuma. "Olhe para *tudo isso*. O que acha da beleza pela beleza? Às vezes fico observando as árvores à distância, apinhadas de garças, ou uma obra-prima como *O êxtase de Santa Teresa*, de Bernini, e me perco. Coisas assim são capazes de arrasar minha noção de ordem e comportamento muito mais do que se fossem 'questionadoras'."

Ele falava com paixão e conhecimento de causa, gesticulando vigorosamente, de tal modo que o barco oscilou a ponto de eu ter de me segurar em uma das beiradas. Era como se eu estivesse experimentando exatamente o que ele acabara de descrever: a sensação de estar perdido.

"Eu sei do que você está falando: você quer que sua arte desperte as pessoas, criando uma epifania", disse ele.

"Sim", respondi.

"Essa é só a minha opinião, mas creio que o verdadeiro despertar não sobrevém porque a arte seja questionadora ou porque evoque uma crítica social, mas porque quem a vê se sente perdido diante de sua beleza, e isso coloca a pessoa em contato com o eterno."

Eu não conseguia dizer nada. Eu temia, na verdade, acabar chorando feito uma boba — sem nem saber por que estava com vontade de chorar. Fazia muito tempo que não conversava com alguém dessa maneira.

O barco havia se afastado da âncora, indo dar na beira d'água, onde um cheiro úmido emanava das folhagens. Ele apoiou os cotovelos sobre a grade de proteção e a embarcação inclinou-se um pouco.

Eu disse: "Parece bastante misterioso".

"O quê?"

"Esse contato com o eterno de que você falou. Você vai pensar que sou burra, mas do que se trata, exatamente?"

Ele sorriu. "Não, eu não penso que seja burra. Eu mesmo mal sei o que é."

"Mas você é um monge."

"Sim, mas um monge fraco e cheio de dúvidas."

"Mas você já deve ter tido vários desses... contatos com o eterno. Só que eu não faço ideia do que sejam. Passei a maior parte da minha vida sendo mãe, esposa e dona de casa. Quando você disse que eu era uma artista... Isso me soou um pouco demais. Eu só brinco de fazer arte."

Ele apertou os olhos, fixando-os em alguma coisa um pouco acima dos meus ombros.

"Quando vim aqui pela primeira vez", ele disse, "tive a impressão que transcender o mundo era mais do que simplesmente estar nele. Eu estava sempre lutando para meditar, jejuar, me desapegar, esse tipo de coisa. Um dia, no viveiro, me dei conta que apenas estar aqui e fazer meu trabalho era o que me dava a maior felicidade. Finalmente entendi que o importante é fazer aquilo que se ama."

E então ele se virou para mim: "Você fez isso. Eu não me preocuparia muito em estabelecer um contato com o eterno se fosse você. Afinal de contas, você não pode fabricá-lo. É como sorver um pouco da eternidade, um momento aqui e outro ali, quando você experimenta um estado de felicidade ao sair de sua própria dimensão. Mas duvido que sejam mais importantes do que simplesmente fazer o que você ama."

Ele se inclinou para um lado e riscou a água com os dedos. "Você teve sorte de crescer aqui."

"Bom, por muito tempo eu pensei justamente o contrário. Deixei de amar a ilha quando tinha nove anos. Para ser franca, só voltei a amá-la desta vez, quando voltei."

Ele se inclinou ainda mais. "O que aconteceu quando você tinha nove anos? Importa-se em me contar?"

"Meu pai morreu num incêndio de barco. O tanque de combustível explodiu. Disseram que uma brasa de seu cachimbo causou a explosão."

Fechei os olhos, querendo contar a ele quanto meu pai me amava, quanto sua morte arruinara minha infância. "Depois disso, a ilha mudou para mim. Tornou-se uma prisão sufocante", acrescentei.

Sem me mover, toquei, inconscientemente, o local onde o padre traçava o sinal da cruz com a cinza sobre minha testa. Aquela parte da minha pele parecia estar morta.

"E mamãe", prossegui, "mudou seu comportamento. Ela costumava ser divertida e amorosa, uma pessoa normal, mas depois que papai morreu, tornou-se obsessivamente religiosa. Como se ela tivesse morrido também."

Ele não disse *Nossa, que tragédia*, ou nenhuma das frases que a maioria das pessoas costuma dizer nessas horas, mas percebi uma tristeza preencher seu olhar. Como se algum sofrimento profundo que ele tivesse vivido pudesse reconhecer o mesmo sofrimento em mim. Lembro de ficar me perguntando sobre qual incidente horrível poderia ter acontecido com ele.

De relance, vi um mergulhão levar um peixe que se agitava preso ao seu bico. O pássaro lançou sua sombra sobre nossas cabeças.

"Acontece que eu dei a ele o cachimbo de presente no Dia dos Pais. Então, sempre senti..." Eu me calei.

"... que você havia causado o acidente", ele concluiu por mim.

Eu concordei. "O curioso é que outro dia encontrei o cachimbo na gaveta da penteadeira de minha mãe. Estava com ela esse tempo todo." Forcei uma gargalhada que soou estridente e amarga demais.

Eu não queria continuar falando sobre a morte de meu pai ou suas nefastas consequências, sobre esse vazio dentro de mim que eu não conseguia preencher com mais nada ou sobre a alienação que se apoderara de mamãe. Queria voltar a conversar como havia poucos minutos, quando falávamos sobre arte e o eterno.

Tive um súbito impulso de perguntar a ele sobre d. Dominic, o que pensava sobre ele, mas deixei este assunto de lado também.

Mudei de posição no assento da embarcação, sentando-me sobre uma das pernas. "E então", prossegui, "há quanto tempo está aqui?"

Ele não respondeu de imediato. Mostrou-se confuso pelo modo abrupto como eu mudara de assunto. "Quatro anos e sete meses", disse, depois de um breve silêncio. "Devo fazer meus votos solenes em junho."

"Quer dizer que ainda não os fez?"

"Sou o que se chama de monge professo. São dois anos de noviciado, três como professo, e depois decidimos se vamos ficar aqui para sempre ou não."

E depois decidimos.

Essas palavras me causaram certa comoção. Observei o vento levantar as pontas de seus cabelos. Fiquei chocada ao perceber que tudo parecia muito natural, que meus conflitos internos começavam a se dissipar e que nós dois estávamos isolados de verdade, num mundo que parecia não ter nada a ver com minha vida em Atlanta, com Hugh. Eu estava, na verdade, sentada ali imaginando meu futuro ao lado desse homem.

"O que você fazia antes?", perguntei.

"Eu era advogado", ele respondeu, e, por uma fração de segundo, toda a assertividade que eu notara nele passou para sua voz, e depois para o modo intenso como me olhava, a maneira como se endireitou no assento do barco. Tive uma rápida sensação de que sua vida anterior havia sido muito importante, embora ele não tenha dito mais nada sobre ela.

"O que o fez desistir de sua carreira e vir pra cá?"

"Acho que você não vai gostar de ouvir minha história. É muito longa e triste."

"Bom, eu acabei de lhe contar a *minha* história longa e triste."

Embora eu ficasse me perguntando sobre qual incidente horrível poderia ter acontecido com Whit, não podia nem imaginar que tivesse sido tão terrível. Ele me contou sobre sua mulher, Linda, que tinha belos cabelos louros, e seu bebê que não chegara a nascer, cujo quarto havia pintado de cor de abóbora, porque Linda tinha desejo de comer pão de abóbora o dia inteiro. Ambos morreram quando um caminhão atingiu o carro dela. Whit estava em casa nessa hora, montando o berço do bebê.

Enquanto falava deles, seu tom de voz mudou claramente: ficou tão baixo que tive de me aproximar para ouvi-lo. Seus olhos também vagaram, fixando-se no chão do barco.

Por fim, ele olhou para mim e disse: "Ela me ligou naquele dia antes de entrar no carro para dizer que tinha certeza de que teríamos uma menina. Foi a última coisa que ela me disse".

"Sinto muito", eu disse. "Compreendo porque decidiu vir para cá."

"Todos pensam que vim porque estava de luto, porque queria fugir da dor. Não tenho certeza se foi por causa disso ou não. Creio que não. Acredito que, na verdade, eu estava indo *ao encontro* de algo."

"De Deus?"

"Acho que queria descobrir se Ele realmente existia."

"E existe?"

Ele riu como se eu tivesse contado uma ótima piada. "Como se eu soubesse..."

"Mesmo um monge fraco e cheio de dúvidas deve ter alguma ideia a respeito disso."

Ele permaneceu calado por algum tempo, observando uma pequena garça pescar na parte mais rasa à beira d'água. "Às vezes sinto Deus como a Beleza do Vazio", respondeu. "E parece que a única finalidade da vida está nisso. Em contemplá-la e amá-la, e depois desaparecer dentro dela. Mas por vezes ocorre justamente o oposto. Deus parece uma presença que engloba tudo. Eu venho para cá e o divino se manifesta por toda parte. O pântano e toda a criação são uma dança de Deus e somos convidados a participar dela, apenas isso. Entende o que quero dizer?"

Eu disse que sim, mas menti. Mesmo assim, sentada ali, senti um desejo de conhecer sua Beleza do Vazio, conhecer sua dança. E, principalmente, de conhecê-lo.

Uma nuvem ocultou o sol e a luminosidade se reduziu à nossa volta. A maré havia subido e nosso barco se arremessava contra os juncos, oscilando como a cesta de Moisés sobre as águas do Nilo.

Percebi que ele estava olhando direto para mim. Eu poderia ter desviado meu olhar. Poderia ter deixado aquele momento passar, como tantos outros em minha vida, mas conscientemente decidi encará-lo, permitir que meu olhar cortasse o ar como uma lâmina e fosse ao encontro do dele. Ficamos nos olhando por um longo tempo, talvez por um minuto inteiro. Ficamos nos encarando dessa forma. Havia uma intenção por trás de nosso olhar. Uma força. Percebi que minha respiração se acelerara, que algo fantástico, mas muito perigoso estava acontecendo, que nós estávamos *deixando* que acontecesse. Tanto ele quanto eu.

No fim, tornou-se insuportável. Tive de desviar meu olhar.

Acho que já naquele momento poderíamos ter aberto nosso coração e dito o que sentíamos. Acredito que tenhamos chegado bem perto disso. Mas o instante passou, a transparência desapareceu e a compostura tomou conta de nós.

"É uma pena, mas acho que os pelicanos brancos não vão aparecer", ele disse, e depois olhou para o relógio. "Preciso levar você de volta antes de fazer minha ronda pelo viveiro."

Ele começou a puxar a corda da âncora. Conduziu o barco através do estreito braço d'água de volta para o riacho e ligou o motor novamente. O barulho preencheu minha cabeça. Ao olhar para trás, vi um rastro branco se formar como a fumaça de um jato; e Whit, ali, com sua camisa azul, segurando o leme, as nuvens passando por cima de sua cabeça.

E então eu os vi. Os pelicanos brancos se aproximaram por trás, voando baixo, junto à água. Eu gritei, apontando para eles e Whit se virou no momento em que eles se elevaram e passaram por cima de nós. A luz os banhava, fazendo reluzir as pontas negras de suas asas. Contei dezoito deles, movendo-se sincronicamente numa única linha, numa visão extasiante, desaparecendo em seguida.

Depois de amarrar a balsa, Whit me ofereceu sua mão antes de eu pisar no píer, e eu a segurei. Ele apertou minha mão antes de soltá-la. Agradeci a ele pelo passeio.

Eu o deixei no cais. Podia sentir seus olhos me acompanhando enquanto eu caminhava sobre as tábuas carcomidas da ponte de madeira. Ao chegar à beira do pantanal, um pouco antes de mergulhar no silêncio das árvores, olhei para trás.

O importante é fazer o que se ama.

20

No sábado seguinte, quando chegamos ao Café do Max, mamãe se recusou a entrar. Empacou do lado de fora, na calçada, como um cavalo assustado, e nada conseguia fazê-la se mover. Kat, Benne, Hepzibah e eu tentamos convencê-la a passar pela porta, mas ela continuou irredutível. "Me levem para casa", ela pediu. "Estou falando sério, me levem para casa."

Para levá-la até ali foram necessárias todas as minhas táticas de persuasão, além dos telefonemas insistentes de Kat e Hepzibah, e agora parecia que nosso bem-intencionado plano de reintroduzi-la a algum tipo de convivência normal iria para o espaço. Ela não se sentia pronta para enfrentar os cochichos e olhares das pessoas com quem convivera a vida toda — e quem poderia culpá-la por isso? Finalmente conseguimos persuadi-la de que teria de encará-los mais cedo ou mais tarde, e por que não agora?

Mas isso foi antes de ver, pela janela, quantas pessoas havia dentro do café. Ainda era 4 de março, mas a primavera já dava o ar de sua graça, e o restaurante estava lotado, com moradores da ilha e até mesmo turistas.

"Se, no meu lugar, *você* é que fosse considerada a idiota da cidade, *você* entraria ali, dando chance de todos caçoarem de você?", perguntou mamãe.

"Pode acreditar que sim!", respondeu Kat. "E vai saber se já não sou considerada a idiota da cidade. Acha que as pessoas não falam de mim? Sobre minha língua ferina e a buzina alta do meu carro de golfe? Ou sobre Benne? Acha que eles não comentam sobre ela? E o que você acha de Hepzibah? Ela é um prato cheio, já que conversa com os espíritos desencarnados dos escravos no cemitério, indo para cima e para baixo vestida com roupas mais africanas do que se usa na própria África."

Eu cobri instintivamente a boca com a mão. Olhei para Hepzibah, que estava usando um lindo vestido e um turbante bege e preto com estampas africanas e um colar feito de cascas de ovo de avestruz. Ela era a única pessoa que eu conhecia que era mais destemida que Kat — que, se quisesse, conseguiria colocá-la no bolsinho, como se diz por aí.

Ela encarou os sapatos de salto pretos e as meias rendadas que eram a marca registrada de Kat. As meias tinham um tom *cor-de-rosa* suave.

"Eu as lavei junto com a camisola de dormir vermelha de Benne, se quer saber", emendou Kat.

Hepzibah virou-se para mamãe: "Se você não quer dar motivo para que as pessoas falem de você, Nelle, você ficou muito chata."

"Mas agora é diferente", respondeu mamãe. "As pessoas aí dentro pensam que sou... louca. Prefiro que pensem que sou chata."

"Morda... sua... língua", repreendeu Kat.

Mamãe morria de medo de que as pessoas que ela conhecia pensassem que ela havia enlouquecido, mas incomodava-a ainda mais que eu pensasse o mesmo. Na véspera, no café da manhã, armei-me de coragem e perguntei a ela, com a voz mais doce possível: "Você ouve vozes? Foi uma voz que lhe disse para cortar seu dedo?".

Ela me olhou zangada. "Estou ouvindo uma voz neste momento", respondeu, gozando da minha cara. "E ela está me dizendo que você deveria fazer a sua mala e voltar para Atlanta. Vá para casa, Jessie. Não preciso de você aqui. E também não quero você aqui."

Senti meus olhos se encherem de lágrimas. Não foram apenas as suas palavras, mas a expressão em seu rosto e todo o amargor com que disse aquilo.

Desviei meu rosto, mas ainda assim ela notou minhas lágrimas, e toda pressão que sentíamos havia vários dias finalmente explodiu: "Oh, Jessie...", ela exclamou. Então passou os dedos pelo meu braço e os deixou ali, próximos ao meu cotovelo. Foi o gesto mais gentil que teve comigo desde que saí de casa para ir para a faculdade.

"Não ligue para o que eu digo", ela pediu. "Não suporto a ideia de que você pense que enlouqueci, só isso." Ela olhou para o curativo. "Não há nenhuma voz, está bem? Eu estava cansada e estressada. Estava usando o cutelo e... pensei que seria um alívio se eu o baixasse sobre meu dedo."

Por um instante, ela pareceu tão chocada com o que tinha feito quanto eu. Porém, nesse momento, em frente ao Café do Max, ela parecia apenas assustada.

Kat tinha um lenço com hibiscos vermelhos e amarelos estampados em volta do pescoço. Puxou-o e envolveu a mão dela, cobrindo o curativo que mais parecia uma imensa luva de boxe branca. Quando terminou, assemelhava-se a uma imensa luva de boxe *florida*.

"A melhor defesa é o ataque", ela completou.

"Não vou colocar este lenço em cima da mão", disse mamãe.

Kat pôs as mãos na cintura. "Ouça bem. Todo mundo na ilha da Garça sabe que você cortou seu dedo. Quando entrar neste café, todas as pessoas que tiverem olhos no meio da cara vão encará-la. Então leve isso na esportiva, está bem? Será como devolver a eles o tapa na cara. Como se estivesse dizendo: *Sim, esta é a famosa mão sem dedo. Embrulhei-a, deixando-a bem bonita com esta bandagem colorida para vocês. Olhem o quanto quiserem.*"

Benne riu.

Mamãe olhou para Hepzibah, esperando ouvir uma segunda opinião.

"Detesto ter de admitir isso, mas concordo com Kat", disse Hepzibah. "Se você entrar no Café do Max e encarar a situação com bom humor, poderá fazê-los esquecer o que aconteceu."

Eu não estava acreditando que Hepzibah tinha caído na história de Kat. "Não sei, não...", falei.

"Isso mesmo, você não sabe", Kat remedou e, dando o braço a mamãe, conduziu-a até a porta. Mais especificamente, mamãe se *deixou* levar, e eu fiquei boquiaberta ao constatar o poder que essas mulheres ainda tinham sobre ela.

A entrada do restaurante tinha um desses sininhos irritantes, presos na parte de cima. Sacudiu o tempo todo enquanto entrávamos, e Bonnie Langston, que estava mais gorda do que nunca, correu para nos receber, colocando a mão sobre a boca e segurando o riso quando viu o lenço amarrado em torno da mão de mamãe.

"Acho curativos brancos uma chatice", mamãe comentou com ela.

Bonnie conduziu-nos a uma mesa que ficava bem no meio do restaurante. E, claro, todos os moradores da ilha que estavam ali viraram a cabeça para olhar para mamãe com a mão coberta com o lenço de hibiscos. Todas as conversas se suspenderam.

E depois, como Bonnie, todos passaram a sorrir.

Assim que olhamos o menu, Kat perguntou: "Jessie, você já está aqui há... Quanto tempo? Duas semanas?".

"Duas semanas e meia."

"Estava pensando se o Hugh estaria vindo nos fazer uma visita em breve."

"Não", respondi, lembrando o que Benne havia lhe contado e me sentindo totalmente constrangida. "Ele tem o consultório dele, você sabe. Não pode sair de lá assim, sem mais nem menos."

"Nem no fim de semana?"

"Ele normalmente tem atendimentos para fazer."

Espremi os olhos para encarar Benne. Eu sabia que ela seria bem capaz de tilintar a colher no copo d'água e anunciar diante de um restaurante perplexo que eu estava apaixonada por um monge da abadia. *Santa Pecadora*.

Kat apontou para um pote de argila ao lado do saleiro e do vidro de pimenta. Estava cheio até a metade com moedas de vinte e cinco e de dez centavos e tinha uma etiqueta: doações para alimentar o cão. "O que você acha disso? Bonnie está pedindo dinheiro para comprar comida para Max."

Olhando em volta, notei que havia um pote em cima de cada mesa.

"Ela provavelmente usa o dinheiro para comprar todas as peças de sua preciosa indumentária", continuou Kat. "Quero dizer, *onde* está toda essa comida de cachorro imaginária que ela supostamente compraria com este dinheiro?" E, tocando o braço de mamãe, disse: "Nelle, você se lembra daquela vez, cem anos atrás, quando encomendamos seis caixas de comida de cachorro para o primeiro Max? Veio de uma loja de animais em Charleston, e eles nos mandaram uma montanha de comida de *gato* pela balsa?".

Mamãe inclinou a cabeça para o lado, e era como se sua memória estivesse rompendo a escuridão de sua mente e iluminando-lhe o rosto. Vi o brilho de seus olhos aumentar, varrendo a mesa como a luz de um farol. Ela riu alto e nós paramos para admirar aquele som.

"Max comeu tudo!", ela exclamou. "Ele adorou, se bem me lembro."

Kat se aproximou dela. "Sim, e ele começou a se comportar como um gato depois disso. Mais solto e mais independente, caçando ratos e brincando com novelos de lã."

Mamãe continuou: "Lembra daquela vez que o primeiro Max comeu um pedaço de corda, e Kat e eu corremos até a balsa e dissemos a Shem que tínhamos de atravessar imediatamente porque era uma emergência? Você se lembra disso, Kat?".

Ela se sacudia de tanto rir. Sua mão envolta no lenço florido elevou-se no ar. Fiquei olhando para ela totalmente confusa e maravilhada — todas nós nos sentimos da mesma forma —, como se testemunhássemos o milagre do parto em uma mulher que sequer sabíamos que estivesse grávida.

Ela continuou falando: "Shem disse que não poderia fazer uma viagem de balsa fora do horário por causa de um cachorro. Pensei que Kat fosse pular em cima dele. Então, ele disse: 'Está bem, mocinhas, acalmem-se, vou levá-las'. E, bem no meio da travessia, Max pôs para fora o pedaço de corda que havia engolido e ficou bom".

Seu rosto estava radiante. *Onde estava escondida esta mulher?*

Ninguém se movia. Mamãe tomou fôlego e continuou contando a história: "Bom, tínhamos feito tanto estardalhaço que detestaríamos ter de voltar para trás. Então continuamos fazendo de conta que o levaríamos a um veterinário e ficamos algumas horas passeando com Max em McClellanville antes de pegar a balsa de volta para casa".

Bonnie apareceu e anotou nossos pedidos. Depois que ela se afastou, Hepzibah disse: "Nelle, você se lembra da vez que fomos até a abadia para ajudar você a lavar e encerar a estátua de santa Senara, e Max nos acompanhou... Acredito que tenha sido o Max anterior a esse... Você se lembra disso?".

Mamãe jogou a cabeça para trás e estourou na gargalhada. Em seguida, virou-se para mim e comentou: "Depois de limparmos santa Senara inteirinha, ele levantou a pata para mijar nela!".

Ela parecia ter saído de outra dimensão de tempo, metamorfoseando-se na Nelle de trinta e quatro anos atrás. A mesma que havia se perdido ou sido exterminada havia muito tempo.

Eu não queria que as lembranças parassem de fluir. "Lembram dos Piqueniques das Garotas?", perguntei.

"Os Piqueniques das Garotas!", gritou Kat. "Falando sério, aquilo era muito divertido!"

Hepzibah completou: "Esta é a segunda vez hoje que concordo com você, Kat. Estou começando a ficar preocupada comigo".

"Lembra de quando você encontrou o crânio de tartaruga na água?", perguntei, olhando para Hepzibah.

"Claro que lembro! Estou é surpresa por *você* se lembrar!"

"Sempre adorei aquele crânio", respondi, batendo palmas. "Devíamos fazer um Piquenique das Garotas de novo!"

"*Devíamos!*", Kat repetiu. "Excelente ideia!"

Benne, sentada ao lado de mamãe, inclinou-se na direção dela e colocou a mão em torno da boca, sussurrando alto o suficiente para que todas na mesa ouvissem: "Você disse que nunca mais iria a um Piquenique das Garotas".

Mamãe olhou em volta da mesa. A luz começou a minguar em seus olhos.

"Isso foi há muito tempo, Benne", censurou Hepzibah. "As pessoas mudam de ideia, não é mesmo, Nelle?"

"Eu não posso ir", disse Nelle.

Toquei sua mão como se quisesse puxá-la de volta para nós. "Por quê?"

Benne continuou: "Ela não queria mais se divertir depois que seu pai morreu, não se lembra? Ela disse: 'Não posso dançar e me divertir depois do que aconteceu'".

Encarei Kat com ar de censura, como se pedisse que fizesse sua filha se calar. Kat pegou uma torrada da cestinha e deu-a para Benne.

"Papai iria *adorar* que você continuasse a fazer os piqueniques", eu disse.

Mamãe alisava mecanicamente seu copo de chá gelado.

"Vamos, Nelle, por nós. Vai ser o máximo", disse Kat.

"Podemos levar Max conosco", acrescentou Hepzibah.

Mamãe deu de ombros. Eu ainda conseguia ver os reflexos de luz bem longe em seus olhos. "Está bem, mas sem dança", ela arrematou. "Não quero nenhuma dança."

"Vamos nos sentar no cobertor e apenas conversar, como estamos fazendo agora", disse Kat. "Se alguém dançar, nós a esganamos."

Bonnie trouxe nosso almoço — pratos de ostras e camarões fritos, tortas de caranguejo, arroz integral e os empadões de ervilha e pirão que faziam a fama do restaurante. Enquanto comíamos e conversávamos, a antiga Nelle se encolheu novamente, mas descobri que ainda havia reminiscências da mãe que eu conhecia e, pela primeira vez, percebi que ela poderia ser resgatada de sua loucura, pelo menos em parte.

Do outro lado do restaurante, a porta se abriu e o sininho chacoalhou, incomodando nossos ouvidos. Virei-me instintivamente para ver quem era.

Pude vê-lo parado na entrada, os cabelos castanhos cobrindo sua cabeça baixa, como se estivesse procurando algo no chão de cerâmica. Ele ergueu o rosto com os olhos semicerrados e perscrutou as mesas. Eu prendi a respiração.

Era o Hugh.

21

Fiquei parada olhando para ele por alguns segundos, pensativa. *Não, espere, não pode ser Hugh. Hugh está em Atlanta.*

Sabe como é quando você vê alguém fora do contexto, que não poderia estar ali de jeito nenhum? Você fica um pouco desorientado, sentindo que o tempo parou por alguns momentos. A sensação piorou ainda mais quando pensei que, de alguma forma, graças a uma mistura de percepção extrassensorial, insight, suspeita e clarividência, *ele soubesse*.

Ele sabia que eu estivera numa balsa com outro homem, desejando flutuar para o outro lado do mundo com ele. Ele sabia sobre a cena que eu havia visualizado mais de uma dúzia de vezes — a mais impossível, a mais insuportável de todas —, em que eu fazia as malas e saía tranquilamente de casa, pondo um fim ao nosso casamento. Ele sabia. E ele viera, largando tudo em Atlanta, graças ao meu rastro de culpa.

Apesar disso, ele sorriu assim que me localizou sentada à mesa. Sorriu como sempre, os lábios esticados de um lado a outro, sem mostrar os dentes, o mesmo sorriso que tantas vezes me arrebatara.

Enquanto ele caminhava em direção à mesa, eu sorri de volta, um sorriso *estranho*. De alguém que *tentava* sorrir, forçando-me a parecer normal, feliz e despreocupada.

"Nossa, Hugh! O que você está fazendo aqui? Como conseguiu nos encontrar?", perguntei, dobrando meu guardanapo e arrumando-o ao lado do meu prato.

Ele parecia mais magro, mais frágil; diferente, de alguma forma. Inclinou-se e me beijou no rosto. Sua barba malfeita estava arranhando, e pude notar que chupara uma de suas balas de limão. "Quando fui até o mercado Caw Caw para ligar para casa e perguntar se você poderia ir me buscar com o carrinho de golfe, alguém me contou que vocês estavam aqui." Ele colocou a mão sobre o ombro de mamãe. "Como você está, Nelle?"

"Estou ótima", ela respondeu. Hugh procurou com o olhar a mão dela sob o lenço florido e, em seguida, cumprimentou Kat e Hepzibah.

"Meu Deus, você é o homem mais bonito que eu já vi!", exclamou Kat, e Hugh corou, algo que nem sempre acontecia.

Sugeri sairmos do Café do Max para dar uma volta a pé. Eu não conseguiria continuar ali sentada com ele, conversando amenidades, enquanto Kat, Hepzibah, Benne e mamãe assistiam à conversa.

Caminhamos em direção ao centro da ilha pela estrada do Escravo, assim chamada porque passava ao longo do cemitério onde os escravos estavam enterrados. Conversávamos educadamente, pondo em dia os assuntos em relação à nossa casa e à saúde de mamãe. Senti meu estômago embrulhar.

Ao chegarmos ao cemitério, automaticamente paramos e olhamos para as cruzes de cedro que Hepzibah colocara sobre cada sepultura. Todas estavam viradas para leste, para que os mortos pudessem se levantar mais facilmente, como ela dizia. A ilha abrigara uma pequena comunidade de escravos livres depois da Guerra de Secessão. Com o tempo, muitos foram embora ou acabaram morrendo ali, depois de viver na ilha por muito tempo.

Ao vislumbrarmos um imenso carvalho que espalhava seus galhos sobre os túmulos, lembrei-me da conversa que tivera com Dee ao telefone. Mamãe tinha se sentido transtornada ao vir a este cemitério e passara a falar sobre o dedo de algum morto.

Hugh sentou-se sobre um dos galhos caídos, mas ainda preso à árvore centenária. Eu o segui e sentei-me ao lado dele. Ficamos em silêncio por algum tempo, e Hugh olhou para o céu, admirando a paisagem à nossa volta, os ramos oscilando na ponta dos galhos, enquanto eu observava os tufos de samambaias e os diminutos cogumelos brancos que despontavam da terra.

"Esta árvore deve ser muito antiga", disse Hugh.

"Tem oitocentos anos", respondi, um "fato" questionável que todos na ilha adoravam repetir. "Pelo menos é isso que todo mundo diz. Creio que não haja uma maneira de confirmar isso. Hepzibah diz que eles não podem retirar amostras do centro da árvore, porque, ao que tudo indica, ela está oca."

Ele se virou e me encarou. Subitamente, seus olhos adquiriram aquele ar de sabedoria psiquiátrica, o mesmo olhar que ele assumia quando desmascarava alguém. Tentei adivinhar seus pensamentos. O que ele estava sugerindo? Que, ao dizer que a pobre árvore estava oca, eu na verdade estava falando de mim mesma?

"*O que foi?*", perguntei, aflita.

"O que está acontecendo, Jessie?"

"Você sabe o que está acontecendo. Estou tentando lidar com tudo que aconteceu com mamãe. E eu disse a você que queria cuidar disso sozinha, mas veja só quem apareceu: Hugh, o salvador da pátria."

"Olha, eu realmente não acho que você deva tentar cuidar deste assunto sozinha, mas não foi por isso que vim até aqui."

"Então *por que* está aqui? Você apareceu sem sequer avisar que viria."

Ele não me respondeu. Permanecemos em silêncio, tensos, olhando para as cruzes de madeira. Os passarinhos vinham bicar o musgo dos galhos acima de nossas cabeças.

Ele suspirou. Colocou sua mão sobre a minha. "Não quero brigar. Vim até aqui porque... porque fiz uma reserva para nós no Hotel Omni, em Charleston. Podemos pegar a balsa da tarde e ir para lá. Podemos jantar no Magnólia. Podemos ficar juntos a noite toda e depois trarei você de volta para pegar a balsa pela manhã."

Eu não olhei para ele. Queria sentir por ele o mesmo que sentia por Whit. Queria materializar esse sentimento do nada. Entrei em pânico ao me dar conta de que eu não era mais a mesma pessoa de antes.

"Não posso", respondi.

"Como assim? É claro que pode."

"Como pôde planejar tudo isso sem me consultar?"

"Isso se chama surpresa."

"Não quero nenhuma surpresa."

"O que há de errado com você? Você tem estado distante há meses, Jessie. Aí você vem para cá e não me liga mais, e, quando eu ligo, começa a brigar comigo. E agora isso."

Tirei minha mão de perto da dele e senti como se tivesse libertado meu coração. Como dedos que se soltam de um barco, deixando o corpo afundar na água.

Nunca me senti tão apavorada.

"Quero ficar algum tempo longe", eu disse. Não pude acreditar que disse isso em voz alta. Precisei examinar a reação dele para saber se havia mesmo dito aquelas palavras.

Hugh moveu a cabeça para trás de repente, como uma bandeira que se estende subitamente ao vento. Eu o chocara. Eu mesma estava chocada.

Ele ficou vermelho, e foi então que percebi que ele não ficara chocado, mas com raiva. A mais terrível e dolorosa raiva.

"'Longe?' Do que diabos você está falando?", vociferou. Eu me levantei e dei um passo para trás. Pensei que ele fosse me sacudir pelos ombros e, por Deus, quase desejei que ele fizesse isso. "Longe de *mim*? É isso o que quer dizer? Você quer a separação?"

"Separação?", eu repeti, piscando várias vezes, quase sem sentir meu coração bater. "Não sei. Eu... Eu só quero ficar sozinha por algum tempo."

"É isso o que uma separação é!", ele gritou.

Ele caminhou sob a sombra da árvore e parou ali, de costas para mim. Vi seus ombros subirem e descerem, como se estivesse respirando pesadamente. Ele balançava a cabeça, como se não acreditasse. Dei um passo em direção a ele, que reagiu afastando-se e tomando a mesma estrada por onde viemos. Ele não olhou para trás. Não se despediu de mim. Apenas se afastou com as mãos no bolso.

Fiquei olhando para ele, como se minha vida se esvaísse, me abandonando, dando um fim a tudo. Senti um impulso de correr atrás dele. Parte de mim queria abraçá-lo e dizer: *Perdoe-me, perdoe-me, perdoe-me imensamente*, mas não me movi. Um estranho torpor imobilizou minhas pernas.

Ele foi se distanciando na estrada. Quando sumiu de vista, voltei a me sentar no galho da árvore.

Um peso anestésico caiu sobre mim. Os raios de sol espalhavam-se em pequenos fachos de luz sobre o chão e fiquei imaginando Hugh no píer da balsa. Podia vê-lo sentado num banco esperando-a atracar. Max estaria ali, colocando a cabeça sobre seu joelho, tentando consolá-lo. Queria que Max estivesse ali — alguém que pudesse tentar melhorar a situação.

Muito tempo atrás, quando eu tinha nove anos, Mike e eu passamos de bicicleta pelo cemitério e vimos Hepzibah retirar ervas daninhas que haviam crescido entre os túmulos. Lembrei-me disso agora. Era inverno, mas estava um dia quente como hoje, e o céu se condensara em cristais de gelo, comuns nesta época do ano.

Paramos e largamos as bicicletas no chão. Ela olhou para nós e disse: "Já lhes contei sobre os dois sóis?".

Hepzibah sempre nos contava uma de suas lendas folclóricas que vinham de seus antepassados africanos, que devorávamos com os ouvidos. Sacudimos a cabeça dizendo que não e sentamo-nos no chão, ao lado dela, prontos para ouvir uma nova história.

"Na África, o Sonjo costumava dizer que um dia dois sóis iriam se elevar", começou. "Um sol viria do leste e outro sol do oeste. E quando se encontrassem no alto do céu seria o fim."

Mike e eu nos entreolhamos. Ela não costumava nos contar histórias desse tipo. Esperei que contasse o resto, mas, para a nossa surpresa, isso era tudo.

"Você está se referindo ao fim do *mundo*?", Mike perguntou.

"Só quero dizer que tudo um dia acaba. Os dois sóis sempre se levantam, em algum lugar. Faz parte da vida. Uma coisa acaba, e então outra começa. Deu pra entender?"

Ela me assustou com a história. Saí do cemitério sem responder à sua pergunta e pedalei de volta para casa o mais rápido que pude. Meu pai morreu uma semana depois disso. Não me aproximei de Hepzibah por um bom tempo. Era como se ela soubesse o que iria acontecer, embora depois eu tivesse entendido que seria impossível.

Sentada ali, senti meu corpo estremecer, como o ar depois de um estampido de canhão. Imaginei a balsa se aproximando do píer, Hugh embarcando, as gaivotas voando em círculos sobre sua cabeça. Vi a barca se afastar e o rastro de água se alongar. Acima, no céu, os dois sóis se chocavam.

22

Na manhã seguinte, estacionei o carro de golfe na entrada da casa de Kat, passando pela placa cruzamento de sereias, totalmente leve, tranquila, emancipada, quase fútil. Isso depois de ter gasto metade da noite me virando na cama, remoendo-me de remorso e desespero pelo que fizera.

Depois que Hugh fora embora na véspera, fiquei sentada no cemitério de escravos por mais de uma hora, até que minha imobilidade cedesse e eu passasse a ter ataques de pânico. "O que foi que eu fiz?"

Telefonei duas vezes para ele à noite. Ele não atendeu, embora tenha tido tempo suficiente para chegar em casa. Eu não sabia por que estava ligando ou o que diria se ele atendesse. Provavelmente repetiria inúmeras vezes que me arrependera do que dissera a ele. O que fiz parecia impossível para mim, algo totalmente fora de propósito. Como se tivesse cortado uma parte de mim — não apenas meu indicador, mas todo o meu casamento, a simbiose que me sustentara até aquele momento. Minha vida se acomodara magnificamente dentro da dele — como uma dessas bonequinhas russas que se encaixam uma dentro das outras — abrangida pelo matrimônio, num casulo doméstico. E eu o destruíra. Pelo quê?

Fiquei sentada à beira da cama rememorando estranhas lembranças, como quando Dee era pequena e Hugh cantou para ela a cantiga de Humpty Dumpty, equilibrando um ovo na beira da mesa e deixando-o cair para mostrar a "grande queda de Humpty Dumpty".* Ela gostou tanto da brincadeira que Hugh precisou espatifar uma dúzia de ovos, e depois se abaixou para limpar toda a sujeira. Lembrei-me da brincadeira idiota que ele repetia todo Natal: "Aposto que posso vestir todo presente que eu abrir". Não me refiro às camisas esporte e aos chinelos, mas a varas de pesca e facas de churrasco. Meu papel na brincadeira era desafiá-lo, comprando alguma coisa que ninguém conseguiria "vestir". Ano passado tinha sido uma máquina de cappuccino. Dois minutos depois, ele a atara às costas usando duas cordas elásticas de *bungee jump*. "*Voilà!*", exclamou.

---

* Cantiga citada em *Alice através do espelho*, de Lewis Carroll, datada do final do século xviii: "Humpty Dumpty sentou-se num muro/ Humpty Dumpty de lá despencou/ E todos os cavalos e todos os soldados do Rei/ Jamais conseguiram emendá-lo outra vez". (N. T.)

O que aconteceria se Hugh deixasse de existir em minha vida? Acabariam essas pequenas excentricidades, momentos que vivemos e que formaram nossa história?

Seriam essas meras habitualidades do amor... ou o amor em si?

Forcei-me a lembrar quão irritante ele costumava ser: o modo como enxugava o lado de dentro da orelha com o cós da camiseta, o modo enlouquecedor como bufava a todo o momento, a batida da escova de dente para secá-la na pia, andar de um lado para o outro vestindo apenas as meias e a camisa social apertada até o último botão do colarinho, abrir portas e gavetas dos armários sem nunca fechá-las depois. E pior, o excesso de análise, a retidão inabalável, a autoridade que sentia sobre qualquer assunto que se referisse a nós — e a sua tendência de querer sempre desempenhar o papel do manipulador benevolente.

As pessoas mudam, eu disse para mim mesma, tentando me convencer. Elas criam novas histórias. Mesmo assim, o pânico continuou me atiçando até que eu desmaiasse de sono.

Hoje pela manhã, acordei com uma luz mortiça entrando pela janela e minha ansiedade havia passado, substituída por esta estranha alegria. Continuei deitada, lembrando o que eu sonhara. O sonho havia esmorecido, exceto por um fragmento arrebatador que ainda pulsava no recanto mais distante de minha consciência. Um homem e uma mulher nadavam no oceano, seguindo uma trilha de bolhas de ar e réstias de luz que cortavam o azul do mar. Eles respiravam debaixo d'água. De mãos dadas.

Quando abri os olhos, senti a leveza daquela cena em meus membros, o misterioso silêncio do mundo submerso: opaco, livre, perigoso e assustadoramente estranho. Eu queria me arremessar nos braços do desconhecido.

Junto à janela do meu antigo quarto, onde as bonecas rodopiantes costumavam ficar penduradas, vendo a primeira luz da manhã romper a escuridão do céu, retirei minha aliança de casamento. Segurei-a entre meus dedos por algum tempo antes de pendurá-la numa agulha de bordar, espetada como um cravo de ferradura em uma velha almofada de veludo em cima da penteadeira.

Ali, estacionando diante da casa amarela de Kat, eu era uma mulher separada, mas ainda não sabia se estava tomada por um estado de absoluta negação ou de total alívio.

Parei o carro ao lado dos degraus. Quando Kat abriu a porta, Hepzibah e Benne estavam atrás dela no corredor.

Eu viera sem avisar e deixara mamãe folheando uma pilha de livros de receitas de cozinha. "Não sabia se você estaria aqui ou no Conto da Sereia", eu disse a Kat.

"Hoje abro a loja depois do almoço", ela respondeu, conduzindo-me para dentro de casa.

Hepzibah fez a pergunta que todas queriam fazer: "Como está o Hugh hoje?".

"Ele foi embora ontem."

"Eu disse a você que ele tinha ido embora", replicou Benne, cruzando os braços sobre o peito.

Benne conseguia ser irritantemente presunçosa e, algumas vezes (como agora), correta de forma enervante.

Kat ignorou o que ela disse. "O que aconteceu? Ontem ele tinha acabado de chegar."

"Sabe, você realmente deveria aprender a calar a boca", censurou Hepzibah. Ela me pegou pela mão e me puxou até a cozinha, que cheirava a alho e estava envolta num bafo de calor, tomado pelo zumbido da máquina de lavar louça. A cozinha tinha paredes pintadas de marrom, um ocre vivo avermelhado, e estava repleta de imagens de sereias. "Vim aqui tomar um café. Íamos nos servir neste instantinho", ela disse.

Ela encheu quatro canecas e nos sentamos em torno da longa mesa de carvalho. Um prato de cerâmica, ao centro, estava cheio de ameixas, tangerinas, pimentões verdes e limões gigantescos.

"Mamãe está se comportando como uma nova mulher desde que acordou", eu disse, querendo evitar a conversa sobre Hugh. "Acho que o almoço fez um bem enorme a ela. Está falando em voltar ao mosteiro para cozinhar. Eu a deixei em casa preparando seus cardápios."

"Bem, certifique-se de que escondam bem os cutelos de carne", disse Kat.

"*Kat!*", exclamou Hepzibah.

Pousei a caneca sobre a mesa. "Você não está querendo dizer que ela pode fazer isso de novo, está?", perguntei.

"Para dizer a verdade, não", respondeu Kat. "Mas diga-lhes para esconder os cutelos de carne de qualquer modo. Todo cuidado é pouco." Ela se levantou e colocou uma sacola de compras ao lado da minha cadeira. "Shem deixou seu material de pintura aqui ontem à tarde."

Virei a sacola e despejei todo o material sobre a mesa da cozinha. Havia dois pincéis — um de cerdas largas para aquarela e um menor, número quatro, para traçar linhas mais finas —, uma palheta e um bloco de papel Canson tamanho A2 de cento e oitenta gramas. O tamanho do papel me deixou irritada — era muito maior do que eu pedira. As tintas não eram escolares, como eu queria, mas artísticas. *Artísticas*. Inspecionei as etiquetas dos tubos, uma a uma: Ocre, Vermelho Indiano, Azul-Cerúleo, Rosa Antigo, Terracota, Marrom-Esverdeado, Verde-Esmeralda, Azul Royal.

Nem reparei que estava sendo observada por elas. Algo se iluminara em meu peito, brilhando como os foguetes que Mike e eu carregávamos acesos, correndo de um lado para o outro, no lusco-fusco de verão.

Quando levantei os olhos, Kat sorriu para mim. Algumas mechas de seu cabelo, que hoje aparentava ter uma tonalidade acaju, caíam sobre as orelhas. "Então, quando vai me entregar as pinturas de sereia para eu vender na loja?"

"Não se pode apressar a arte", repliquei.

"Ah, sim. Me desculpe! Deixe-me refazer a pergunta: quando você acha que sua arte vai se *manifestar*?"

"Se bem me lembro, fizemos um trato. Você disse que iria conversar com Dominic para descobrir o que ele sabe sobre os motivos que levaram mamãe a cortar o dedo, lembra-se? E, em troca, eu iria pintar sereias. Então... Você já falou com ele?"

Os olhos de Kat vagaram em direção à janela acima da pia, até a nesga de luz que caía sobre o balcão. O momento de silêncio se prolongou. Pude ouvir Benne brincando com a tampa do açucareiro, abrindo-a e fechando-a. Hepzibah levantou-se de sua cadeira e foi até a cafeteira para se servir de outra xícara de café.

"Eu ainda não falei com ele, Jessie", respondeu Kat, virando-se para mim. "Acontece que concordo com Dominic. Acredito que não fará bem a ninguém, especialmente à sua mãe, se começarmos a fuçar para descobrir o que a levou a fazer isso. Vamos apenas aborrecê-la. E de nada adiantaria, afinal. Olha, me desculpe. Sei que eu disse a você que falaria com ele, mas não acho isso certo. Gostaria de que você seguisse meu conselho e deixasse esse assunto de lado."

Senti uma raiva profunda dela, embora estivesse praticamente convencida de que deveria fazer o que ela dizia. Compreender minha mãe era exaustivo, talvez até impossível.

"Está bem."

"Você quer dizer que concorda?", ela perguntou.

"Não, quero dizer que está bem: não vou pedir a você que me ajude", respondi, com ar resignado, mesmo morrendo de raiva. Kat acreditava que aquilo era o melhor a ser feito, e eu não conseguiria convencê-la do contrário.

Ela ergueu a cabeça e esboçou um sorriso triste, fingindo-se arrependida. "Mas você ainda vai pintar as sereias para mim, não vai?"

Eu suspirei. "Ah, pelo amor de Deus! Sim, vou pintar as sereias!" Eu queria brigar com ela. Tentara falar num tom aborrecido, mas quando olhei para as tintas e pincéis que mandara comprar para mim, não consegui.

O telefone tocou, e Kat foi atendê-lo. Hepzibah estava na pia lavando a cafeteira. A cozinha se encheu com o barulho da água escorrendo da torneira, que momentaneamente me transportou para o sonho que eu tive à noite. Tentei imaginar o que Whit estaria fazendo neste exato minuto. Visualizei-o em sua cela, debruçado sobre uma mesa coberta de livros, o capuz de seu hábito caído entre suas espáduas. Visualizei-o em seu bote de borracha atravessando o riacho, vi a cor admirável que seus olhos adquiriam naquela claridade — um azul-escuro profundo.

Era uma reação totalmente adolescente pensar nele desta forma. Mas, às vezes, eu não tinha vontade de pensar em mais nada. Eu imaginava nossos corpos juntos, deixando-me arrebatar por algo grandioso e atemporal, que me permitiria fazer o que quisesse, sentir tudo.

"Você vai nos contar por que Hugh foi embora?", Kat perguntou, apoiando-se sobre o balcão. Eu nem sequer a ouvira voltar à cozinha.

"Ele realmente não tinha planejado ficar", respondi.

"Nem mesmo por uma noite?", ela insistiu, olhando para minha mão esquerda. "Ontem, você estava usando sua aliança de casamento. Hoje não está."

Benne olhou fixamente para minha mão, do outro lado da mesa, e depois para mim. Foi o mesmo olhar que me lançou no Conto da Sereia quando me contou que eu estaria apaixonada por um dos monges. A lembrança de que ela também dissera isso à mãe dela fez com que eu sentisse um impulso irracional de confessar tudo.

Quando Hepzibah se aproximou e se colocou ao lado de Kat, ocorreu-me que talvez tenha sido esta a razão de eu ter ido até ali, antes de qualquer coisa. Porque eu precisava desesperadamente confessar isso a alguém. Porque, no fundo, eu me sentia apavorada. Porque o peso de tudo que estava suportando era, no mínimo, dez vezes maior do que eu mesma, e minhas forças haviam se esgotado. De repente, senti vontade de me ajoelhar diante de Kat e Hepzibah, deitar minha cabeça sobre o colo delas e sentir suas mãos sobre meus ombros.

"Algo terrível aconteceu", eu disse, olhando para o prato de cerâmica e depois para o tampo da mesa. "Acho que Hugh e eu vamos nos separar." Erguendo um pouco os olhos, vi a barra da saia de Hepzibah, os sapatos pontudos de Kat e as sombras no chão projetadas através da janela. A torneira da pia pingava. O cheiro de café enchia a cozinha como uma densa neblina. Continuei falando: "Eu me apaixonei por... outra pessoa".

Não olhei para elas. Fiquei imaginando se seus rostos tinham empalidecido com o choque diante do que eu dissera. Diferente do que eu imaginara, não me senti ridícula confessando isso a elas. *Sim*, eu me sentia envergonhada, mas ao menos eu era uma mulher vivendo algo real, sem fingimentos, pronta para assumir seriamente meus sentimentos.

Kat respondeu: "Benne nos contou".

Era verdade que, em geral, Benne nunca errava, mas me surpreendi com a facilidade com que aceitaram o que ela havia dito sobre esse assunto.

"Ela nos contou que essa 'outra pessoa' é um dos monges", Kat acrescentou.

"Sim", respondi. "O irmão Thomas."

"Ele é o mais novo, não é?", Hepzibah perguntou.

Eu confirmei. "Seu nome verdadeiro é Whit O'Conner."

"Você contou isso ao Hugh?", Kat quis saber.

"Não, eu... Eu não consegui contar."

"Melhor assim", Kat respondeu, suspirando aliviada. "Às vezes ser honesta é o mesmo que ser burra."

Notei que minhas mãos haviam se enlaçado sobre a mesa como se estivesse orando — apertava tanto os dedos que começaram a doer, ficando com as pontas avermelhadas.

Kat sentou-se de um lado, e Hepzibah surgiu do outro, colocando sua mão negra sobre as minhas.

"Quando penso em Hugh, eu me sinto mal, mas não consigo tirar da cabeça que Whit é a pessoa que eu estava predestinada a encontrar. Fomos de bote até o viveiro alguns dias atrás e conversamos um pouco. Ele já foi casado, hoje é viúvo." De repente me calei. "Não estou falando coisa com coisa..."

"Primeiro, *ninguém* fala coisa com coisa quando está apaixonado", respondeu Kat. "E ninguém aqui está julgando você. Não aqui nesta casa. Deus sabe que você não *me* verá atirar nenhuma pedra. Aconteceu a mesma coisa comigo."

Olhei para ela surpresa e pisquei. Suas sobrancelhas se arquearam e a boca desenhou um riso amargo. "Bom, o sujeito não era um monge. Deus, abençoado seja, me poupou dessa ironia. Ele era um capitão de porto em Charleston que costumava vir aqui para pescar e comprar redes de pesca. Deus, como eu amava esse homem! Apesar do inconveniente de estar casada, na época, com Henry Bowers... Eu tinha mais ou menos a sua idade, estava quase pronta para pendurar as chuteiras, sabe? Aí você se pergunta: *É isso? Acabou?* Eu estava casada havia vinte anos. *Vinte*. Mais ou menos quando a cola de um casamento já se tornou tão antiga que começa a endurecer e rachar."

Senti um nó na garganta. Hepzibah começou a passar seu polegar sobre o meu. A fricção, o ritmo com que ela fazia isso, era apaziguadora. Meus dedos se desenlaçaram, dobrando-se sobre a palma das mãos.

"Só estou dizendo que sei como é estar apaixonada por alguém sabendo que não vai dar certo", Kat prosseguiu. "Talvez toda mulher do mundo saiba o que é isso. Metade delas se apaixona por seus ginecologistas e a outra metade por seus padres confessores. Você não pode impedir seu coração de se apaixonar: é como querer que as ondas parem de bater na praia." E acrescentou: "Mas há uma coisa que você precisa saber. Hoje vejo que não deveria ter correspondido a esses sentimentos. Causei muita dor, Jessie. Para ser franca, levando em consideração todo o meu sentimento e a minha grande ignorância, acredito que não teria feito nada diferente. Só quero dizer que entendo o que você está sentindo, mas você precisa refletir bastante sobre isso."

Afundei na cadeira e ouvi a madeira ranger. Virei a cabeça e olhei para Hepzibah. Seus olhos estavam semicerrados.

Ela disse: "Quando eu tinha quarenta anos, antes de começar a estudar os fundamentos da tradição gullah, me apaixonei por um homem de Beaufort, que conhecia de cor todas as lendas de escravos repetidas oralmente por mais de cem anos. Nunca conheci ninguém que se importasse tanto com a preservação de suas raízes e, claro, o que eu amava era, na verdade, a minha sede por fazer a mesma coisa que ele".

"O que aconteceu?", perguntei.

"Eu já estava divorciada naquela época e não teria me importado em me casar novamente, mas ele já era casado. Kat tem razão, isso não me impediu de sentir o que eu sentia. No entanto, decidi amá-lo... digamos, não 'fisicamente', e isso foi difícil, foi a coisa mais difícil que já fiz, mas eu não me arrependo até hoje. No fim das contas, ele fez com que eu passasse a explorar minhas raízes, e eu aprendi muito com isso."

Benne estava apoiada sobre os cotovelos, ouvindo a todas essas revelações de boca aberta, a franja de seu cabelo liso e castanho caindo alguns milímetros abaixo de suas sobrancelhas. "Eu me apaixonei por alguém", ela confessou, e seus olhos brilharam. Nós nos viramos e olhamos fixo para ela.

"Então conte-nos!", exclamou Kat, parecendo chocada com essa declaração. "Quem foi esse felizardo? O padre ou seu ginecologista?"

"Mike", ela respondeu. "E *eu* também não conseguia parar de amá-lo." Ela se endireitou na cadeira e sorriu, satisfeita por dividir o mesmo sentimento que nós. "Eu disse isso a Mike no dia em que ele foi embora para fazer faculdade. Estava todo mundo no píer se despedindo, lembra-se? E eu disse: 'Eu amo você'. E ele respondeu: 'Eu amo você também, Benne'. Em seguida, entrou na balsa." Kat tocou seu braço e fez-lhe um carinho.

Ficamos em silêncio na cozinha. Compreendi o que Kat e Hepzibah estavam fazendo, preocupando-se com minha possível dor, tentando me mostrar algo mais, alguma perspectiva que eu ainda não tivesse levado em conta. De certo modo, entendi aonde elas queriam chegar, mas não poderia simplesmente aceitar aquilo. Talvez a natureza humana faça com que acreditemos que nossa vida seja única e nenhuma se compare a ela, como uma exceção transcendental. Talvez o impulso que eu estivesse sentindo fosse mais sábio do que todas as opiniões delas. Balancei a cabeça e senti uma pontada de petulância.

"E se meu destino for realmente estar com ele e eu deixar isso escapar?", perguntei.

"Seu destino é estar com ele", respondeu Benne.

Seria uma verdade dita pela boca de Benne? Ou seria apenas um desejo romântico e esperançoso, dito por uma mulher adulta que se comportava como criança?

"Ninguém pode lhe dizer o que fazer", respondeu Kat. "Trata-se da sua vida. A decisão é sua."

"*E come a time when eby tub haff res pon e won bottom*", disse Hepzibah. Em seguida, ela traduziu: "Há um momento na vida em que você deve se sustentar com seus próprios pés".

Kat se aproximou de mim, franziu a testa e disse: "Mas tome cuidado".

Eu me levantei. Os tubos de tinta, a palheta e os pincéis estavam espalhados em torno do prato de frutas, como se tivessem caído de uma cornucópia. Coloquei tudo de volta na sacola.

"Tenho tomado cuidado minha vida inteira", respondi.

Sorri para elas, sentindo como se eu estivesse *mesmo* me sustentando com meus próprios pés.

"Vi sua canoa no píer do viveiro", comentei com Hepzibah. "Importa-se se eu a pegar emprestada?"

"Fique à vontade", ela respondeu.

Ela não me perguntou por que eu pedira isso. Nem Kat. Elas já sabiam.

23

No dia em que decidi passear pelos riachos sinuosos com a canoa que um dia fora vermelha de Hepzibah, ouvi um rugido de jacaré. Estávamos em meados de março, a quatro dias do início da primavera, mas já estava quente o suficiente para que os touros começassem a mugir chamando suas parceiras à beira do brejo. O mugido parecia um trovão à distância. Em abril, os rugidos seriam altos o suficiente para sacudir as águas em volta da ilha. Mike e eu costumávamos remar nosso bote pelas curvas dos riachos quando o barulho se tornava ensurdecedor e gritávamos para as tartarugas deitadas ao sol entrarem em seus buracos antes que fossem devoradas.

Mais cedo, quando cheguei ao píer do viveiro e desvirei a canoa, descobri o crânio de tartaruga que vira sobre a mesa da varanda de Hepzibah ao lado do remo. Claro que ela o colocara ali para mim. Recordei como o crânio passara de mão em mão entre Kat, mamãe e ela ao longo de todos esses anos para se lembrarem de como haviam unido suas vidas. O crânio, com seu ar milenar, estava virado para a frente sobre o desgastado assento de vime da proa, como se conduzisse a canoa.

O capim recobrava lentamente seus tons verdes e a cada curva uma garça ou um airão pousava como uma escultura de jardim na parte mais rasa à beira do pântano. A paciência delas me irritava. Exatamente quando eu acreditava que elas não iriam mais se mexer, ressuscitavam, projetando-se para fisgar o peixe.

Serpenteei pelos ribeirões seguindo a maré vazante, errando duas entradas antes de localizar a enseada a que Whit nos trouxera no dia em que estivemos no viveiro. Quando o corredor de capim se abriu sobre a enseada onde ficamos conversando no bote de borracha, puxei o remo para o meu colo e deixei que a brisa me levasse. Aos poucos, fui sendo empurrada até a pequena ilha no meio do pantanal em que Whit construíra a ermida sobre um montículo, debaixo da única palmeira.

Eu estava calçando o velho par de galochas que mamãe costumava usar para pegar ostras nos arrecifes de conchas com Kat e Hepzibah, enchendo baldes para assar na véspera de Ano-Novo. Saí da canoa e a lama atingiu meus tornozelos. Tinha a mesma consistência de massa de bolo de chocolate e recendia um misto de odores podres que eu adorava aspirar quando era pequena.

Puxei a canoa até a grama. Encharcada de suor, arranquei a malha pela cabeça, amarrei-a em volta da cintura sobre minha camiseta preta e parei para ver se ouvia o ruído do motor da balsa de Whit. Ela estava no píer quando saí de lá. Olhei para o relógio. Eu cheguei à mesma hora que viemos pela primeira vez — imaginei que ele talvez estivesse fazendo sua ronda pelo viveiro.

Enquanto observava o círculo ermo e quase perfeito formado pela enseada, pensei ouvir o motor da balsa e gelei por um momento, vendo as garças escuras voando baixo e alçando altura novamente com pequenos peixes presos em seus longos bicos, mas o som morreu e me vi cercada por um fosso de silêncio.

Eu trouxera uma cesta com meu material de pintura, pensando em trabalhar um pouco se Whit não aparecesse. Para dizer a verdade, eu precisava de uma desculpa para estar ali que não fosse apenas a vontade de vê-lo, ou qualquer explicação razoável. *Vim aqui para pintar*, eu poderia dizer.

Quando retirei a cesta da canoa, instintivamente peguei o crânio de tartaruga. Era um estorvo carregá-lo, mas não quis deixá-lo para trás. Caminhei sobre a grama e os ramos de palmeira caídos. Ao chegar à cabana de Whit, soltei uma gargalhada. Ele imitara o aspecto do estábulo de Cristo, em Belém, da forma como o imaginamos.

Tive de me abaixar um pouco para passar sob o teto reclinado. Uma armadilha de caranguejos estava armada ao fundo fazendo as vezes de mesinha, com uma rede de pesca dobrada ao lado. Ele teceu uma cruz de folhas de palmeira e pregou-a sobre uma tábua, mas, fora isso, parecia um esconderijo que poderia ter sido construído por qualquer pessoa.

Ao ficar ali, compreendi por que ele amava aquele lugar. Era outro tipo de clausura: cercada de água e brejo, indomada, sem abades ou credos, apenas os instintos e os ritmos naturais que sempre existiram ali.

Coloquei o crânio de tartaruga sobre a armadilha de caranguejo, admirando sua brancura de marfim polido. Acreditava que tivesse sido uma fêmea, uma tartaruga cabeçuda de quase cento e quarenta quilos que se arrastava até a praia dos Ossos, ano a ano, para depositar seus ovos na areia. Eu e Mike fomos com papai até ali em uma noite de verão, quando a praia estava apinhada de tartaruguinhas rompendo suas cascas. Vimos todas correrem para o mar pela primeira vez, em direção ao luar espelhado sobre as águas.

Pus minha mão sobre o crânio de tartaruga e senti a presença de Hepzibah. De Kat. Até mesmo de minha mãe e de Benne.

Montei o cavalete de mesa que encontrara no mercado Caw Caw, firmando-o no chão, e ajeitei nele os tubos de aquarela. Arrumei a palheta, os carvões para esboço, os pincéis e a jarra de água, tirei as galochas, sentando-

-me de pernas cruzadas diante da folha de papel, e olhei em direção a um horizonte branco.

Já havia pintado mais de uma dúzia de sereias para Kat, ficando, às vezes, acordada até depois da meia-noite para terminá-las. Comecei fazendo sereias mais tradicionais — sobre rochedos, debaixo d'água, sobre as ondas —, até eu me cansar e começar a pintá-las em lugares inusitados: dirigindo um conversível em uma autoestrada em Atlanta, com um bebê-sereia numa cadeirinha no banco de trás; equilibrando-se em sua cauda de peixe, pilotando um fogão, com um avental onde se lia "Churrasco de peixe"; e a minha favorita: sentada no cabeleireiro, transformando suas longas madeixas sedosas num corte chanel.

"Agora você está começando a ficar produtiva", disse Kat. Os quadros venderam imediatamente, e ela implorou para que eu pintasse mais.

Antes eu estava com a ideia de pintar uma sereia remando uma canoa e usando um colete salva-vidas, mas agora, segurando o lápis entre meus dedos, esbocei a testa e os olhos de uma mulher na parte de baixo do papel, como se olhasse sobre um muro. Desenhei seus braços estirados acima da cabeça, os cotovelos junto às orelhas, parecendo que queria alcançar alguma coisa acima dela. Eu não sabia onde estava buscando inspiração para desenhar aquela imagem.

Umedeci o papel, pincelando várias vezes com a aquarela azul, diluindo o pigmento à medida que ia descendo pela folha de papel, criando tons mais claros na parte de baixo, em torno da mulher. Preenchi a cabeça e os braços com ocre e âmbar. Seus olhos estavam abertos, aflitos, olhando para cima através do vazio azulado que tomava grande parte do papel. Como retoque final, brandi o pincel duas vezes, fazendo manchas nos braços dela.

Quando baixei o pincel, aquela imagem me pareceu boba. Mas, olhando-a de longe e observando novamente o que eu tinha feito, as manchas pareciam bolhas de ar ao longo dos braços e a variação dos tons de azul, a profundidade do mar. A pintura, na verdade, estava de cabeça para baixo.

Não era uma mulher olhando por cima de um beiral com os braços esticados para cima, mas uma mulher mergulhando. Girei a imagem cento e oitenta graus e notei que estava retratando o momento exato em que os braços e a cabeça se projetavam na água, mergulhando no mar vazio.

Fiquei admirando minha pintura. No momento em que a vi de cabeça para baixo, compreendi — *esta* era a posição correta.

Ao ouvir o som de um motor de popa à distância, pus minha mão sobre a garganta e deixei-a ali, enquanto o barulho se aproximava. Imaginei Whit chegando à ilha, encontrando a canoa de Hepzibah e tentando descobrir quem estaria ali. O barulho cessou assim que ele desligou o motor. Um cão começou a latir. Era Max.

Meu peito se encheu de expectativa, a estranha e eufórica força que me impedia, cada vez mais, de comer e dormir, povoando-me de ininterruptas visões de nossos corpos juntos. Eu me tornara destemida e imprudente. Transformara-me em outra pessoa. Iria acontecer o que tivesse de acontecer.

Primeiro vi Max. Ele saltou com a língua para fora. Abaixei-me para acariciá-lo e, ao olhar para cima, vi Whit passar sobre um tronco de palmeira caído ao chão. Ao me ver, ele parou.

Continuei alisando a cabeça de Max, respirando de forma alterada. Eu disse: "Então esta é a ermida que o abade desconhece".

Ele continuou imóvel, mudo. Estava usando a mesma camisa anil com a cruz em volta do pescoço e segurava uma sacola de lona escura em uma das mãos. Tive a impressão de serem livros. As sombras sobre seu rosto o escureciam de forma que eu não conseguia distinguir sua expressão. Não sabia se estava perplexo de felicidade ou de surpresa. Ou paralisado de medo. Ele sabia perfeitamente por que eu estava ali. Seu corpo todo mostrava que ele sabia disso.

Ele colocou a outra mão no bolso da calça e caminhou em minha direção. Pude perceber alguns fios grisalhos brilharem entre seus cabelos negros.

Quando chegou perto do cavalete, deixou cair a sacola e abaixou-se ao lado do meu quadro, aliviado, creio eu, por poder desviar o assunto.

"Está bom", ele disse. "É bastante incomum."

Toquei com o polegar a base de meu dedo anular, onde minha aliança de casamento costumava ficar. Senti a pele fina e fresca. Tenra. Ele fingiu estar analisando a pintura.

"Espero que não se importe de eu ter vindo até aqui para pintar", eu disse. "Eu poderia ter pedido permissão, mas... Bom, eu não tinha como ligar para você para perguntar, então..."

"Você não precisa me pedir permissão", ele respondeu. "Este lugar pertence a todo mundo." Whit se levantou, mas continuou a olhar para o quadro, de costas para mim.

À nossa volta, o vento agitava o capim. Eu queria abraçá-lo, pressionar meu rosto contra seu peito e dizer *Não se assuste, está tudo bem... Nós nascemos para viver isso*, mas não poderia dizê-lo antes dele. Ele tinha de ouvir isso de outra forma, vindo dele mesmo. Ele tinha de acreditar que estávamos fazendo a coisa certa, da mesma forma que eu cria.

Ele parecia paralisado de dor, e me perguntei se ele estaria lutando para ouvir a voz que iria lhe dizer o que fazer, assegurando-lhe que tudo estava bem, ou se estaria apenas se impedindo de seguir adiante.

Eu disse para mim mesma que continuaria ali em pé, descalça, por mais um minuto, até perceber que a única coisa digna a fazer seria colocar minhas botas, juntar meu material de pintura e ir embora. Eu remaria a canoa de volta e nunca mais tocaria neste assunto.

Ele se virou, de repente, como se tivesse ouvido meus pensamentos. Dei um passo na direção dele, me aproximando o suficiente para aspirar o odor salgado de seu peito, o suor debaixo de seus braços. Seus olhos azuis cintilaram na luz. Ele me abraçou, puxando-me contra seu corpo, envolvendo-me com seus braços. "Jessie...", ele sussurrou, colocando seu rosto entre meus cabelos.

Fechei os olhos e deixei minha boca se aproximar da abertura de sua camisa, entreabrindo meus lábios sobre sua pele, sorvendo o suor sob sua garganta, sentindo seu calor. Abri os botões brancos de sua camisa e beijei sua pele. A cruz de madeira oscilou sobre seu osso esterno, e eu a puxei de lado para beijar o pequeno arco logo abaixo de seu pescoço.

"Espere", ele pediu, então puxou o cordão de couro por cima da cabeça, deixando a cruz cair no chão.

Quando cheguei ao último botão da camisa, que estava presa pela fivela de seu cinto, puxei-a para fora da calça e desabotoei-a até abri-la completamente, deixando que o vento levantasse as bordas dela. Ele se inclinou e me beijou. Sua boca tinha sabor das sobras de vinho da missa.

Ele me conduziu para a calidez da ermida, tirou a camisa, forrou o chão com ela e me despiu, tirando minha camiseta pela cabeça, desabotoando o cós da minha calça, puxando-a até meus tornozelos. Empurrei-a com os pés e fiquei apenas de calcinha e sutiã azul-claros, deixando que ele me admirasse. Primeiro, notou a curva da minha cintura, até chegar aos quadris; depois, olhou novamente para meu rosto por um momento, e então deixou seus olhos vagarem até meus seios, descendo, em seguida, para minhas coxas.

Continuei imóvel, mas por dentro tudo se revolvia: toda a minha vida se despedia de mim.

Ele murmurou: "Não consigo acreditar em como você é linda...".

Encarei-o para negar o que ele dissera, mas me interrompi. Em vez disso, desprendi meu sutiã e deixei-o cair junto à sua cruz de madeira.

Eu o observei inclinar-se e desamarrar as botas. A pele de seus ombros estava queimada. Ele se ergueu, descalço e sem camisa, a calça sobre seus quadris. "Venha aqui", ele me pediu. Eu me aproximei, reclinando-me sobre seu peito suave.

"Quis você desde a primeira vez que a vi", ele confessou. O modo como ele disse isso (olhando fixamente para mim e franzindo a testa) me fez tremer de emoção. Ele me deitou sobre sua camisa e beijou com suavidade meu pescoço, meus seios e minhas coxas.

Fizemos amor enquanto a maré subia em volta da ilha e Max dormia ao sol. Um aroma mágico se espalhou pelo ar, de uma doçura branda. Mais tarde, concluí que deviam ter sido os lilases que descem o rio. Enquanto ele se movia sobre mim, ouvi o grito agudo de uma águia-pescadora descendo por entre as nuvens. Ouvi patas de caranguejo correndo sobre a relva.

O chão era irregular, nodoso, cheio de ramos e brotos de palmeira. Um deles cutucava meu ombro, e meu corpo se contorcia no ar frio sob a densa sombra vermelha no fundo da cabana. Comecei a tremer. Whit colocou sua mão embaixo do meu ombro, afastando-o das pontas da planta. Ele me perguntou: "Está melhor agora?".

Fiz que sim. Eu não estava me incomodando com isso. Queria estar ali, reclinada sobre uma nesga de terra banhada pelo oceano, mesclando-me a ela, próxima ao pantanal, observada pelos pássaros que sobrevoavam em círculo as nossas cabeças.

Ele sorriu para mim, tocando meu rosto com a outra mão, desenhando o contorno do meu queixo, meus lábios, meu nariz. Aproximou o rosto do meu pescoço e suspirou longamente; naquele momento, eu me sentia completa: Whit, o sangue e os ossos do meu corpo, a loucura de amá-lo.

Eu estava envolvida nesses momentos de um modo que eu havia esquecido ser possível. Eles me voltavam à mente ampliados, tornando o movimento do nosso corpo e o mundo pulsando à nossa volta mais vívido, radiante e real. Podia até sentir quão efêmeros tinham sido *todos* os momentos que tinha vivido até então — como, ao longo de toda a minha vida, eles haviam implorado para ser vividos, até mesmo amados, e como eu os tratara de modo tão impassível.

Mais tarde, me peguei pensando: se o sexo fosse, na verdade, um diálogo, um modo de dizer alguma coisa, o que havíamos dito um ao outro? De onde tinham vindo aquelas vozes tão eloquentes e desesperadas?

Continuei deitada ao lado dele, ainda nua, aquecida pelo seu corpo, envolvida numa surpreendente onda de calor. Meus quadris estavam cobertos de lama, e havia pequenas folhas verdes pressionadas por trás de minhas pernas. Max acordou, vagou perto de nós e deitou-se próximo a mim.

"Sinto-me como aquela mulher no quadro de Gauguin", eu disse.

Ele me apertou mais em seu abraço. "Que mulher?"

"A taitiana exótica que ele sempre pintava. Você sabe qual é. Em geral, ela usava um sarongue vermelho."

Ele olhou para o crânio de tartaruga que eu colocara sobre a armadilha de caranguejo e sorriu. Depois, fez um carinho entre os meus seios. Vi que as juntas de seus dedos tinham se ferido por causa da ponta afiada dos brotos de palmeira.

Ouvi Max começar a ressonar. Os olhos de Whit moviam-se sob as pálpebras. Eu não conseguia entender sua sonolência depois do sexo. As células do meu corpo pareciam estar mergulhadas em adrenalina.

Quando ele começou a ressonar também, fiquei imóvel, ouvindo. A tarde deixava-se carregar pela maré, descendo o rio como restos de um naufrágio. Whit dormia. Eu fiquei olhando para ele. Olhava para tudo com certo deslumbramento. Vi um par de asas brancas passar sobre o riacho: uma águia-pescadora, descendo como um anjo em direção à água.

Eu me senti apartada da minha antiga vida... Não, não apartada, renascida. Livre. Eu continuava ali, deitada — a mulher dos quadros de Gauguin —, tomada pelo impacto do que acabara de acontecer, sentindo-me feliz, *viva*.

A lembrança de Hugh cruzou rápido a minha mente, e um estremecimento atravessou meu corpo — o eco de minha outra vida, o terrível julgamento moral em relação ao que eu tinha feito. Eu me aninhei ao lado de Whit até essa sensação passar.

Quando ele acordou, o sol estava descendo em direção ao oeste. De dentro da ermida eu podia ver as cores esverdeadas no horizonte. Ele se sentou. "Está tarde. Tenho de voltar para as vésperas."

Enquanto eu me vestia, ele perguntou: "Você está arrependida? De ter feito o que fizemos?".

"Não me arrependo de nada", respondi. Mas não era verdade. Eu me arrependia de estar casada. Isso acabaria ferindo Hugh, como já ferira. Dee acabaria se machucando também. O que nos mantivera juntos por tanto tempo estava se dissolvendo. Porém, eu não me arrependia do que havíamos feito. Imagino que eu devesse estar arrependida, mas não estava. Eu sabia que faria tudo de novo. A não ser que... A não ser que *ele* se arrependesse.

Eu não perguntei a Whit se estava ou não com remorso. Eu não queria saber. Eu não suportaria pensar que ele estivesse indo agora entoar as vésperas e pedir a Deus que o perdoasse.

24

WHIT

Ele não compareceu às vésperas. Tampouco tomou parte das completas. Atravessou o claustro em direção à sua cela, apressado. No quarto, sentou-se à escrivaninha, no escuro, e pôs-se a observar o negror crescer por trás da janela, engolfando as árvores em silêncio.

Fazia tanto tempo que não se deixava tocar por alguém. Tantos *anos*. Sentira um impulso erótico — foi como registrou o ocorrido em seu diário. Quando as árvores desapareceram na escuridão, ele acendeu a lâmpada e descreveu tudo o que acontecera e como se sentira a respeito.

Escrever tudo aquilo representava um grande risco, mas ele não conseguiu evitar. Os sentimentos sempre foram estranhos para ele, marcas inescrutáveis de seu coração, como as que vira na pedra de Roseta havia muito tempo. Olhara para a pedra longamente, enquanto cem, quem sabe mil outros turistas entraram e saíram do museu. Sentiu como se estivesse vendo algo muito pessoal e, a partir de então, tentava decifrar as inscrições emocionais que havia dentro dele, anotando-as. Estranhamente, tornaram-se acessíveis desta forma, transpostas em um sentimento muito profundo.

Como agora. Ele podia sentir as mãos dela sobre suas costas. Ver seu corpo estirado sobre o chão, a pele macia de seus seios. Ele se sentia desaparecendo dentro dela novamente.

Pôs a caneta sobre a mesa e se levantou. Precisava se movimentar. Caminhou de um lado para o outro de sua cama, olhando para a cruz pregada à cabeceira. A cama era apenas um colchão sobre uma armação de metal e ocupava grande parte do quarto. Queria se deitar sobre o cobertor marrom e áspero e dormir imediatamente. Ele temia a longa noite que avançava.

Ele fizera amor com uma mulher.

Não sabia como continuar vivendo na abadia depois disso.

Baixou as persianas da janela e sentou-se novamente à escrivaninha. Tentou ser prático e analisar a situação. Teceu premissas lógicas para o que acontecera. Que estar com Jessie havia sido uma forma de preencher a falta de Linda. Ou, agora que estava a ponto de fazer seus votos solenes, procurava uma forma de fugir. Talvez seu desejo sexual tenha sido tão reprimido que acabara ressurgido de repente. Ocorreu-lhe que até mesmo poetas e monges recorreram a fantasias sexuais para descrever sua união com Deus por muitos séculos. Estaria ele também procurando consumar sua aproximação com Deus?

Ele releu todas as possíveis razões que inventara para si mesmo, mas elas pareceram-lhe totalmente ridículas. Elas o fizeram se lembrar de São Tomás de Aquino e de sua *Suma teológica*, que seu mestre de noviços acreditava ser sublime — e, apesar disso, em seu leito de morte, São Tomás de Aquino disse que tudo aquilo não era nada comparado ao que vivera e ao que trazia no coração.

Era assim que Whit se sentia. Como se a razão não representasse nada. Uma imensa tolice.

Ele fizera algo inconcebível porque a amava, porque a desejava — isso era tudo o que sabia. O monge sabia que a vida irrompera nele novamente como um vulcão, e sentiu que, antes de encontrá-la, seu coração não passara de uma imensa cratera estéril.

Fechou seu diário e pegou um velho livro de poemas de Yeats, que se abriu num trecho que Whit costumava ler e reler constantemente:

... Sem a escada,
Fico onde toda escada sai do chão
Na loja de osso e trapo da emoção.

Ele se levantou e lavou o rosto e as mãos na pia. As juntas de seus dedos estavam lanhadas. Lavou-as com sabão e, em seguida, tirou a camisa, aproximando-a do nariz para cheirá-la. Podia sentir o aroma dela, podia sentir o odor de sexo. Em vez de jogá-la no cesto de roupa para lavar, pendurou-a no cabide ao lado das outras camisas e dos hábitos.

As completas haviam terminado e o Silêncio Noturno começara. Os monges seriam trancados em seus aposentos agora. Ouvira Dominic voltar meia hora mais cedo e o barulho da máquina de escrever.

Whit pôs uma camiseta e vestiu um casaco. Abriu a porta e fechou-a silenciosamente atrás dele. Ele não levou uma lanterna, apenas seu terço, que se movia dentro de seu bolso, enquanto caminhava. O arco fino de uma lua nova riscava o céu, e ele sabia que a monção de primavera se elevaria em algumas horas, encharcando o capinzal nas margens do riacho. Na ilha onde fizera amor com Jessie, a água iria inundar o terreno em torno da ermida.

Nas noites em que não conseguia dormir, Whit gostava de percorrer a via-sacra. Isso fazia com que ele se esquecesse de tudo e o acalmava. Gostava do fato de as estações não estarem dentro da igreja — eram simples lajes de cimento espalhadas pelo jardim. Amava o caminho serpenteado que faziam entre os carvalhos por trás das celas. Por vezes, vislumbrara animais enquanto caminhava e o súbito brilho vermelho de seus olhos. Vira gambás listrados, raposas-vermelhas, corujas e até um lince.

Na primeira estação, puxou o terço, fez o sinal da cruz e ajoelhou-se ao lado da imagem de Cristo diante de Pôncio Pilatos. JESUS É CONDENADO À MORTE. O abade lhes dissera que eles deveriam integrar a cena ao ver cada estação, incorporar-se a elas, mas ele mal conseguia manter sua mente alerta.

Fechou os olhos e tentou se lembrar da oração que tinha de dizer na primeira estação. Não tinha forças para se convencer de que *não* iria ver Jessie novamente. Sua vontade agora era de correr até a casa da mãe dela e bater à janela, como se tivesse dezessete anos de idade. Ele queria entrar sob seus lençóis, enroscar suas pernas entre as dela, enlaçar os dedos entre seus dedos, moldar seu corpo contra o dela e dizer-lhe o que sentia.

Olhou para a laje fincada na terra. Queria saber se Jesus havia lutado como ele, se havia amado uma mulher como ele. Ele queria acreditar que sim.

Na segunda estação — JESUS CARREGA A CRUZ —, Whit ajoelhou-se novamente, ainda mais determinado. Disse a oração que deveria dizer diante daquela cena e contemplou-a, sacudindo a cabeça com força quando as imagens de Jessie voltaram à sua mente.

Curvado diante da sexta estação — VERÔNICA ENXUGA O ROSTO DE JESUS —, viu o facho de uma lanterna de bolso cortar a escuridão e um vulto se aproximar dele. Ele se levantou. O vulto vestia um hábito, ele sabia, mas as sombras que o envolviam impediam que Whit distinguisse o rosto de d. Sebastian, até que o monge se postasse diante dele.

A luz banhou o rosto de Whit. "Então, você está aqui", disse Sebastian. "Acabei de passar por sua cela. Eu estava à sua procura. Você não compareceu às vésperas, estava ausente durante o jantar e, mistério de todos os mistérios, faltou às completas. Agora, esclareça-me esta grande dúvida e diga-me onde estava."

O tom de sua voz perturbou Whit, entristecendo-o, como se estivesse caindo numa armadilha. Como se Sebastian já soubesse. Mas como ele poderia saber?

Whit olhou para o céu estrelado acima de sua cabeça e depois para Sebastian, que dobrara os braços sobre o escapulário e olhava direto para Whit através de seus óculos de lentes espessas.

Sebastian tinha estado em sua cela. Será que havia entrado lá? Teria lido o diário de Whit?

"E então? Estou esperando", disse o monge. "Você ficou doente? Se ficou, pelo que parece, recuperou-se esplendidamente."

"Eu não fiquei doente, d. prior."

"O que foi, então?"

"Eu estava no viveiro."

"Você estava no viveiro. Ora, que bom. Você estava se divertindo por lá, enquanto todos nós estávamos lá dentro cumprindo nossas obrigações."

"Perdão por ter perdido o horário das orações."

"Veja bem, irmão Thomas. Eu sou o prior, responsável pela disciplina dentro do mosteiro. Eu zelo para que ninguém faça nada de errado. Eu não tolero esse tipo de erro, ouviu bem?"

Se ele não sabe de nada, com certeza suspeita de algo.

Whit não respondeu. Continuou de pé e em silêncio por algum tempo, recusando-se a evitar o olhar de censura de Sebastian. Ele não iria fazer celeuma por causa disso. Não é que não se sentisse culpado: ele se sentia. Assim que voltou do viveiro, depois de fazer amor com Jessie, sentiu-se atravessado pela culpa, cortante e incisiva, pedindo para ser perdoado e, ao mesmo tempo, sentia-se em parte impenitente, pertencendo somente a Jessie — algo impenetrável que a abadia e até mesmo Deus não possuíam, nem sequer poderiam tocar.

Ele desviou o olhar de Sebastian e observou as últimas oito estações espalhadas sob os carvalhos, reluzindo no escuro, e, além delas, o contorno selvagem do pantanal. Lembrou-se do consolo que sentira neste lugar: seu confinamento havia sido uma libertação. Um lar. Um lugar de pobreza sombria e graciosa. O que seria dele se o lugar onde ele mais queria estar não fosse mais a abadia, mas o coração de uma mulher?

"Não sei mais se o meu lugar é aqui", disse Whit, e sua voz falhou ao pronunciar a última palavra. *Aqui.*

Sebastian observou-o secar as lágrimas que escorriam de seus olhos, esperando que Whit retomasse o fôlego e se recompusesse. Quando o monge lhe dirigiu a palavra novamente, mudara de expressão, mostrando-se compassivo. Sua voz estava despida de censura: "Entendo". Ele se moveu e esfregou as pálpebras sob os óculos.

Assim que os recolocou sobre o nariz, completou: "Quero que você siga as estações até o final. Se preferir, pode fazê-lo de joelhos, como penitência. Mas faça isso principalmente para ajudá-lo a refletir sobre sua necessidade. Pergunte-se por que está aqui, o que significa para você ter-se escondido junto a Deus. Cada um de nós já se perguntou se pertence a este lugar, irmão Thomas. Cada um de nós já teve de abrir mão de algo ou de alguém". Ele olhou para o chão. "Você precisa carregar sua cruz e sabe bem disso. Todos nós devemos carregá-la."

Whit concordou. Ele queria dizer: *Mas eu não sei qual é a minha cruz. Será abandonar Jessie depois de tê-la amado? Ou abandonar a abadia? Ou será a pungente agonia de ser espiritual e carnal ao mesmo tempo?*

"Quando tiver terminado de passar pelas estações, vá se deitar e descanse", disse Sebastian. "Você não vai querer perder as laudes pela manhã. Esta palavra significa 'o retorno da luz'. Que você seja abençoado por ela."

"Sim, dom prior", ele respondeu.

Whit esperou que Sebastian se afastasse, perguntando-se se ele iria contar ao abade ou se manteria segredo. Tornou a se ajoelhar e caminhou sobre eles até a estação seguinte — JESUS CAI PELA SEGUNDA VEZ.

Repetiu trechos dos Salmos: "Iahweh é compaixão e piedade, lento para a cólera e cheio de amor... Iahweh guarda todos os que o amam, mas vai destruir todos os ímpios. Louva a Iahweh, ó minha alma!".

Depois trechos do Cântico de Zacarias:

"... Nos visita o Astro das alturas, para iluminar os que jazem nas trevas..."

Whit queria que a luz viesse, a luz que Sebastian mencionara. Porém, no fundo, o que ele queria de fato era se fechar em seu coração e mergulhar na escuridão.

25

Na manhã do dia seguinte em que fiz amor com Whit O'Conner, entrei na cozinha e vi mamãe vestida em seu roupão de banho e com o lenço de hibiscos em volta do pescoço, cozinhando um virado de arroz à moda gullah. Quatro panelas de alumínio gigantescas. O suficiente para todo o mosteiro.

Ela levantou a tampa da panela maior e a fumaça tomou conta da cozinha, exalando a camarão e chouriço defumado.

"O que você está *fazendo?*", perguntei. "São sete horas da manhã!" Eu queria tomar café. Queria ficar sozinha na cozinha e tomá-lo bem devagar.

"Estou cozinhando para os monges. Precisamos levar o virado de arroz até lá às onze, antes que irmão Timothy comece a preparar o almoço. Terei de aquecê-lo novamente. Preparar as cestas de pão e o chá."

Havia livros de receita espalhados sobre a mesa da cozinha, misturados a cascas de cebolas, caudas de camarão e arroz cru espalhado. Se ela não estivesse tão compenetrada em ser *ela mesma*, de pé diante do fogão com uma medalha de Nossa Senhora dos Milagres espetada no lenço, brandindo a colher de madeira no ar enquanto falava, eu poderia ter reclamado dizendo que era totalmente insano preparar a comida aqui e ter de carregá-la até lá.

"E como vamos levar tudo isso até a abadia?", perguntei.

"Vamos colocar no carrinho de golfe e entrar pelo portão principal", respondeu ela, num tom exasperado, como se estivesse me explicando o óbvio.

Levei minha xícara de café até a varanda da frente e sentei-me numa das cadeiras de vime com um xale sobre meus ombros. As nuvens estavam altas e leves, banhadas num tom dourado. Afundei na cadeira para poder observá-las.

Não tive sonhos à noite. Acordei apenas uma vez suando frio, tomada pela mesma sensação de terror que tive deitada ao lado de Whit depois de fazer amor com ele.

Mais tarde, eu me dei conta de que esses ataques de ansiedade eram uma forma de pós-choque. Por várias semanas eles iam e vinham, desorientando-me a ponto de eu não me reconhecer, rompendo radicalmente com a forma como eu vira minha vida até então e tudo que a manteve coesa por tanto tempo. A vertigem e a humildade que advêm ao reconhecer o que realmente somos capazes de fazer. Esses pós-choques iam se arrefecendo aos poucos, mas no início quase me paralisavam.

À noite, a sensação levou muito mais tempo para passar do que na ilha com Whit. Sentada à beira da cama, tentando me acalmar, vi a pintura que fiz encostada contra a parede ao lado da porta, o fulgor das águas sobre o rosto da mulher fazendo-a parecer quase viva. Aquela visão me atormentava. Eu me levantei e parei diante da penteadeira. A almofada de alfinetes estava ali, minha aliança de casamento espetada como um inseto, espécime de uma vida valiosa e extinta.

Olhei para o espelho e me vi como eu era: uma silhueta obscura no quarto, uma mulher cuja escuridão havia transbordado completamente.

E se eu perder Hugh e Whit ao mesmo tempo? E se eu me separar de Hugh e Whit me deixar? Vou me sentir só e abandonada.

Esse era meu maior medo, meu mais profundo e silencioso horror, o vazio que eu não conseguia preencher. Naquele momento, sozinha no quarto, compreendi quão antigo era esse medo, passando por Hugh, por Whit e retrocedendo até meu pai.

Apesar disso, nesse dia pela manhã, eu não sentia mais o pavor da noite anterior. Sentada na varanda, observava as nuvens e pensava em Whit, embalada pela doçura de ter feito amor com ele, esta nova vida que se colocava à minha espera. Eu me sentia atravessando a mais longínqua fronteira dentro de mim. Mesmo oscilando entre momentos de terror, eu me via diante do mais puro alumbramento.

Eu fizera algo impensável e, mesmo assim, não estava arrependida. Eu sentia uma atração irresistível por Whit — claro, havia transgressão, traição e erro no que tínhamos feito, mas também havia mistério e algo de sagrado neste nosso ato.

Dirigindo até a abadia, vimos Hepzibah diante da Capela da Estrela-do-Mar. Ela estava segurando seu tambor gullah na entrada da pequena igreja de madeira, falando com uma dúzia de pessoas.

Estava fazendo seu Grande Tour Gullah.

Passei por trás do grupo e estacionei o carro, querendo ouvir um pouco do que ela dizia, curiosa para saber se tocaria o tambor do mesmo modo como o tocava para nós no Piquenique das Garotas. Estava dizendo que a capela havia sido construída sobre as ruínas de uma antiga igreja de escravos libertos.

Ela andava de um lado para o outro enquanto falava, batendo de leve no tambor com a ponta dos dedos. Reparei no elaborado turbante e na bata de tecido caramelo estampado com zebrinhas. Estava usando seus famosos brincos de argola. Certa vez, Kat disse que eram tão grandes que um gato poderia dar um pulo e passar por ali, mas para mim ela ficava linda com eles.

"Existe um antigo ritual gullah", ela disse. "Antes de se tornarem membros da igreja, as pessoas do nosso povo se dirigem a um local sagrado no meio da floresta três vezes por dia ao longo de uma semana e meditam sobre suas almas. Chamamos isso de 'viagem', porque viajamos para dentro de nós mesmos."

Ela bateu sobre o tambor com a mão espalmada e convidou o grupo a olhar o interior da capela.

Assim que entraram na igreja, ela veio ao nosso encontro e abraçou Nelle primeiro, depois a mim.

Quando mamãe saiu para checar a corda que amarramos para segurar as panelas no banco de trás, Hepzibah inclinou-se para falar comigo:

"Como *você* está, Jessie?" Não fora apenas uma pergunta educada. Ela me examinou com o olhar. Eu sabia que estava curiosa para que eu contasse se havia estado com Whit no viveiro, se encontrara o crânio de tartaruga que ela deixara debaixo da canoa.

"Estou ótima, está tudo ótimo", respondi. "Adoraria ficar para o resto do tour, mas estamos levando o almoço para o mosteiro."

"Passeou com a canoa?", ela perguntou.

Senti minhas bochechas corarem. "Ontem. Obrigada por ter deixado o crânio de tartaruga", respondi, lembrando que o deixara na ermida de Whit como um talismã, esperando que isso me fizesse voltar.

Mamãe entrou no carrinho de golfe.

"Guarde-o com carinho", sussurrou Hepzibah.

A velha cozinha do mosteiro era bem iluminada, com janelas amplas, armários de carvalho maciço e pequenas cruzes celtas queimadas a ferro nos cantos inferiores. Não mudou muito desde que eu era pequena, quando fazia de conta que eu era uma mestre-cuca mirim enquanto mamãe trabalhava. Postávamo-nos junto à mesa do centro, e ela me estendia a mão e pedia: "Amassador de batatas... Cortador de massa... Fatiador de maçãs...". Eu colocava cada um desses utensílios em sua mão espalmada como se ela fosse a cirurgiã e eu a enfermeira. Nossa "operação cozinha", como ela costumava chamá-la, era algo muito sério. Estávamos alimentando o sagrado.

Ao ver a mesa, senti uma dor aguda no peito. Parei por um instante, segurando o arroz, olhando a superfície marcada. As mesmas panelas de cobre amassado se dependuravam do teto, reluzindo com a luz que entrava pela janela. Fora ali que mamãe se mutilara, colocando seu dedo sob o cutelo de carne e cortando-o até o osso? Ali, em nossa velha mesa de operações?

Coloquei a panela sobre o fogão e fui até a imensa pia de aço inoxidável para molhar as mãos com água fria. Eu estava umedecendo a parte de trás do meu pescoço quando surgiu irmão Timothy, bem a tempo de carregar o último panelão. Ele parecia eufórico com a inesperada e repentina volta de mamãe, desembestando a falar sobre a entrega dos ovos e a falta de tomates de boa qualidade. O monge a seguia pela cozinha, enquanto ela abria e fechava gavetas, inspecionava a geladeira industrial e cheirava os maços de orégano que secavam sobre o balcão. Ele caminhava apressado, seu corpo inclinado para a frente, como se enfrentasse uma tempestade de vento.

Mamãe pegou um avental limpo, porém encardido, de um prego ao lado da porta da despensa e amarrou-o nas costas. Ligou os queimadores de gás e abaixou-se para olhar a chama azul que aquecia a base das panelas.

"Me contaram que vocês duas estavam aqui", disse uma voz atrás de nós. "Toda a abadia está em júbilo por receber seja qual for o conteúdo dessas panelas."

D. Dominic havia acabado de entrar na cozinha, enrubescido e um pouco ansioso. Viera com tanta pressa que se esquecera de colocar o chapéu. Seus longos cabelos brancos cobriam cuidadosamente o topo de sua cabeça.

Eu não me lembrava de ver minha mãe e Dominic num mesmo ambiente desde o dia em que ele viera até nossa casa carregando os restos do barco naufragado de meu pai. Agora podia observá-los com atenção, o modo instintivo como mamãe deu um passo para trás ao vê-lo, colocando a mão sobre o lado do pescoço.

Dominic olhou para o irmão Timothy. "Você poderia encher as jarras de água do refeitório? E ver se os saleiros estão cheios?"

Sem outra escolha, Timothy deu de ombros e atravessou a cozinha, batendo os pés. Depois que ele saiu, Dominic passou a mão pelo alto da cabeça e alisou os fios de cabelo, assegurando-se de que continuavam no lugar. Ele mal olhou para mim, dando toda a sua atenção a mamãe. Vi seus olhos baixarem até sua mão ferida e perceber a bandagem bege que eu havia colocado no lugar da gaze volumosa.

"Estou feliz que se sinta bem para cozinhar para nós novamente, Nelle. Sentimos sua falta."

Eu me lembrei de como ele dissera "nossa Nelle" na última vez que falara comigo, como se possuísse alguma parte dela.

Mamãe movimentava as mãos, passando-as várias vezes sobre o avental. "Estou feliz por estar de volta", respondeu friamente, sem emoção, usando o mesmo tom de quando se sentia rejeitada. Eu conhecia bem esse tom de voz. Ela deu meia-volta e começou a mexer o arroz energicamente.

Dominic apertava as mãos de nervoso. As juntas de seus dedos estavam inchadas e vermelhas. Devia ser artrite. Ele sorriu para mim, constrangido. "Toc-toc!", ele disse.

Pensei por um momento em como deveria responder a essa estúpida brincadeira que ele sempre fazia. O arroz começou a esfumaçar com o calor da panela. "Acho que não quero brincar", respondi, tomando emprestado o tom frio de mamãe.

Teria sido absurdo responder à brincadeira dele, mas também me senti na obrigação de ser solidária a ela, que demonstrara claramente que não queria qualquer intimidade com Dominic. Porém, mamãe se virou, envergonhada, provavelmente por causa da minha grosseria, por eu ter me recusado a responder a ele de forma bem-humorada: "Quem está aí?", ela perguntou, enquanto me olhava, de forma ríspida.

Depois de ter se mostrado totalmente arisca, esta seria a última coisa que eu poderia esperar. Agora eu sentia como se ela tivesse me traído.

Dominic hesitou antes de continuar, mas percebi depois que fora apenas porque teve de descartar a brincadeira que tinha em mente para mim e inventar outra nova apenas para ela, algo que soou ousado e estranhamente íntimo:

"*Serrá*", ele respondeu.

Ela apertou os lábios e levantou um pouco o queixo. "'*Serrá*' quem?"

Ele se aproximou dela, colocando-se numa posição para que eu não visse o rosto dele. Ele baixou a voz, esperando que eu não o ouvisse, mas eu o *ouvi* dizer, num sussurro: "*Serrá* que algum dia você vai nos perdoar?".

A expressão no rosto de mamãe continuou impávida, sem transparecer a menor emoção. "E *serrá* que você nunca vai sair para me deixar cozinhar em paz?", respondeu. Ela entrou na despensa e voltou com um pacote de fubá. "Agora, se me der licença, vou preparar umas broinhas."

"Broinhas!", exclamou Dominic. "Que os santos nos abençoem! Você é demais para nós!" Ele saiu saltitando até a porta, mas depois de alguns passos, parou e olhou para mim: "Oh, Jessie, quase me esqueci de dizer. Há alguém na biblioteca que quer trocar uma palavrinha com você".

Atravessei o jardim interno, forçando-me a caminhar despreocupada — eu estava apenas indo até a biblioteca dar uma olhada, nada além disso.

Parei do lado de dentro da porta, diante de uma pequena estátua de são Bento segurando sua régua, e li a placa na parede do modo que imaginava que um visitante devoto deveria lê-la: ESCUTA, MEU FILHO, OS PRECEITOS DO TEU MESTRE, E ABRA O OUVIDO DO TEU CORAÇÃO. Meu coração batia descompassado dentro do peito. Réstias de luz da janela acima da porta dançavam sobre o chão de pinho. Respirei fundo, procurando manter o equilíbrio.

Comecei a vagar pelas fileiras entre as estantes de livros, parando de vez em quando para virar a cabeça e ler as lombadas: *A contemplação de Deus*, de Guilherme de Saint-Thierry; *A natureza do Universo*, de Lucrécio; *A obra reunida de San Juan de la Cruz*. Esperei ouvir passos. Onde estaria ele?

Quando cheguei à sala de leitura no fundo da biblioteca, eu estava uma pilha de nervos. Sentei-me perto de uma das três mesas defronte a uma imensa janela. O tampo fora polido de tal forma que eu podia ver meu reflexo na madeira lustrada. Meu cabelo estava horroroso. Alisei-o com as mãos, depois mudei de ideia, e tentei amassá-lo com a ponta dos dedos.

Olhei pela janela e o que vi do lado de fora parecia uma pintura — manchas de azaleias roxas contra as paredes brancas da casa onde os monges teciam suas redes de pesca. Uma cerejeira, a grama verde-azulada, um pequeno outeiro sob as sombras.

Uma porta rangeu atrás de mim. Eu me virei e vi Whit parado junto à entrada de um escritório ao lado da sala de leitura. Era o escritório de d. Dominic.

Ele estava usando o hábito e as botas que calçava para ir ao viveiro. Meus olhos procuraram o ponto de seu pescoço que eu beijara.

Quando entrei no escritório, ele fechou a porta, girando o trinco, e ficamos os dois sem dizer uma palavra dentro daquela salinha atulhada, com o odor de parafina de uma vela colocada sobre um suporte de parede atrás dele. O transformador de uma lâmpada fluorescente acesa zunia acima de nossa cabeça. Notei que as persianas da única janela da sala estavam abaixadas e aquela luz artificial parecia opressiva. Num gesto impulsivo, estendi o braço e apaguei a luz, e vi seu rosto se obscurecer assim que a penumbra tomou conta da sala.

Um profundo sentimento de intimidade se apoderou de mim. Mentalmente, vi-o na ilha em meio ao pantanal, pressionando seu corpo contra o meu, fazendo amor comigo, o mundo girando à nossa volta, a cumplicidade inviolável que tínhamos entre nós. Aproximei-me dele, coloquei meu rosto sobre seu ombro e senti seus braços, as mangas volumosas de seu hábito se elevarem lentamente para me abraçar.

"Jessie", ele disse, logo em seguida, "a biblioteca quase sempre está vazia a esta hora, mas precisamos ter cuidado." Ele olhou para a porta e me dei conta do enorme risco que ele corria. "Tenho apenas quinze minutos antes de ter de ir ao coro para a oração, mas precisava ver você."

Levantei minha cabeça do ombro dele e o encarei. Mesmo à meia-luz, podia ver as sombras debaixo de seus olhos e seu corpo parecia estranhamente tenso, como se os pulmões tivessem se expandido e endurecido a caixa torácica.

Percebi que eu estava apavorada em descobrir o que se passava dentro dele, sua vocação religiosa, a força que o trouxe até o mosteiro. Se iríamos ficar juntos — e neste momento eu desejava isso de forma quase desesperada —, ele teria de querê-lo também, da mesma forma que procurara a Deus, e eu não sabia se conseguiria competir com isso. Eu não queria ser uma dessas sirenas mitológicas que atraíam os marinheiros até os rochedos, ou, mais precisamente, como a sereia Assinora, que fez os monges caírem em tentação. Eu queria tocar seu rosto, desabotoar seu hábito, mas resolvi recuar um pouco.

"Você poderia me encontrar amanhã, às duas horas, no píer do viveiro?", ele perguntou.

"Claro. Estarei lá", respondi.

Voltamos a ficar em silêncio. Ele havia deixado sua mão sobre minha cintura enquanto conversávamos, mas a retirou. Em seguida, eu o vi limpar a frente do hábito para retirar um dos meus longos fios de cabelo castanho.

"É maravilhoso ter sua mãe cozinhando novamente para nós", ele disse. "Acredito que seja um sinal de que ela está melhor."

Então era isso, iríamos jogar conversa fora. Ficaríamos nesta sala diminuta, não mais tingidos por uma cor pálida e romântica, mas tão somente sob uma penumbra comum, e falar sobre coisas triviais, em autodefesa.

"A mão dela está quase curada", respondi, "mas creio que sua mente jamais estará."

Whit olhou para o relógio digital sobre a escrivaninha, ao lado de uma pilha dos livretos de Dominic, *O conto da sereia*. Houve uma pausa prolongada, e ele aproveitou para pigarrear. O que tanto *pesava* ele? Cautela? Não deveria ser fácil para um monge. Ou esta frieza em seu comportamento mostrava algum tipo de reviravolta? Estaria tão consumido pela culpa que tentava devolver tudo ao seu estado anterior? Estaria simplesmente apavorado?

"Depois que Nelle fez o que fez", ele disse, "muitos de nós não puderam deixar de associar o fato a uma passagem do Novo Testamento em que Cristo fala de cortar a mão fora."

Suas palavras me deixaram perplexa. "Há um versículo no Novo Testamento que diz isso?"

Ele olhou para uma prateleira na estante, pegou uma Bíblia e começou a folheá-la. "Aqui está. Está no Sermão da Montanha, em Mateus 5,30: 'Caso a tua mão direita te leve a pecar, corta-a e lança-a para longe de ti, pois é preferível que se perca um dos teus membros do que todo o teu corpo vá para o inferno'."

Peguei a Bíblia das mãos dele e li o versículo em silêncio, fechando-a em seguida.

"Então é isso, não é? Foi aqui que ela teve a ideia de fazer o que fez. Melhor cortar o dedo dela fora do que ter todo o seu corpo lançado no inferno." Devolvi a Bíblia ao mesmo lugar na prateleira. Parecia ilógico, mas me senti um pouco indignada.

"Cristo disse isso metaforicamente. É claro que ele não queria que ninguém levasse suas palavras ao pé da letra", disse Whit.

"Bem, não acha que ele deveria ter aventado para a chance de que alguns malucos poderiam interpretar mal o que ele disse? Quero dizer, considero muita irresponsabilidade alguém dizer uma coisa dessas."

Ele comprimiu os lábios como se estivesse tentando conter o riso, e seu corpo relaxou e respirou, aliviado. Ele finalmente acabou rindo.

"O que *foi*?", perguntei, rindo também.

"Já ouvi Cristo ser chamado de muitas coisas, mas esta é a primeira vez que ouço alguém dizer que foi irresponsável."

Ele estendeu a mão e tocou meu cabelo, passando o nó de seus dedos pelo contorno do meu rosto. Seus olhos se iluminaram, mas não apenas pelo riso; brilhavam da mesma forma que eu me lembrava de quando fizemos amor. Quando me aproximei para beijá-lo, uma centelha de eletricidade estática estalou entre nós e pulamos para trás, rindo.

"Vê o que acontece quando se chama Cristo de irresponsável?", eu disse, brincando. "Você leva um choque."

"Agora, falando sério", ele arrematou. "Há alguns relatos bizarros sobre santos que se automutilaram. Ao que parece, encontraram inspiração nessa passagem do Evangelho."

"Eu sempre disse que mamãe estava se punindo de alguma forma, mesmo que Hugh pense que estou errada."

"Hugh?", ele perguntou.

Ficamos em silêncio novamente.

Eu dissera o nome dele sem pensar. Por que fui falar nele? Achei, naquele momento, que tinha falado sem querer, mas fiquei pensando sobre isso depois. Eu *quis* dizer o nome de Hugh? Jogar a realidade diante de Whit e ver que reação ele teria? Será que eu estava confrontando os obstáculos, as realidades secretas que havia entre nós? Ele mencionou Jesus Cristo; eu mencionei Hugh.

"Oh", eu respondi. "Hugh é... Ele é meu marido. É psiquiatra."

Whit desviou o olhar e virou a cabeça em direção à janela coberta pela persiana. Ele esticou o braço e acendeu a luz de novo, banhando-nos com uma claridade dolorosa.

Desesperada para tentar amenizar aquele momento, fazendo-nos passar ao largo do nome de Hugh, continuei falando: "É só que ele... Bom, ele acredita que o impulso de mamãe de amputar o dedo é uma obsessão aleatória e sem significado".

Ele tentou sorrir, olhando para mim como se dissesse *Muito bem, então. Vamos continuar conversando como se nada tivesse acontecido.* E disse: "Mas *você* acredita que tenha sido uma penitência por algum motivo em especial?".

"Sim, mas não sei por quê." A naturalidade que eu tentava manter em meu tom de voz soou como desespero. "Acredito que isso esteja ligado a algum fato do passado. Na verdade, suspeito de que d. Dominic saiba do que se trata."

"Dominic?" Whit perguntou, de repente. Ele olhou para a porta e depois continuou, baixinho: "Por que você acha nisso?".

"Primeiro, me diga o que você acha dele."

"É uma pessoa muito autêntica. Um brincalhão, mas também tem um lado sério. Tende a fazer o que lhe dá na cabeça, mas gosto desse lado nele. Agora, o que faz você pensar que ele saiba de alguma coisa sobre o que aconteceu à sua mãe?"

"Mamãe deixou isso meio implícito", respondi. "E há pouco, na cozinha, ouvi Dominic perguntar a ela se algum dia iria perdoá-los. '*Nos*', ele disse. 'Será que algum dia você vai *nos* perdoar?'."

Whit balançou a cabeça, visivelmente espantado. "Perdoar? Pelo quê?"

Eu encolhi os ombros. "Adoraria saber. Tentei falar com Dominic sobre isso antes, mas ele não me disse nada. E mamãe... Bem, ela nunca vai me contar."

Ele olhou mais uma vez para o relógio. "Me desculpe, mas eu já tinha que ter saído há cinco minutos."

"Sim, vá. Vou esperar aqui por alguns minutos e depois vou sair."

Depois que ele se foi, continuei no meio do escritório de Dominic, sob aquela luz ofuscante, e minha mente voltou ao momento em que Whit abriu a Bíblia e leu o versículo para mim em voz alta, as terríveis palavras sobre cortar fora a própria mão para salvar o resto do corpo. Será que aquela leitura era mesmo uma referência à minha mãe? Ou ele estaria se referindo ao modo como acariciou meus seios, meu quadril, colocando-me contra seu corpo? Estaria ele, ao seu modo, tentando me dizer alguma coisa? Sobre nós?

26

Um pelicano marrom encurvado sobre a popa da balsa do mosteiro parecia um monge com o longo pescoço encolhido sobre o peito branco. Quando me aproximei do píer do viveiro, o pássaro estendeu suas asas — de estranha envergadura — e sustentou-as abertas, secando-as no ar. Whit estava no píer apreciando o espetáculo. Ele não me viu até que eu o chamasse, e, quando ele se virou, o pelicano bateu as asas e alçou voo.

Eu não sabia o que esperar, se entraríamos na balsa e voltaríamos à ermida, ou se ficaríamos no píer. Se ele me tomaria nos braços ou se me eliminaria de sua vida. Eu despertara no meio da noite por causa de um pesadelo com mãos e dedos decepados amontoados no roseiral dos fundos do mosteiro, aos pés da estátua de santa Senara, ainda vivos, se movendo.

"Já viu dia mais lindo?", ele perguntou, em tom despreocupado.

Não comece a falar do tempo. Se você começar a falar do tempo, eu vou gritar.

"Sim, lindo", respondi.

Era, na verdade, o dia mais esplêndido que eu já vira. Um dia cálido e fulgurante, como se a primavera já tivesse começado.

Eu estava usando jeans e uma camiseta branca de mangas compridas, e já estava transpirando, morta de calor. Meus cabelos pareciam grudados com cuspe sobre a nuca, como Dee costumava dizer. Abri o bolso lateral de minha bolsa, tirei o boné de beisebol vermelho e coloquei-o sobre a testa, depois peguei meus óculos escuros.

"Que tal um passeio?", ele me perguntou. Assim que concordei, ele começou a soltar as amarras. Ao subir na balsa, notei que já havia colocado sua bolsa de lona sob o assento.

"Onde está Max?", perguntei.

Ele olhou para trás e deu de ombros. "Creio que me abandonou hoje."

"Talvez esteja chateado pela minha presença aqui da última vez."

"Se bem me lembro, ele se deitou junto de *você* depois que…" Ele se interrompeu de forma abrupta, por não poder ou não querer dizer, deixando a frase solta no ar.

Ele conduziu a balsa lentamente pelo riacho, levando-me sentada na popa, olhando para a frente, ciente do fino rastro de culpa e hesitação que se formara — que a menção do nome de Hugh na véspera ajudara a criar.

Duas semanas atrás, Hugh me deixara sozinha no cemitério de escravos, e desde então não me ligara mais. Devia estar magoado e, com certeza, zangado. Mas eu também tinha a sensação de que ele estava me dando um tempo. Hugh tinha uma paciência infinita, sempre soube deixar as coisas se assentarem, seguirem seu curso, acabarem finalmente acontecendo — todas as suas frases de efeito favoritas. Tudo graças à sua faceta psiquiátrica, que se sobrepujava aos antigos mistérios da psiquê humana. Certa vez, contou uma história a Dee sobre uma menina que encontrara uma crisálida e cortara uma das pontas para deixar a borboleta sair, e como a pobre criatura acabou saindo do casulo com as asas deformadas. "Você não pode forçar nada a acontecer", ele concluiu, olhando para ela.

Eu dissera a Hugh que queria um tempo para mim, e era exatamente o que ele estava me dando.

"Nós nos separamos, sabe?", eu disse, virando-me para Whit. "Hugh e eu. Resolvemos dar um tempo."

Ele olhou para o fundo da balsa e depois de novo para mim, com a expressão grave, mas, ao mesmo tempo, satisfeita. Ele diminuiu a velocidade da balsa até quase pararmos, e tudo ficou ainda mais silencioso.

"Há quanto tempo está casada?", ele perguntou.

"Vinte anos."

Ele tocou o crucifixo, num gesto automático. "Felizes?"

"Sim, felizes no início. Mas, depois... Bom, não sei. Não é que estivéssemos infelizes. Quem nos visse diria que estávamos bem-casados: 'Hugh e Jessie foram feitos um para o outro'. E não deixaria de ser verdade."

Tirei os óculos escuros para que ele visse minha expressão, meus olhos, sem nada entre nós. Ouvi a água bater com suavidade contra o casco da balsa. Como ele não disse nada, prossegui: "Conhece a expressão que os casais normalmente usam: 'Acabamos nos afastando'? Foi o que acreditei que havia acontecido conosco. Que minha insatisfação se originara devido ao nosso afastamento. É lógico chegar a essa conclusão depois de vinte anos. Mas não creio que tenha sido isso. Nós não nos afastamos: nós nos tornamos próximos demais. Demasiadamente próximos e extremamente dependentes um do outro. Acho que eu precisava...". Eu me interrompi. Não sabia como classificar isso. "O que me vem à mente são coisas ridículas como 'meu próprio espaço', 'minha independência', mas isso é muito superficial. Não descreve o que eu sinto."

"Eu sei, é difícil explicar um impulso desse tipo. Quando contei aos sócios que trabalhavam comigo no escritório de advocacia que eu viria para cá, riram pensando que fosse uma piada." Ele balançou a cabeça e sorriu um pouco, como se a lembrança o divertisse. "Nunca consegui fazê-los compreender que eu precisava, de certo modo, ficar sozinho. De uma forma espiritual, quero dizer."

Enquanto ele falava, acompanhava com os olhos as curvas do riacho, mas, em seguida, olhou direto para mim: "É o que chamam por aqui de 'a solidão de ser'".

Meus olhos encheram-se de lágrimas. Porque eu entendera *de fato* o que ele queria dizer. Porque ele estava me revelando essas palavras — *a solidão de ser* —, que me soaram perfeitas.

Baixei os óculos e me virei para olhar o rio e a maré que começava a se encher.

Dez minutos depois, Whit tomou o canal que nos levava à ilha em meio ao pantanal onde fizéramos amor. Reconheci-a de imediato e olhei de volta para ele. Ele sorriu de um modo que eu passara a amar, elevando um pouco os cantos da boca. Pareceu-me que algo mudara nele, algo se rompera. Dava para sentir no ar à nossa volta.

Quando o canal se abriu sobre o lago inteiramente contornado pelo capim alto, Whit parou bem no meio e desligou o motor. Tudo ficou em silêncio assim que ele lançou a âncora.

"Vamos nadar", sugeriu e começou a desabotoar a camisa. Não consegui dizer nada, enquanto assistia a ele se levantar e tirar toda a roupa, com a cara mais sapeca do mundo. Ele mergulhou com um salto acrobático, fazendo a balsa balançar a ponto de eu ter de me segurar nos lados para não cair.

Voltou à tona, rindo e sacudindo a cabeça, fazendo as gotas de seus cabelos voarem à sua volta como estilhaços de vidro. "Por que ainda está sentada aí?", exclamou, e começou a nadar magnificamente.

Também tirei toda a minha roupa e mergulhei.

O riacho estava gelado como um lago glacial. Por um momento, fiquei estática, meu corpo estendido, em choque. Alguns anos atrás, em dezembro, Hugh vira um programa de televisão e me propôs que fôssemos ao lago Lanier no dia de Ano-Novo para participar de um concurso de mergulho em águas polares. As pessoas tinham de se jogar num rio congelado. Olhei para ele, completamente incrédula, sem sequer aventar a hipótese. E agora eu estava ali, naquela água fria e brilhante.

Finalmente comecei a nadar — não com movimentos sincrônicos e atléticos como Whit, mas brincando, mergulhando e jogando água à minha volta. As águas estavam escuras e lamacentas, e mais fundas do que eu imaginara, com trinta ou quarenta metros de profundidade. Sentia-me eufórica, como se meu corpo tivesse despertado e cantasse depois de um longo silêncio.

Reparei que Whit voltara à balsa, colocando uma toalha branca em volta da cintura. Eu não o vira sair da água. Nadei para perto dele e ele me puxou para cima, envolvendo-me em uma toalha um pouco menos desfiada que a dele. "As roupas que vocês usam no mosteiro são sempre tão rústicas?", perguntei, brincando.

"Faz parte do nosso 'programa de negação do corpo'", ele respondeu.

Ele manobrou a balsa até a margem e fomos para a ermida, ainda cobertos com as toalhas e carregando nossas roupas. Ele abriu um cobertor marrom ao sol, próximo à cabana. Olhei para dentro e vi a cabeça de tartaruga de Hepzibah sobre a armadilha de caranguejo, exatamente como eu a deixara.

Ao deitarmos sobre o cobertor, lado a lado, o céu se abriu acima de nós, manchado com fiapos de nuvens. Senti-me tonta por alguns momentos, aquela sensação que temos, quando crianças, ao girarmos em círculos até cairmos docemente entorpecidos. Deitada no chão, com os cabelos molhados, os pés sujos de lama, eu disse: "Tudo o que quero é que sejamos honestos um com o outro... Brutalmente honestos".

"Brutalmente?", perguntou Whit.

Eu sorri e respondi: "Sim, *brutalmente*".

"Está bem", ele disse, ainda em tom de brincadeira. "Mas, em geral, sou contra qualquer tipo de brutalidade."

Continuei olhando para uma réstia de nuvem, que refletia intensamente a luz do sol. "Eu me apaixonei por você", confessei. "E não estaria aqui se não fosse por isso."

Ele baixou as mãos que pusera por trás da cabeça e estendeu-as lentamente ao longo do corpo. Disse: "Entendo que devemos ser francos sobre nossos sentimentos, mas temi estarmos abrindo uma porta que não conseguiríamos fechar depois".

"E por que teríamos de fechá-la?"

Ele se sentou, olhando para a frente, de costas para mim. "Mas, Jessie, o que aconteceria se você se separasse por minha causa e depois..." Ele se interrompeu.

"E depois *você* não conseguisse sair do mosteiro? É isso que quer dizer?"

"Não, não é o que quero dizer." Ele suspirou profundamente. "Está bem, você quer saber como estou me sentindo?" Ele parecia estar sendo desafiado, como se tivesse de caminhar por um estreito beiral e mostrar a distância de que conseguiria pular.

Minha garganta ardia.

"Também amo você", ele disse. "E isso me deixa apavorado."

Tudo à nossa volta ficou em silêncio. Eu só conseguia continuar olhando para ele. Seu corpo estava parcialmente encoberto pela sombra da ermida atrás de nós.

"Mas sabemos que não é assim tão simples", ele disse. "O que eu quis dizer antes foi: o que aconteceria se você se separasse e depois se arrependesse? Sei que você disse que está separada de Hugh, mas como vai conviver com o fato de ter acabado com seu casamento? Meu Deus, Jessie, como *eu* vou conviver com isso?" Ele suspirou e seu hálito passou pelo meu rosto.

Eu o puxei de volta para perto de mim. Abraçamo-nos e ficamos ouvindo os pios e chilreios à nossa volta. "Se fizermos isso, faremos todo mundo sofrer", ele disse. "Estaremos salvos e condenados ao mesmo tempo."

"Eu sei", respondi. "*Eu sei.*"

Ele se apoiou sobre um cotovelo e apertou-me contra seu corpo. Eu sabia que ele estava se entregando. A mim, a nós, a qualquer coisa que acontecesse. Ele se agarrou a mim, segurando a parte de trás da minha cabeça com a mão. Seus dedos pressionaram meu couro cabeludo e seu coração se acelerou, fazendo meu corpo vibrar.

Fizemos amor sob o sol, e, depois, deitada no cobertor, comecei a chorar. Meu choro convulsivo assustou Whit de início, mas eu continuei sorrindo para ele, entre lágrimas: "Não, não, está tudo bem, é que estou me sentindo tão feliz...", respondi. Mas o que eu queria mesmo dizer, embora não tivesse conseguido, era que estava me sentindo *tão completa.*

Vestimos nossas roupas e ele estendeu o cobertor dentro da ermida, longe do sol. Sentamo-nos e ele me deu uma velha garrafa térmica de metal com água. Depois, continuou remexendo dentro da sacola de lona, à procura de outra coisa.

"Quero te mostrar uma coisa", ele disse, retirando dois livros: *Legenda áurea*: *Vidas de santos*, de Jacopo de Varazze, e outro, cujo título não consegui ver.

"Pesquisei sobre alguns santos, aqueles que seguiram à risca as palavras de Cristo quanto a cortar a 'parte pecadora' do corpo."

Agradava-me que ele quisesse se envolver no caso e me ajudar em relação à mamãe. Só muito mais tarde me dei conta do quanto me opusera ao envolvimento de Hugh e sequer percebera a diferença em meu comportamento.

"Encontrei uma referência à santa Eudoria, do século xii, que amputou um dedo", disse Whit. "Ela era uma prostituta até ser convertida por um frade franciscano."

"Uma prostituta?"

"Sim, mas esta não é a parte mais interessante", ele respondeu. Eu, sinceramente, não tinha tanta certeza disso.

"Supostamente, depois de cortar o próprio dedo, ela o plantou num campo, e ele se transformou num pé de trigo. Nelle poderia estar *plantando* o dedo dela, não enterrando-o."

Esse pensamento me fez estremecer.

"Você acha que mamãe estava imitando essa santa?"

"Na Irlanda, havia o que se chamava de 'martírio branco'", disse Whit. "O abade sempre faz sermões sobre isso. Tenho certeza de que Nelle deve ter ouvido alguns deles. Significa seguir os passos de um santo, imitando o que ele fez."

"Isso é a cara da mamãe, cortar o dedo e plantá-lo, porque algum santo fez isso há seiscentos anos."

O livro *Legenda áurea* tinha uma capa velha e datada — uma imagem horripilante de Jesus com uma coroa inglesa na cabeça, segurando um cetro diante de uma multidão de santos ajoelhados.

"Quando comecei a procurar por este livro", disse Whit, "eu não conseguia encontrá-lo na biblioteca, então perguntei a Dominic. Ele abriu a gaveta da escrivaninha e tirou-o de lá junto com este outro livro." Ele o mostrou para mim: *Tradições religiosas indígenas*.

"Dominic me disse que o irmão Timothy encontrou os dois livros na cozinha logo depois de Nelle ter decepado o dedo. Pelo que parece, ela os retirou da biblioteca. Ela marcou uma página em cada um deles, uma sobre santa Eudoria e esta outra." Ele abriu o segundo livro numa página dobrada e colocou-o sobre meu colo.

Vi uma ilustração de uma sereia cujos dedos eram golfinhos, focas, peixes e baleias.

"O que é *isto*?"

"O nome dela é Sedna. A deusa do mar dos índios inuíte. *Todos* os seus dedos foram cortados. Os dez."

Li a legenda sob a figura, que narrava uma história mítica um tanto horripilante. Uma jovem pede a ajuda do pai para que venha salvá-la de seu marido cruel. Eles fogem num barco, e o marido começa a persegui-los. Temendo por sua vida, o pai joga a filha no mar, mas ela se agarra ao lado do barco para não cair na água. Em pânico, o pai corta os dedos da filha. Um a um.

Li as duas últimas linhas em voz alta: "Ao afundar no mar, Sedna se tornou uma deusa poderosa, com cabeça e torso de mulher e cauda de peixe ou foca. Passou a ser conhecida como a 'Mãe do Oceano', e seus dedos cortados se transformaram nas criaturas que povoavam as águas do mar."

Havia uma nota lateral sobre o número dez acompanhando a história, e imaginei que fosse por ela ter perdido os dez dedos. Li rapidamente: "Dez era considerado o mais sagrado dos números. Os pitagóricos consideravam-no o número da regeneração e da realização. O dez deu origem a tudo".

Olhei para a imagem de Sedna, com suas longas tranças e os fortes traços indígenas. "Ela não é exatamente uma santa católica."

"Mas Nelle deve tê-la achado parecida com santa Senara", disse Whit. "Antes de ser convertida, quando ainda era Assinora, a sereia."

Eu estremeci. Whit aproximou-se e me abraçou. Ficamos algum tempo sem dizer nada. Eu não conseguia mais falar sobre o assunto, sobre essa tendência de minha mãe para o martírio.

Uma brisa levantou os lados do cobertor. Notei que a luminosidade diminuíra um pouco.

"Detesto dizer isso, mas eu preciso ir", disse Whit.

Ele guardou os livros de volta na sacola, fechou a tampa da garrafa térmica e dobrou o cobertor, que devia ter tirado de sua própria cama. Ele fez tudo isso sem dizer uma palavra, e eu observei suas mãos cruzando no ar, a pele bronzeada, os dedos longos e ásperos, cheios de pequenos calos.

Segurei o braço dele. "É difícil ir fazer suas orações depois... depois de estar comigo?"

"Sim", ele respondeu, sem olhar para mim.

Quando chegamos à beira d'água, percebi que a maré estava baixa, num daqueles momentos entre vazante e cheia. Meu pai costumava chamá-la de "virada". Certo dia, enquanto eu e Mike brincávamos no quintal, papai nos chamou e pediu que fôssemos com ele até o riacho Caw Caw para poder vê-la. Vimos a água subir, completamente entediados, enquanto Mike arremessava caramujos sobre a superfície, fazendo-os quicar. Quando a corrente por fim atingiu seu ponto mais baixo, o riacho suspendeu o curso — folha alguma se movia sobre as águas — e, em seguida, como que por encanto, começou a correr na direção contrária, movendo-se para trás.

Whit virou a balsa e tomou o canal à esquerda no riacho. As gaivotas planavam acima de nós no momento em que deixamos a pequena ilha em meio ao pântano. Eu podia senti-lo escapando de volta para sua vida monástica, as águas virando à nossa volta. A impiedosa mudança da maré.

27

WHIT

No primeiro dia de primavera, Whit aguardava do lado de fora da sala do abade, segurando um bilhete que o irmão Bede, secretário direto do abade, havia posto em suas mãos. Ele lhe entregara o bilhete logo antes de ser oficiada a hora de terça, dizendo-lhe, num sussurro: "O abade deseja vê-lo logo depois da oração".

Whit dobrou o bilhete, sentindo um calor e um estremecimento na boca do estômago. Terminada a oração, seguiu Bede através do transepto da igreja até a sala de d. Anthony. Embora tentasse adivinhar o assunto pela expressão de Bede ao chegarem à porta da sala do abade, analisando sua testa estreita e seus diminutos olhos verdes, não conseguiu decifrar qualquer mensagem.

"O abade irá chamá-lo em poucos minutos", disse Bede, e se afastou, arrastando a barra do hábito sobre o tapete do corredor.

Whit, então, esperou. Uma espera cruel, que o fazia transparecer calma, embora estivesse completamente aflito em seu interior.

Ouviu um ruído de serras sendo ligadas e foi até a janela do corredor. Um dos monges estava cortando uma árvore seca com uma serra elétrica. Será que o teriam chamado por causa de Jessie? Teria sido porque d. Sebastian lera seu diário naquela noite quando veio até sua cela?

Ao abrir a porta, d. Anthony cumprimentou-o, inclinando a cabeça para a frente. Suas feições irlandesas davam-lhe um aspecto fechado e um tom levemente roseado nas faces. Whit curvou-se um pouco para a frente antes de entrar.

Havia um quadro atrás da mesa do abade que Whit adorava: uma representação da Anunciação em que Nossa Senhora, chocada com a nova trazida pelo anjo Gabriel sobre sua incipiente gravidez, deixa cair o livro que está lendo. Ele tomba de sua mão, que continua suspensa no ar. Seus lábios estão entreabertos; seus olhos, extasiados e estáticos. O monge olhou para o quadro, percebendo pela primeira vez a expressão de completo espanto no rosto da virgem. Sentiu-se subitamente consternado por ela. Dar à luz o filho de Deus. Era um pedido grande demais.

D. Anthony sentou-se à mesa de mogno, mas Whit permaneceu de pé.

Esperando. Ele se ressentia de que tivesse de terminar assim. Ficou imaginando como iria conseguir voltar ao mundo. Ver filmes do Rambo e escutar Boy George no rádio. Assistir a programas de TV insuportáveis, como o de Tammy Faye. Como conseguiria lidar com toda aquela ganância e consumo? O mercado de ações havia caído no último mês de outubro, despencando quinhentos pontos — ele lera sobre o assunto no jornal —, e Whit nem se abalara com isso. Se ele voltasse, teria de se preocupar com a economia, em retomar sua carreira de advogado.

Através da janela, à sua direita, percebeu uma nesga de céu cor de safira que o fez se lembrar do viveiro, das garças sobre as árvores, de suas plumas brancas entre os galhos. Pensou no quanto sentiria falta de tudo isso.

"Não é cedo demais", disse d. Anthony, "para marcar a cerimônia dos seus votos solenes." O velho monge começou a virar as páginas do calendário de mesa. "Eu tinha pensado no dia da Natividade de são João Batista, em 24 de junho, ou no de são Barnabé, dia 11."

"Meus votos solenes?", repetiu Whit. Ele tinha quase certeza de que iriam convidá-lo a se retirar do mosteiro. Estava preparado para enfrentar essa humilhação. "Meus votos solenes?"

D. Anthony ergueu os olhos, apreensivo. "Sim, irmão Thomas. Chegou a hora de começar a pensar em fazer sua petição", disse o abade em tom exaltado, como um professor diante de um aluno esquecido. Pegou um lápis e bateu-o sobre a mesa como se fosse uma baqueta. "Bem, quanto à cerimônia, você está autorizado a convidar quem quiser. Seus pais ainda estão vivos?"

"Eu não sei", Whit respondeu.

D. Anthony baixou o lápis e juntou as mãos. "*Você não sabe?* Você não sabe se seus pais estão vivos ou mortos?"

"Sim, claro que sei isso", respondeu Whit. "Minha mãe está viva. O que eu quis dizer foi..." Ele olhou para o quadro da Anunciação, mesmo sabendo que o abade o observava.

Ele estava a ponto de dizer que não sabia se deveria fazer os votos, mas hesitou. Lembrou-se da oração de Thomas Merton, que mandara imprimir num pequeno cartão azul e mantinha no espelho acima da pia no banheiro: *Senhor, meu Deus, não sei aonde ir. Não consigo ver o caminho à minha frente, nem sei onde ele termina, sequer conheço a mim mesmo. E o fato de acreditar que eu esteja fazendo a Vossa vontade não significa que eu realmente a esteja cumprindo.*

"Dom abade", Whit começou a dizer, "não sei se irei fazer meus votos solenes. Não tenho mais certeza se devo fazê-los."

D. Anthony empurrou a cadeira para trás e levantou-se devagar, demonstrando consternação. Encarou o jovem monge por um momento, suspirando. "Você tem lido Dietrich Bonhoeffer de novo?", ele perguntou.

"Não, dom abade."

O abade o proibira de continuar lendo os textos do teólogo protestante, depois que encontrara certa citação irresoluta de Bonhoeffer copiada no diário de Whit: "Perante e com Deus, vivemos sem Deus". Whit gostara da cáustica honestidade dessa afirmação. Parecia sintetizar o paradoxo que ele sempre carregara consigo.

D. Anthony deu a volta na mesa e repousou a mão sobre os ombros de Whit. "Estou satisfeito em saber que o pôs de lado. Você é muito suscetível à dúvida, então é melhor não alimentá-la. Em especial agora, que está a ponto de fazer seus votos. É um momento difícil de questionamento que todos nós já vivenciamos: você não é o único. Estará fazendo votos para passar o resto de sua vida aqui, para morrer aqui, não ter absolutamente nada, ser celibatário por inteiro e se entregar à obediência. Ninguém se compromete dessa forma de ânimo leve, mas fazemos assim mesmo. Aceitamos este compromisso porque o desejo de nosso coração está em Deus." O abade sorriu para o monge. "Você atravessará sua longa noite de discernimento, irmão Thomas. Lembre-se do discípulo que inspirou o seu nome. Por que imagina que o escolhi para você? Ele duvidou, não foi? Mas, no final, são Tomé superou a dúvida através da fé, e você vai conseguir também."

D. Anthony voltou para sua cadeira como se estivesse tudo resolvido — a longa noite de discernimento, a dúvida, a fé —, tudo perfeitamente dissecado, reorganizado e posto em seu devido lugar. Whit queria dizer a ele que deveria ter tomado o nome de Jonas — como se ele tivesse sido engolido pela abadia, viajado pelo interior sombrio e luminoso daquele lugar desde que pusera os pés ali, mas agora teria de ser cuspido de volta para sua outra vida. Cheia de futilidades. Cheia de canções de má qualidade. Cheia de filmes tolos, onde as pessoas normais, até mesmo os caixas de banco, usam expressões exageradas para descrever as coisas mais banais.

Ele ouviu o barulho da serra elétrica novamente, um pouco mais distante agora. Sentiu-a serrando seu peito. D. Anthony virava as páginas do calendário mais uma vez. Whit notou os tufos de fios brancos em seus dedos. Acima do abade, Nossa Senhora deixava o livro cair eternamente de suas mãos.

O que ele *de fato* havia feito ali?

E se não tivesse vindo para se reconciliar com um Deus que se fazia presente e ausente ao mesmo tempo, mas para se tornar imune à vida? E se ele confundira iluminação com exílio?

E se a santidade estivesse ligada ao seu compromisso com a vida *lá fora*?

O abade lhe dissera que ele deveria fazer seus votos porque o desejo de seu coração estava em Deus, e o monge queria estar com Deus, mas —Whit agora tinha certeza — o que mais desejava era Jessie.

Ele não conseguia negar isso. Nem seu corpo, nem seu coração lhe permitiria, nem mesmo sua *alma*. Ela queria lhe dizer algo. Tinha absoluta certeza disso. Uma coisa que aprendera vivendo ali foi quão incessantemente a alma tentava se manifestar, e, de modo geral, de forma crítica e enlouquecedora — por meio de sonhos, mesclando-se às impressões e sentimentos que o assaltavam quando se encontrava sozinho no pantanal ou, por vezes, nas reações de seu próprio corpo, como a crise de urticária que irrompeu ao ser dispensado do trabalho no viveiro para passar a ajudar na Casa das Redes. No entanto, em nenhum outro momento a alma falava mais alto do que por meio do desejo. Às vezes, o coração anseia pelo que a alma pede.

"Creio que o dia da Natividade de são João Batista seja a melhor data", concluiu d. Anthony.

"Perdoe-me, dom abade. Não posso marcar a data agora." Whit levantou o queixo. Cruzou os braços sobre o peito e afastou os pés, com a mesma postura altiva que costumava usar no tribunal, durante as audiências de julgamento. Um jornalista que acompanhava um dos casos certa vez o comparou a Napoleão na proa de um navio pronto para uma batalha. "Não posso, porque não sei se serei capaz de fazer meus votos. Não sei se o desejo de meu coração está em Deus."

A sala estava repleta do mais completo silêncio. Os ouvidos de Whit começaram a doer com a pressão, estourando seus tímpanos, como se estivesse descendo num avião do meio das nuvens. D. Anthony foi até a janela e ficou ali por alguns momentos, dando as costas para ele.

Passaram-se alguns minutos antes que finalmente ele se virasse e dissesse: "Então você está pronto para começar sua longa noite de discernimento. Deverá ficar recolhido pelo tempo que for necessário, até conciliar-se com sua fé e tomar sua decisão. Que Deus esteja com você." Ele ergueu a mão, sinalizando que Whit poderia ir.

Enquanto caminhava para sua cela, Whit pensou nas inúmeras pequenas coisas da ilha de que sentiria saudade. Os jacarés submersos atravessando os riachos apenas com os olhos para fora d'água. As ostras abrindo suas conchas à noite, longe dos olhares curiosos. Mas, sobretudo, as garças, alçando voo sobre o pantanal, banhadas de luz.

28

    Comecei a ir sozinha até a ilha do viveiro em meio ao pantanal, remando na velha canoa de Hepzibah e chegando muito antes que Whit aparecesse para suas rondas. Criei um espaço para mim, um lugar onde me escondia com os caranguejos-ferradura e as garças que pousavam à beira d'água. Até o final de março, e nas duas primeiras semanas de abril, fui até a ilha quase todos os dias, ardendo de desejo de estar com Whit, mas levada, também, por uma insaciável necessidade de estar sozinha.

    Eu disse à mamãe a verdade, ao menos em parte: que estava remando pelos ribeirões, pois precisava de tempo para pensar em algumas coisas. Ela imediatamente concluiu que eu estivesse repensando meu casamento. Ela viu minha aliança espetada na almofada de alfinetes em meu quarto e perguntou-me diversas vezes por que Hugh havia deixado a ilha tão rápido quanto chegara e por que não telefonara mais nenhuma vez. Eu só telefonava para Dee, toda semana, e se *ela* suspeitava de alguma coisa em relação à minha longa ausência de Atlanta, não comentou nada.

    "Você está tendo problemas em seu casamento, não é?", mamãe perguntou, provocando o assunto. Antes que eu pudesse responder, ela acrescentou: "Não tente negar. Está na sua cara, e eu não sei como você pretende dar um jeito nisso, se tudo o que você faz é ficar por aqui, zanzando para cima e para baixo de canoa". Ela bateu na mesma tecla por vários dias.

    E até mesmo quando Kat e Hepzibah apareceram um dia de surpresa, mamãe tocou no assunto, tecendo detalhes sobre minhas ausências diárias de casa. "Sério", ela comentou, "quanto tempo uma pessoa consegue ficar dando voltas por aí sozinha neste lugar? É como se tivesse voltado à infância, quando ela e Mike passavam o dia inteiro fora."

    Hepzibah e Kat trocaram olhares.

    "Tenho usado meu tempo para pensar e ficar *sozinha*", me apressei em dizer.

    Quando as duas se despediram, fui com elas até a varanda. "Tenho me encontrado com ele", eu disse, "todas as tardes, por umas duas horas. Mas a maior parte do tempo que fico por aí, estou só. Não sei por quê. Apenas sinto necessidade de estar sozinha."

    "Parece que você está *viajando*...", comentou Hepzibah.

Olhei para ela por alguns segundos, tentando deduzir o que ela queria dizer, até me lembrar de seu comentário durante o passeio naquele dia sobre povo gullah se embrenhar na mata.

Reconheço que minhas visitas solitárias ao viveiro significavam algum tipo de migração, mas duvido que fossem tão nobres quanto as do povo gullah. As minhas eram decididamente sensuais, um caso de amor comigo mesma e com a ilha. E, claro, com Whit.

Uma coisa é certa. Meu estado letárgico obscurecia todo o resto — todas as minhas preocupações a respeito de mamãe, os motivos que a tinham levado a ler os livros da biblioteca do mosteiro, o fato de ela estar envolvida em algum tipo de martírio branco. Era fácil esquecer tudo isso agora porque ela parecia estar bem melhor. Cozinhando para os monges, ocupada, diligente, *normal*.

Fui *eu* que comecei a me comportar de uma forma estranha e extravagante, agindo de um modo que seria impensável dois meses atrás.

Uma tarde, logo depois do equinócio de primavera, sentei-me ao lado da ermida de Whit, observando um pássaro construir um ninho no pantanal e ouvindo "Let's Dance" do David Bowie no walkman que comprara no mercado Caw Caw. O dia estava bastante quente, e os caracóis postavam-se ao longo da relva em completo estupor. Garças, mergulhões e águias-pescadoras enchiam as margens. Ao ver um pequeno cágado passar por perto, eu me levantei e resolvi segui-lo.

O bicho me fazia lembrar do crânio de tartaruga que agora ficava sobre a armadilha de caranguejo na ermida — que, por sua vez, me lembrava de Kat, Hepzibah e mamãe dançando no Piquenique das Garotas. Ao pensar nelas, comecei a dançar de leve. Nunca dancei nos piqueniques: isso era algo que *elas* faziam. Mais tarde, já adulta, eu me sentia constrangida, inibida demais até para dançar sozinha, mas, nesse dia, com a música de David Bowie insistindo em meus ouvidos — "Let's dance, let's dance" — entreguei-me ao ritmo da canção, balançando a saia de meu vestido branco de musseline como se fosse Isadora Duncan. Adorava sentir meu corpo em movimento, cedendo ao seu próprio desejo.

Todos os dias eu levava o walkman até a ilha e dançava ao som de qualquer música que encontrasse gravada em fita cassete no mercado Caw Caw: Julio Iglesias e Willie Nelson cantando "To All the Girls I've Loved Before", Stevie Wonder cantando "Woman in Love", a trilha sonora de *Dirty Dancing*. Até cheguei a comprar uma fita do Pink Floyd.

Depois, sem fôlego e exausta, deitava-me junto ao charco e passava uma camada de lama escura sobre meus braços e pernas, como um tratamento de beleza num spa. A lama tinha um cheiro quente, vivo — verde de clorofila e podre como das usinas de papel próximo de Savannah, mas eu precisava disso. Não sabia nem dizer por quê; creio que fosse algo irracional. Ficava deitada ali com a lama secando sobre a minha pele por mais de uma hora, observando o céu refletindo na água e sentindo a terra respirar à minha volta.

Uma tarde, quando Whit deixou de vir por causa de um vaso sanitário entupido no centro de recepção do mosteiro, assisti ao pôr do sol e vi a superfície da água se pintar de diferentes tons acobreados. Ouvi golfinhos passando, expelindo água por seus respiradouros, e quando o silêncio se tornou ensurdecedor, ouvi caranguejos rastejando sobre a lama e diminutos ruídos de camarões abrindo e fechando suas patas.

Nesses momentos, eu mergulhava no húmus da terra que formava a ilha e me confundia com ela. Só quando minha pele começava a endurecer e a coçar é que eu me lançava na água e enxaguava a lama do corpo. Com a pele rosada e reenergizada, flutuava ao sabor da maré. Certa vez, a correnteza me levou para o outro lado da enseada, através do canal, de volta ao riacho Caw Caw, e tive de enfrentar a força da maré vazante para conseguir nadar de volta à ilha.

Mais do que a dança e o banho de lama, eu amava mergulhar naquelas águas. Águas vivas. Cheias de restos em decomposição, mas, ao mesmo tempo, com plâncton, ovos e estágios incipientes de vida. As águas baixavam, carregando tudo, depois se transformavam num estuário amniótico transbordante. Eu precisava disso como do ar que respirava.

Nunca revelei nada dessas coisas a Whit, embora ele pudesse deduzir que eu tinha nadado e talvez adivinhasse o resto. Toda tarde, ele me encontrava esperando por ele com o cabelo ensopado e lama impregnada em meus cotovelos.

Recordando agora o meu transe dionisíaco, compreendo-o um pouco melhor — eu me abrira à sensação mais transcendental da minha vida. Até certo ponto, esses dias foram governados pelo instinto e pela carne. Quando sentia fome, comia o que tivesse trazido de casa, em geral deglutindo maçãs, e, quando sentia sono, simplesmente me deitava num cobertor antigo de mamãe e cochilava. Mas, no fundo, creio que Hepzibah tinha razão. Eu estava *viajando*.

Apossei-me da armadilha de caranguejo de Whit, cobri-a com uma rede de pesca e aos poucos fui juntando uma porção de objetos para fazer companhia ao crânio de tartaruga. Penas de garça, botões de flores, ostras e conchas bivalves, uma pata de caranguejo que encontrara à beira d'água. Por capricho, acrescentei as famosas Lágrimas de Sereia ao conjunto — as pedrinhas que pegara na loja de Kat em minha primeira visita. Havia meia dúzia de cascas de maçã sobre a armadilha também, minhas frustradas tentativas de fazer bonecas rodopiantes, que acabavam se partindo em inúmeros fragmentos de casca vermelha. Certo dia, enquanto procurava um pente dentro da minha bolsa, peguei o cachimbo de papai e acrescentei-o também à coleção.

A cada dia ao deixar a ilha, guardava tudo numa sacola plástica, que colocava dentro da armadilha, e depois montava tudo de novo quando voltava. No início, pensei que estivesse seguindo o exemplo de Hepzibah, formando minha própria mesa de objetos pessoais. Depois me ocorreu que talvez estivesse tentando domesticar a ermida, decorá-la, transformá-la num lugar que fosse *nosso*. Será que eu estava brincando de casinha?

Percebi Whit olhando para aquilo numa das vezes, como tudo ficava arrumado sob a cruz de folha de palmeira que ele havia pregado na parede. "Isso é um altar?", ele perguntou, para a minha surpresa.

Em geral, eu montava minha palheta e o cavalete dentro da ermida e pintava incansavelmente várias imagens da mergulhadora. Pintava-a em diferentes ângulos, retratando-a em sucessivos estágios de mergulho. A água em volta mudava de cor a cada tela, atravessando uma sequência de azuis-violetas, verdes, amarelos, alaranjados e, enfim, vermelhos flamejantes. Por vezes, a mergulhadora — sempre nua — adquiria um realismo pré-rafaelita, cheio de detalhes, por outras, era apenas um vulto obscuro com um contorno dourado, primitivo e estilizado, mas sempre, pelo menos para mim, fulgurante ao lançar-se sobre as águas. Algumas pinturas traziam um rastro de uma parafernália estranha, que emergia à medida que ela mergulhava cada vez mais fundo. Espátulas, ímãs de geladeira, objetos de cozinha, alianças de casamento, crucifixos, lascas de madeira, cascas de maçã, um pequeno casal de gansos de plástico se beijando.

Claro que eu sabia que as pinturas eram uma série de autorretratos — como haveriam de não ser? —, embora eu não tivesse controle sobre elas. Vinham como erupções, como jatos gêiseres. Eu desconhecia quando os mergulhos cessariam, que novo espectro do arco-íris as águas tomariam em seguida, quando tocaria o fundo, ou o que aconteceria quando a mulher o atingisse.

Todos os dias, por volta do meio-dia, eu me punha a esperar por Whit. Quando ele chegava à ilha, eu estava ardendo de desejo. Nós nos enroscávamos na ermida e fazíamos amor, fisicamente cada vez mais próximos, balbuciando inúmeras palavras românticas. Eu me sentia bêbada de paixão e felicidade quando o encontrava, sentindo-me à vontade, mas, ao mesmo tempo, como se tivesse me exilado, refugiando-me num lugar idílico.

Depois de nos amarmos, conversávamos até a hora de ele ter de ir embora. Certa vez, deitada em seus braços, contei-lhe sobre o quadro *Os amantes sob o céu vermelho*, de Chagall, como o casal — que alguns julgavam ser o próprio pintor e sua mulher, Bella — se encaixava de forma tão perfeita, voando acima de tudo.

"Mas eles não podem ficar lá para sempre", comentou Whit. Ao ouvir isso, senti-me um pouco frustrada e insegura.

De vez em quando, conversávamos sobre o futuro. Ambos supúnhamos que ficaríamos juntos, mas não estávamos prontos para assumir nosso compromisso naquele momento. Parecia precipitado. Algo nele, um lado secreto e silencioso que eu amava e temia ao mesmo tempo, estava se despedindo de forma dolorosa do mosteiro, da vida que levava ali. E, em alguma parte de mim, imagino que eu também estivesse me despedindo de vinte anos de casamento, embora, na verdade, eu tentasse não pensar sobre isso.

Mas, nas horas que eu passava na ilha, pensava sem cessar em meu pai. Ele parecia um fantasma pairando sobre o telhado da ermida e por toda a parte, o tempo todo. Sempre me lembrava do dia em que os monges vieram até a porta de casa, trazendo os restos queimados de seu barco, o modo estoico como mamãe acendeu a lareira e lançou as tábuas de madeira sobre as chamas. Ao vê-las queimando, senti pela primeira vez o profundo vazio que sua morte provocara em minha vida.

Durante a semana da Páscoa, encontrei Whit apenas uma vez. Seu trabalho no viveiro foi suspenso enquanto ajudava irmão Bede nos preparativos sagrados para a Semana Santa entre o Domingo de Ramos e o Sábado de Aleluia. Tinham de arranjar os lírios, os santos óleos, as velas pascais, a bacia e a jarra para o lava-pés, os paramentos pretos e as vestes brancas. Ele não conseguiu vir senão na Quinta-Feira Santa — ou, como mamãe dissera naquela manhã em seu latim litúrgico: *Feria Quinta in Coena Domini*", ou a Quinta-Feira da Ceia do Senhor.

Usando a camisa azul que ele tanto amava, encontrei-o na margem do riacho e esperei enquanto ele atracava a balsa. Estendi uma toalha floral vermelha e branca sobre o chão e coloquei sobre ela o que havia trazido para um piquenique: a torta de tomate de mamãe, morangos, pralinês da rua do Mercado, uma garrafa de vinho tinto. No centro da toalha, ramalhetes de azaleias brancas selvagens que eu colhera no jardim em frente à casa de Kat.

Quando Whit viu o que eu havia trazido, inclinou-se para a frente e beijou-me na testa. "Que boa surpresa! O que estamos comemorando?"

"Bem, deixe-me ver...", respondi, fingindo pensar num motivo. "Hoje é Quinta-Feira Santa. Fora isso, estamos comemorando nosso aniversário de seis semanas e um dia juntos."

"Nós temos um aniversário?"

"Claro que temos. Tudo começou no dia 17 de fevereiro, quando nos conhecemos. Era Quarta-Feira de Cinzas, lembra? Não costumava ser o dia do ano mais feliz para mim, então, decidi transformá-lo numa comemoração."

"Entendi."

Sentamo-nos sobre a toalha e ele pegou a garrafa de vinho. Eu esquecera de trazer os copos, então bebemos direto no gargalo, e ri quando o vinho escorreu pelo meu queixo. Cortei a torta de tomate em fatias e coloquei dois pedaços grandes nos pratos de papelão, enquanto falava sem parar: "No primeiro ano, comemoraremos nosso aniversário todos os meses no dia 17, depois, passaremos a comemorá-lo uma vez por ano. Toda Quarta-Feira de Cinzas".

Quando olhei para Whit novamente, ele não estava mais sorrindo. Baixei meu prato. Tive a terrível sensação de que iria me dizer que não iríamos comemorar nosso aniversário a cada ano, que ele decidira permanecer no mosteiro. E se a época da Páscoa lhe tivesse subido à cabeça? Deus ressuscitado. Eu gelei.

Ele me abraçou, apertando-me, compungido. "Poderíamos morar perto de Asheville", Whit disse, "no fim de uma estrada de terra, no meio de lugar nenhum. E fazer trilha nos fins de semana. Ou ir a uma livraria Malaprop's e sentar no café." Naquele momento, percebi que ele apenas se emocionara ao pensar em ter uma vida doméstica cheia de pequenos detalhes, uma sequência de dias e datas de aniversário. Como se tudo, de alguma forma, tivesse se tornado real para ele.

"Eu adoraria", respondi. Mas, na verdade, eu me senti incomodada. Hugh e eu fizemos trilhas a vida toda, passando fins de semana nas montanhas ao norte de Atlanta, num lugarejo chamado Mineral Bluff.

Mais tarde, depois que comemos, os botões de azaleia se encheram de abelhas e Whit contou uma história sobre um jacaré de um metro e meio de comprimento que entrou na igreja no segundo ano em que ele estava no mosteiro e como, ao vê-lo, o abade acabou indo parar em cima do altar.

Apoiei-me nos cotovelos e coloquei meus pés descalços sobre o colo dele. Comi o último morango, enquanto ele me fazia uma massagem. Ele mencionou um antigo costume em que as noivas tinham seus pés lavados antes da cerimônia de casamento. Não me lembro mais se era uma passagem bíblica ou um costume asiático, mas era o tipo de conhecimento obscuro e antediluviano que apenas Whit saberia.

Ele se aproximou da beira d'água, puxando-me com ele. Encheu a concha das mãos com água do riacho e molhou meus pés, acariciando a pele úmida. Tocou suavemente meus calcanhares, apertou os arcos dos meus pés com os polegares, massageando entre os dedos. Observei-o, muda. Eu não sabia que pacto estávamos celebrando, mas eu podia senti-lo em suas mãos e percebê-lo em seu rosto.

Cerrei os olhos e senti meu corpo mergulhar como o da mulher que eu retratava. De alguma forma, em meus quadros, eu descrevia um destino do qual eu não poderia me livrar.

29

Na noite do Piquenique das Garotas, mamãe empacou. Parou na varanda da frente, segurando um pacote dos biscoitos recheados. Ela estava com uma camisa de algodão azul-marinho com o colarinho todo amarfanhado e uma calça bege com cintura de elástico. Simplesmente informou a Kat, Hepzibah, Benne e a mim que não iria mais conosco. Ela lavara o cabelo mais cedo e o deixara secar ao natural, o que fez com que uma mecha branca e rebelde se levantasse no meio da testa e se espalhasse de forma irregular sobre sua cabeça.

"Ah, pelo amor de Deus", disse Kat. "Como pode ser tão cabeça-dura? Vou ter de ir buscar o lenço de hibiscos de novo?"

Mamãe colocou os punhos fechados sobre a cintura. "Não estou preocupada com minha mão, Kat Bowers."

"Bem, o que é, então? É por causa do seu cabelo?"

"O que tem de errado com meu cabelo?", respondeu mamãe, quase gritando.

"Briga de gato...", anunciou Benne.

Hepzibah interveio: "Qual o problema de vocês duas? *Meu Deus!*".

"Mamãe, veja bem, entendo sua relutância", eu disse, "mas já arrumamos toda a comida. Os carrinhos de golfe estão carregados e Hepzibah juntou os galhos para acendermos a fogueira na praia. Estamos todas prontas para ir."

"Então, pelo amor de Deus, vão sem mim."

"Nós não vamos sem você", disse Kat. "Iremos todas ou, então, não vai ninguém: esse é o trato."

Essa era a razão pela qual meu pai as chamava de Três Garceiras. O *trato* tácito, aquele minúsculo nó apertado que fizeram nas linhas e arremessaram no mar.

Continuamos tentando persuadi-la, adulando-a, ignorando suas desculpas, até que, finalmente, ela subiu em um dos carrinhos.

Agora percebo que deveríamos ter dado ouvidos a ela, deveríamos ter tido a perspicácia necessária para atendê-la. Nem mesmo Benne percebeu o terrível significado que ecoava silenciosamente naquela resistência.

Era dia 16 de abril, o primeiro sábado depois da Páscoa, às dezoito horas.

Decidimos não esperar até a véspera de Primeiro de Maio, quando tradicionalmente costumávamos fazer o Piquenique das Garotas. Achávamos que mamãe precisava dele *agora*.

O dia estava quente e a luz da tarde reluzia à nossa volta. Dirigi atrás de Kat, seguindo-a sobre as dunas e sob as árvores à beira d'água até a praia dos Ossos. O vento soprava sobre as ondas, abrindo as cristas, espargindo jatos repentinos. Max, que nos acompanhou sentado no meu banco traseiro, saltou do carro antes de pararmos, lançando-se na água.

Hepzibah empilhara os galhos para a fogueira bem no alto da praia por temer a maré-cheia. "Preste atenção onde estaciona o carro", Hepzibah aconselhou Kat assim que paramos. O comentário se referia ao dia em que Kat deixou seu carrinho de golfe estacionado na areia e o mar o levou. Ao voltar, horas mais tarde, encontrou o carro boiando em direção a alto-mar.

Estendemos um cobertor em cima da areia e mamãe se sentou, encolhendo-se no canto mais distante da água, com um velho suéter de alpaca sobre os ombros. Virou de costas para o mar e ficou olhando para as dunas. Havia algo de estranho em seu comportamento, como se tivesse entrado em um elevador e olhasse para o fundo em vez da porta de entrada. Eu podia senti-la recuar, sendo tragada pela escuridão de antes.

Duas semanas atrás, quando a levei para Mount Pleasant para sua consulta médica de acompanhamento, ela se sentou na balsa e ficou olhando fixamente para o chão, como se não quisesse se lembrar do que acontecera no mar trinta e três anos antes. Seu comportamento agora me lembrou aquele momento ao atravessar o canal. Será que ela tinha aversão às águas em torno da ilha desde que papai morrera e de algum modo eu não notara? Ocorreu-me que seria a mesma aversão inexplicável que ela sentia pela cadeira da sereia. Esse comportamento também começara depois da morte dele. Eu a vira deixar a sala por causa de uma mera menção à cadeira.

Continuei prestando atenção nela enquanto desembalava a comida. Fizemos de tudo para produzir os mesmos pratos que costumávamos trazer: bolinhos de caranguejo, queijo apimentado, pudim de pão, vinho — chianti para Kat, chardonnay para as demais. Olhando para aquilo, lembrei-me de Whit e do piquenique que preparara para nós fazia pouco mais de uma semana, do outro lado da ilha. Recordei o modo como ele banhara meus pés, a cerimônia silenciosa em que tudo aquilo se transformara, cheia de sutis conotações nupciais.

Max iniciara seu esporte favorito: caçar siris de areia, trazendo-os até nós com patas e garras saindo de sua boca. Observei-o trazer um para mamãe, depositando-o com orgulho a seus pés, e o modo instintivo e distraído com que ela colocou a mão sobre sua cabeça. Ela não disse nem sequer uma palavra. Kat lhe passou um rolo de filme plástico, pedindo que encontrasse a ponta para puxá-la, e mamãe simplesmente o deixou sobre a areia sem nem tentar. Se a ideia era alegrá-la, não estava funcionando. Algo parecia muito errado.

Kat, no entanto, não desistiu. Suas tentativas de reaproximá-la de nós, de materializar a ilusão que tínhamos de poder revertê-la milagrosamente ao seu antigo comportamento no Piquenique das Garotas tornaram-se cada vez mais forçadas. "Nelle, quem você imagina que deveria ser nossa primeira presidente americana: Geraldine Ferraro ou Patricia Schroeder?", Kat perguntou.

Mamãe nem se mexeu.

"Vamos lá, você *precisa* responder. Jessie e Hepzibah votam em Patricia; eu voto em Geraldine."

"Nancy Reagan", resmungou minha mãe. Aproximamo-nos mais dela, pensando que ela fosse se juntar a nós, trazendo-nos Nelle Dubois de volta.

"Bem, se Nancy se candidatar, eu, certamente... *votarei contra!*", disse Kat. Esse era o tipo de gancho que, em geral, fazia com que mamãe entrasse na conversa, mas ela não respondeu, apenas encorujou-se ainda mais.

Ela comeu muito pouco — meio bolinho de caranguejo e uma colherada de pudim de pão. Todas nós enchemos os pratos, confiantes de que ela mudaria de ideia.

Assim que começou a escurecer, Hepzibah acendeu a fogueira. Os galhos secos se inflamaram rapidamente. Em poucos minutos, o fogo estava alto, enchendo o ar de centelhas que se espalhavam na escuridão. Sentamo-nos, iluminadas pela fogueira, o cheiro de queimado entrando pelas narinas, mas ninguém lembrou que uma fogueira junto ao mar poderia afetar uma mulher para quem fogo e água significavam apenas tragédia e morte, uma mulher que não conseguia sequer olhar para o mar e que pregara tábuas fechando sua própria lareira. Nós estávamos cegas de saudade da mulher que ela tinha sido antes de tudo acontecer. Meus olhos se enchem de lágrimas agora ao pensar em como aquela noite deve ter sido difícil para mamãe. Como ela se esforçou em vir só para nos agradar e continuou ali sentada enquanto sua angústia crescia.

Por toda a noite, ela permaneceu na ponta do cobertor, onde a luz não a atingia. Hepzibah tocou seu tambor gullah. O som lento das batidas soou como um lamento. Benne deitou sua cabeça no colo de Kat, e Max adormeceu com a luz da fogueira em suas costas. Os galhos estalavam. As ondas se elevaram, arremessando contra a areia. Ninguém conseguiu conversar e acabamos desistindo por completo.

Por volta das três da manhã, horas depois de nossa fogueira ter virado cinza e de termos embalado tudo depois de nossa frustrada tentativa, indo embora da praia, despertei ao chamarem meu nome. Eu me lembro de ter ouvido um murmúrio urgente e desesperado:

"*Jessie!*"

Sentei-me na cama. Confusa, saindo de um sono profundo, meus olhos grudados de sono. Pude ver um vulto, *uma pessoa* envolta em sombras no vão da porta. Meu coração disparou numa adrenalina selvagem. Eu me atrapalhei quando tentei acender a luz ao lado da cama e acabei entornando um copo d'água sobre a mesa e, depois, sobre o chão.

"Me perdoe. Mas eu *precisei* fazer isso", disse a voz.

"*Mamãe?*"

A luz da lâmpada atravessou o quarto, cegando-me por um instante. Apertei os olhos, cobrindo-os com a mão, tentando reduzir a claridade à minha volta. Seu rosto estava lívido. Sua mão erguida acenava como se estivesse pedindo para falar. Havia sangue por toda parte banhando a frente de sua camisola branca de náilon, escorrendo pelo seu antebraço e encharcando o chão.

"Eu precisava", ela repetiu inúmeras vezes, um sussurro histérico que sugava as minhas forças.

Por alguns segundos, não consegui me mover, falar ou piscar. Olhei hipnotizada para o sangue vivo escorrendo de sua mão, pulsando ritmicamente em pequenos jorros. Fiquei pasma — entorpecida, paralisada, num estado de pré-pânico, suspensa antes de me abater sob o peso do que eu estava vendo.

Mas, mesmo naquele momento, não saltei da cama num ímpeto. Levantei-me lentamente e me movi como se deslizasse até ela, pé ante pé, tomada de horror.

Dei falta do dedo mindinho em sua mão direita.

Apertei um cinto em torno de seu antebraço, fazendo um torniquete. Ela se deitou no chão, enquanto eu comprimia uma toalha no espaço vazio deixado pelo mindinho, assustada, de repente, com a iminência de sua morte. Mamãe poderia sangrar até morrer deitada no chão do meu quarto, perto da janela onde eu costumava pendurar minhas bonecas rodopiantes.

Não havia pronto-socorro na ilha, nem médico. Quando a toalha ensopou-se de sangue, peguei outra. Mamãe ficou imóvel. Seu rosto ficou pálido.

Quando a hemorragia começou a parar, liguei para Kat usando apenas a mão direita, enquanto a esquerda segurava a ferida de mamãe.

Kat chegou com Shem, que, apesar da idade, ergueu mamãe em seus longos braços e carregou-a até o carrinho de golfe. Segui-os, andando ao lado deles, mantendo a pressão constante sobre sua mão. No cais, ele a carregou novamente através da ponte flutuante. Ele respirava com dificuldade, mas continuava falando com ela o tempo todo: "Continue acordada, Nelle, continue acordada".

Na balsa, ele a deitou sobre o banco de passageiros e disse-nos para manter os pés dela para cima. Kat segurou-os no alto o tempo todo. Mamãe, semiconsciente, fixou os olhos no teto por algum tempo antes de finalmente fechá-los.

Kat e eu não dissemos nem uma palavra. Enquanto atravessávamos as águas negras, o vento soprava a névoa, e o sangue na camisola de mamãe secava, formando uma crosta marrom escura.

Uma lua crescente pálida pairava sobre nós. A luz suave envolvia a cabeça de mamãe, e me perguntava se ela teria usado um cutelo de carne. Será que alguma lâmina escondida na cozinha havia escapado à minha inspeção? Depois que Kat chegou, procurei o mindinho de mamãe, acreditando que o médico pudesse reimplantá-lo. Esperava encontrá-lo na tábua de cortar como um resto de verdura, mas não o vi em parte alguma. Apenas poças de sangue por todo lado.

A travessia pela baía devolveu-me à realidade. De volta à consciência de que não há proteção, ilusão ou abrigo de tempestade. A compulsão de automutilação implacável de mamãe continuara presente, consumindo-a como um câncer e eu... Eu estava absorta com outras coisas.

Até aquela noite eu realmente pensara que havíamos progredido — dando três passos à frente e dois para trás —, de modo lento e frustrante, mas, ainda assim, algum *progresso*. A mente molda a realidade de acordo com nossa necessidade. Vi o que eu quis ver. Reinventei o que era mais questionável, mais desagradável em minha vida em algo palatável que eu pudesse suportar. Encarei a loucura de mamãe como algo "normal".

Como descrever o que senti ao me deparar com as entranhas de sua insanidade? Com minha própria passividade, negação e culpa?

Olhei pela janela da balsa. Atrás, ficara a ilha engolfada pela escuridão. O mar parecia imenso, reluzindo sob o luar. Vi um facho de luz vindo da proa da embarcação, girando sobre as ondas, e me lembrei, de repente, da deusa do mar, a sereia Sedna, sobre quem mamãe havia lido no livro da biblioteca de Dominic. Ela teve os dez dedos cortados. *Dez*.

Subitamente, todo o horror passou a fazer sentido.

Minha mãe não iria parar até que tivesse cortado cada um dos dedos de suas mãos.

Ela imitara Eudoria, a prostituta que se tornou santa ao cortar um dos dedos e plantá-lo. Depois, sem encontrar alívio para sua dor, mamãe passou a imitar Sedna, cujos dedos se transformaram em criaturas marinhas — golfinhos e focas ondulando sobre as ondas, baleias cantantes — formando toda a harmonia do mundo oceânico de sua dor e sacrifício. Dez dedos para criar um novo mundo. Dez. No dia em que Whit me mostrou o livro sobre Sedna, eu li sobre o número, as mesmas palavras que mamãe deve ter lido: "Dez era considerado o mais sagrado dos números. Os pitagóricos consideravam-no o número da regeneração e da realização. O dez deu origem a tudo".

Como eu não percebi isso? Que mamãe havia tomado uma simples história, um mito, um número, coisas que deveriam ser apenas simbólicas, e distorcido em algo literalmente perigoso? Como eu pude subestimar seu desespero em querer que o mundo voltasse a ser do modo como era antes da morte de meu pai? Aquele mundo perfeito em que vivíamos junto ao mar.

30

Quando Hugh cruzou o estacionamento na frente do Hospital East Cooper, eu o observava da janela da sala de espera no terceiro andar, onde Kat e eu havíamos nos instalado desde o romper do dia. Mesmo de longe, percebi que ele estava com o rosto bronzeado e suspeitei que tivesse revolvido a terra no jardim de casa, preparando-a para uma nova semeadura. Quando enfrentava uma situação de perda, pegava o velho arado que pertencera a seu pai e revolvia a terra até cair exausto. Muitas vezes nem chegava a plantar nada; parecia apenas querer mexer no terreno. Depois da morte de seu pai, vi-o arando com tanta tristeza e compunção, obrigando-se a trabalhar estoicamente nas primeiras noites de verão de uma forma que eu mal conseguia olhar para ele. Transformou grande parte dos dois acres de terra em torno da casa numa sucessão de valas. Certa vez, eu o vi apanhar um punhado de terra fresca e fechar os olhos para sentir seu odor.

Eu telefonara para ele às seis horas da manhã. Já havia amanhecido a essa hora, mas a escuridão e o silêncio que se instalaram no hospital durante a noite ainda não haviam se dissipado. Enquanto eu discava o número, senti-me assombrada com a forma ardilosa e velada com que mamãe se sabotara. Para dizer a verdade, eu me sentia vencida. Sabia que Hugh compreenderia meu abalo, conhecendo os detalhes exatos de cada sentimento que me invadia. Eu não precisaria explicar nada. Quando ouvi a voz dele, desatei a chorar — as lágrimas que não derramei na viagem de balsa.

"Vou ter de interná-la", eu disse, tentando me recompor. O cirurgião de plantão que atendeu mamãe deixara isto bastante claro: "Sugiro que *desta vez* você marque uma consulta para ela com um psiquiatra e preencha o pedido de internação", ele disse, num tom brando, mas dando ênfase quando disse "desta vez".

"Você quer que eu vá até aí?", Hugh perguntou.

"Não consigo fazer isto sozinha", respondi. "Kat está aqui, mas... Sim, por favor, você poderia vir?"

Ele chegou em tempo recorde. Olhei para o relógio na parede. Passava um pouco das treze horas.

Ele estava com a camisa polo cor de telha de que eu tanto gostava, calças cáqui e mocassins. Ele parecia bem, com o mesmo ar elegante e polido, e seu cabelo estava mais curto do que de costume. Eu, por outro lado, parecia uma dessas pessoas que aparecem nas reportagens de televisão depois de algum desastre natural.

Eu precisava lavar os cabelos e escovar os dentes, e meus olhos tinham olheiras inchadas por falta de sono. Eu vestindo minha calça de moletom cinza e a camiseta branca que vestira para dormir. Tive de lavar as manchas do sangue de mamãe no banheiro de visitas. E o mais constrangedor: eu estava sem sapatos. Como pude sair de casa sem sapatos? Já dentro da balsa, fiquei espantada quando constatei que estava descalça. Uma das enfermeiras me deu um par de sapatilhas de pano descartáveis ainda dentro da embalagem plástica lacrada.

A pior parte da noite foi esperar para saber se mamãe ficaria bem — *fisicamente*, quero dizer. Àquela altura, creio que Kat e eu já não tínhamos mais esperança de que ela se recuperasse mentalmente. Deixaram-nos entrar para vê-la enquanto ela ainda estava na sala de recuperação. Nós nos apoiamos na grade da cama e olhamos para seu rosto branco como neve. Um tubo de oxigênio verde-claro fora colocado em suas narinas, e o sangue, espesso, pingava por um tubo ligado ao seu braço, que descia de uma bolsa plástica sobre sua cabeça. Toquei sua mão boa sob os lençóis e a apertei. "Sou eu, mamãe. É a Jessie."

Depois de tentar algumas vezes, ela abriu os olhos e procurou focá-los em mim, entreabrindo os lábios várias vezes sem emitir qualquer som, içando as palavras de um poço profundo e contaminado que eu imaginava existir dentro dela.

"Não jogue fora...", ela murmurou, num tom quase inaudível.

Eu me aproximei. "O que você disse? Não jogar fora *o quê*?"

Uma enfermeira que fazia anotações na prancheta na cama ao lado olhou para nós e disse: "Ela vem falando isso desde que começou a acordar".

Aproximei-me mais, até sentir o cheiro enjoativo da anestesia saindo de sua boca. "Não jogar fora *o quê*?", eu repeti.

"Meu dedo...", ela respondeu. A enfermeira parou de escrever e olhou para mim, boquiaberta.

"*Onde* está o seu dedo?", perguntei. "Eu já procurei por ele."

"Numa tigela, na geladeira", ela respondeu, com os olhos novamente cerrados.

Liguei para Mike às dez horas da manhã — sete da manhã na Califórnia. Enquanto estava na linha, senti-me novamente como sua irmã caçula, precisando dele, precisando que ele viesse e desse um jeito em tudo. Certa vez, quando éramos crianças, deixamos nosso bote subir em uma das margens onde havia um charco e, ao tentar soltá-lo, eu caí e fiquei presa com lama até a cintura. Em alguns lugares, a lama chega a sugar como areia movediça, e eu comecei a gritar histericamente, enquanto ele me puxava para fora. Era o que eu queria agora. Que Mike viesse me puxar para fora disso tudo.

Quando ele atendeu, contei-lhe o que havia acontecido e que eu precisaria internar mamãe. Ele respondeu dizendo que eu deveria mantê-lo informado, e não "Eu vou pegar o primeiro avião", como Hugh tinha dito. Apenas esse impotente gesto de preocupação.

Por um momento, senti que iria desmaiar. "Oh...", eu exclamei.

"Desculpe-me por não poder estar aí para ajudar, Jess. Irei quando eu puder, mas é que este não é um bom momento."

"E quando é um bom momento? Nunca?"

"Eu não quis dizer nunca", ele respondeu. "Adoraria ser como você, capaz de enfrentar melhor... *as coisas*. Você sempre lidou com isso melhor do que eu."

Nunca conversamos sobre a gaveta no quarto de mamãe que revirávamos quando éramos crianças, sobre o recorte que líamos e relíamos com a notícia da morte de nosso pai, sobre o estranho e triste declínio da vida de mamãe ou sobre as obsessões religiosas cada vez maiores que acompanhávamos e que tanto nos confundiam. Nós dois sabíamos que ele, assim como eu, havia fugido da ilha — mas ele fora mais longe, não apenas em distância. Ele literalmente lavava as mãos.

"Encontrei o cachimbo de papai", revelei, sentindo-me furiosa por ele não querer me ajudar nesse momento.

Ele continuou em silêncio. A novidade deve ter pairado acima de sua cabeça como uma guilhotina esperando para cair, da mesma forma como havia caído sobre a minha: um corte repentino ao reconhecer que uma parte crucial de nosso passado fora uma mentira.

"Mas...", ele respondeu, pasmo. Depois de alguns segundos, continuou: "Mas foi isso que causou o incêndio".

"Aparentemente não." Senti-me subitamente cansada, uma sensação que tomava todas as reentrâncias de meu corpo: entre meus dedos, por trás das orelhas, sobre o canto dos lábios.

"Meu Deus, isso não tem fim?"

Ele pareceu tão frágil ao dizer isso que minha raiva começou a se dissolver. Eu soube, naquele momento, que ele nunca voltaria para encarar a realidade. Ele simplesmente não conseguiria.

"Lembra-se de d. Dominic?", perguntei. "O monge que sempre usava um chapéu de palha?"

"Como eu poderia esquecer?"

"Você acredita que tenha existido algo entre ele e mamãe?"

Ele riu. "Você não pode estar falando sério! Você quer dizer um *caso*? Você acredita que seja este o motivo para ela ter decepado os dedos? Para pagar seus pegados por isso?"

"Eu não sei, mas tem alguma história entre eles."

"Jess, *nem vem*!"

"Não ria, Mike. Isso é sério!", respondi, elevando o tom de voz. "Você não está aqui, você não está vendo o que eu estou vendo. Acredite em mim, há coisas muito mais estranhas na vida dela do que *isso*."

"Você está certa, me perdoe", ele disse, suspirando sobre o bocal do telefone. "Só os vi juntos uma vez. Eu tinha ido até o mosteiro para perguntar à mãe se ela me deixaria sair com Shem na traineira. Eu tinha uns quinze anos, acho, e encontrei ela e d. Dominic discutindo na cozinha."

"Sobre o quê, você se lembra?"

"Era sobre a cadeira da sereia. D. Dominic estava tentando convencê-la a se sentar na cadeira, mas ela ficou furiosa por alguma razão. Ele disse a ela umas duas vezes: 'Você precisa se reconciliar com ela'. Isso não fez sentido para mim. Mas, muito tempo depois, continuei pensando sobre isso. Sinceramente, não consigo conceber que os dois tivessem um caso, porque não pareciam nem um pouco amistosos nesse dia."

Depois que desligamos, senti-me mais confusa do que antes de falar com ele, mas ao menos agora ele sabia o mesmo que eu sobre mamãe. E, sobre ele, eu descobri que se tornara inacessível para mim, ao menos uma parte dele. Consolava-me, no entanto, saber que tínhamos a mesma ligação de quando éramos crianças: não como parceiros conquistando a ilha, que fora nossa aventura despreocupada antes de papai morrer, mas como parceiros de sobrevivência. Sobrevivência à mamãe.

Fora, no estacionamento, Hugh se aproximou da entrada do hospital. Vi-o parar na calçada e olhar para baixo como se examinasse as ranhuras do calçamento. Sem dúvida, era um sinal de que ele estava se preparando para me encontrar. Sua vulnerabilidade tornou-se tão clara que dei um passo para trás da janela para não incomodá-lo.

Olhei para Kat sentada do outro lado da sala, absorta. O comportamento de mamãe a afetara de uma forma estranha: nunca a vira tão quieta. Um pouco antes, junto ao leito na sala de recuperação, vi Kat fechar os olhos e apertar seus punhos, como se estivesse fazendo uma promessa para si mesma. Pelo menos foi assim que interpretei seu gesto.

"Ele está aqui", eu disse a ela, tentando parecer espontânea. Senti meu estômago embrulhar.

Esta seria a primeira vez que eu iria encontrá-lo desde que me envolvera com Whit. Eu tinha um sentimento irracional de que meus atos pareceriam translúcidos para ele, marcando meu rosto, apontando meu erro. Ao cruzar a baía à noite, arrancada de meu falso abrigo de tempestade, e ao me dar conta de quanto havia distorcido os fatos para vê-los como eu queria, mantive o choque reservado à mamãe. Mas agora, ao ver Hugh, senti meu engano desvendado, como num mapa apontado por uma seta: VOCÊ ESTÁ AQUI. Aqui. Um lugar onde os anseios do coração conseguem obliterar tudo: a consciência, o poder da mente, a delicada trama de nossa vida.

Sabia que a pontada que eu sentia no estômago era o reflexo de minha culpa. Hugh apostara sua vida em mim e perdera. Mas havia também um sentimento de desafio. O que eu sentira, o que eu fizera — não fora apenas um surto erótico irrefreável prolongado, um ataque de luxúria, ou um excesso de libido, ou uma hiperatividade dos meus órgãos sexuais. Não seria justo dizer isso. O coração também é um órgão, não é? Antes tinha sido sempre tão fácil negar meu coração. Uma pequena fábrica de sentimentos que poderia fechar quando fosse necessário. Que injustiça! Os sentimentos que o atravessavam agora tinham força e poder e, talvez, por vezes, o consentimento da alma. Eu sentira claramente que minha alma abençoava o que estava acontecendo comigo.

"Você tem um pente?", perguntei a Kat. "E um batom?" Eu sequer havia lembrado de trazer minha bolsa.

Ela me deu uma pequena escova e um batom e levantou as sobrancelhas.

"Estou horrorosa", eu disse. "Não quero que ele pense que estou com essa cara por estar sentindo a falta dele."

"Boa sorte com *isso*", ela respondeu, sorrindo.

Quando Hugh entrou na sala de espera, ele me viu e em seguida desviou o olhar. Lembrei-me subitamente de Whit e senti meu estômago embrulhar. Tive uma repentina falta de ar e vontade de voltar à ilha no meio do pantanal, a um milhão de quilômetros do resto do mundo, e mergulhar em suas águas escuras e frias.

Nós três, até mesmo Kat, nos esforçamos para sermos cordiais e nos cumprimentarmos de forma civilizada. Parte de mim *não queria* saber como ele estava, com medo de que meus joelhos fraquejassem, mas outra parte acreditava que ele teria razão em descrever toda a dor e todo o trauma que eu causara — era o mínimo que eu merecia.

Por uns três ou quatro minutos, Hugh e eu parecíamos estar calibrando nosso termostato emocional. Aumentando-o e diminuindo-o, comportando-nos muito educadamente e, depois, com muita reserva. Só quando o assunto chegou à mamãe é que começamos a nos sentir mais à vontade na sala, o que já era bom, considerando a infelicidade da situação.

Nós nos sentamos nas cadeiras de madeira estofadas que ficavam sob a janela, em torno de uma mesa de centro coberta com revistas antigas, algumas de 1982.

Hugh estava usando uma pulseira fininha que parecia uma linha trançada em seu pulso direito — o que me surpreendeu, pois Hugh detestava usar qualquer tipo de acessório a não ser sua aliança de casamento. Esta, eu pude constatar, continuava em sua mão esquerda.

Ele me viu olhando para a pulseira.

"Foi Dee quem me deu", ele disse. "Foi ela quem fez. Acho que a chamou de 'pulseira da amizade'."

Ele ergueu o braço para mostrá-la, com um ar um pouco divertido e constrangido ao mesmo tempo, ainda sem acreditar que estava usando uma pulseira daquelas como símbolo de amizade dado por sua filha. "Ela me disse para não tirá-la. Disse-me que coisas terríveis aconteceriam se eu..."

O absurdo de estar preocupado com "coisas terríveis", principalmente levando-se em conta que elas já haviam acontecido, fez com que ele interrompesse a frase no meio e abaixasse o braço.

O que ele não sabia era que Dee tinha feito uma dessas pulseiras para sua colega de escola, Heather Morgan, como forma de consolá-la depois de ela ter levado um fora do namorado. Fora um sincero gesto de solidariedade de sua parte. Dee jamais faria uma dessas pulseiras para Hugh se não soubesse o que estava acontecendo entre nós. Será que ele havia contado a ela?

"Que bom que ela fez a pulseira para você", respondi. "Quando ela lhe deu isso?"

Ele se sentiu incomodado. "No dia 10 de abril."

O dia do aniversário dele. Eu havia esquecido. Mas mesmo que tivesse lembrado, duvido que teria ligado. Tentei pensar rápido. "Feliz aniversário", exclamei.

"Senti falta de nossas Loucuras este ano", ele retrucou. "Quem sabe no ano que vem." Ele me encarou, esperando algum tipo de confirmação depois de ter mencionado o "ano que vem".

"Loucuras?", Kat perguntou. "Ora, isso parece interessante."

"Precisamos conversar sobre mamãe...", eu emendei, mostrando-me visivelmente desconfortável, usando uma estratégia evasiva tão óbvia que fez com que ele sorrisse de soslaio.

Olhei para os papéis de internação em branco sobre a cadeira ao meu lado como se estivessem vivos, acabrunhados, ameaçadores, pedindo atenção.

Hugh estendeu o braço e pegou os papéis. Seus polegares tinham pequenos esparadrapos do lado de dentro. Bolhas de segurar o arado. Prova de que ele havia tentado cavar através de tudo isto. Observei-o enquanto ele examinava os papéis que tinha nas mãos. Por um momento, parecia que todo o meu casamento estava escrito naquelas mãos. Nos tufos de pelo de seus pulsos, nas linhas da palma de suas mãos, em seus dedos impregnados com memórias da minha pele. O mistério que mantinha duas pessoas juntas estava exatamente ali.

"Está bem", ele disse, pondo os papéis sobre o colo. "Vamos falar um pouco sobre ela."

Eu passei a fazer o relato desde o começo: "Na noite em que cheguei à ilha, encontrei mamãe enterrando seu dedo junto à estátua de santa Senara, como eu já havia te contado".

Hugh concordou, balançando a cabeça.

"Perguntei a ela por que o havia cortado, e mamãe começou a me contar, sabe como é, do mesmo modo quando começamos a contar algo até nos lembrarmos que é segredo. Ela mencionou o nome de papai e de d. Dominic, porém, ao se dar conta do que dissera, interrompeu-se e não falou mais. Obviamente, Dominic está envolvido nisso de alguma forma." Encarei Kat. "Claro que Kat discorda de mim."

Ela não se defendeu. De certo modo, eu disse isso para ver se ela iria se defender. Ela simplesmente me encarou de volta, cruzando e descruzando as pernas de nervoso.

"Você questionou d. Dominic sobre esse fato?", Hugh perguntou.

"Sim, e ele sugeriu que talvez fosse melhor deixar certas coisas em segredo."

Hugh inclinou-se para a frente com as mãos unidas entre os joelhos. "Está bem, então esqueçamos Dominic por enquanto. Por que *você* acha que ela está decepando os dedos? Você esteve com ela por mais de dois meses. O que seu instinto lhe diz?"

Meu instinto? Fiquei muda por alguns instantes. Hugh estava *me* perguntando sobre meu instinto num assunto em que ele era o especialista. Antes, ele me apresentaria rispidamente sua avaliação clínica — bem literal, como se fosse tirada de um livro de matéria médica — e dispensaria minha opinião.

"Acho que tudo está ligado a algo que ela acredita ter feito no passado", respondi, medindo as palavras, querendo muito acertar meu diagnóstico. "Alguma coisa relacionada ao meu pai, tão terrível que acabou por levá-la literalmente à loucura. Acredito que esse seu impulso alucinado em cortar os dedos seja uma forma de penitência. Ela está tentando expiar, resgatar alguma coisa."

Lembro que Kat desviou os olhos e balançou ligeiramente a cabeça, como se não acreditasse.

Eu queria convencê-la tanto quanto a Hugh. Citei a passagem do Novo

Testamento que diz que se a mão direita o faz pecar, é melhor cortá-la fora do que ter seu corpo inteiro lançado no inferno.

"Você tem alguma ideia de qual pecado Nelle está tentando expurgar?", Hugh perguntou.

Kat colocou a mão sobre a testa e enrubesceu. Vi seus olhos se arregalarem, apavorados.

Eu pensei em dizer que me ocorrera mais de uma vez que mamãe e Dominic poderiam ter tido um caso, mas me contive. Eu não conseguiria dizer isso. Parecia demais com o que eu estava vivendo. E que provas eu tinha disso? Que Dominic perguntara à minha mãe se ela alguma vez os perdoaria? Que ele escrevera em seu livreto um parágrafo pouco recomendável à sua condição de monge, sugerindo que o amor erótico era tão espiritual quanto o amor divino? Que santa Eudoria, que mamãe poderia estar imitando, tinha sido uma prostituta?

Eu encolhi os ombros. "Não sei, mas penitência é apenas uma faceta desse assunto. Talvez ela acredite que poderá obter algum tipo de redenção fazendo isso."

"O que quer dizer com 'redenção'?", Kat perguntou.

Contei-lhes sobre os dois livros que mamãe havia pegado da biblioteca do mosteiro. As histórias de santa Eudoria, que cortou seu dedo e o plantou num campo, e de Sedna, cujos dez dedos decepados caíram no mar e se transformaram nas primeiras criaturas marinhas.

À medida que falava, continuei olhando para Hugh para saber se ele estava menosprezando o que eu dizia ou se acreditava que eu pudesse ter razão. Eu queria não me incomodar com o julgamento dele, mas eu me importava. Queria que ele dissesse: *Sim, sim, você descobriu a verdade. Você conseguiu desvendar o que está acontecendo com sua mãe.*

"Acredito que essa compulsão de se desmembrar realmente deve ter a ver com a necessidade de deixar algo crescer, ou de criar um novo mundo, ou de se recompor de uma nova forma", respondi.

Desmembramento e recomposição. A ideia somente me ocorreu naquele momento.

"Interessante", disse Hugh. E quando revirei os olhos, acreditando que ele estivesse sendo irônico a respeito do que eu havia dito, ele balançou a cabeça. "Não, quero dizer que é *realmente* interessante, até mais do que interessante."

Ele sorriu, triste e desapontado. "Eu costumava dizer 'interessante' como uma forma de desqualificar o que você dizia, não é?"

Kat se levantou, andou até o outro lado da sala, e começou a remexer em sua bolsa.

"Nós dois fizemos muita coisa", respondi.

"Perdão", ele disse.

Não sabia o que dizer. Ele queria que eu me abrisse e dissesse a ele: *Sim, ano que vem voltaremos com as Loucuras... Cometi um engano enorme. Quero voltar para casa.* Mas eu não conseguia.

Eu costumava pensar que nossa vida juntos fosse invulnerável. Um fato indiscutível que eu carregara por toda minha vida. Como o movimento do sol — nascendo e se pondo, como um autômato. Como as estrelas da Via Láctea. Quem duvida dessas coisas? Elas apenas são. Eu acreditava que seríamos enterrados juntos. Lado a lado, num belo cemitério em Atlanta. Ou que nossas cinzas ficariam guardadas em urnas idênticas na casa de Dee, até quando ela decidisse atirá-las ao vento. Certa vez, imaginei-a carregando as urnas até a ilha da Garça e lançando punhados de cinzas sobre a praia dos Ossos. Eu imaginava o vento misturando nossas cinzas numa tempestade de partículas irreconhecíveis — Hugh e eu voando até o céu, retornando à terra, juntos. E Dee se afastando com uma tênue poeira de nossas cinzas em seus cabelos. O que era tão misterioso e duradouro que me dera tanta certeza de que permaneceríamos juntos por tanto tempo? Onde tinha ido parar tudo isso?

Olhei novamente para as mãos dele. O silêncio era devastador.

Ele o rompeu:

"Se você estiver certa sobre Nelle, Jessie — e há grandes chances de que esteja —, então talvez a chave seja apenas recordar, relembrar o passado de uma forma que ela possa encará-lo. Isso, por vezes, tem um imenso poder curativo."

Ele pôs de volta os papéis de internação sobre a cadeira vazia ao meu lado. "Você vai assinar os papéis?"

Assim que rabisquei minha assinatura, Kat pôs as mãos sobre a cabeça e não olhou mais para mim.

Naquela noite, Hugh me acompanhou até a ilha da Garça e colocou sua mala no velho quarto de Mike, enquanto fui direto encher a banheira com água quente. Kat insistiu em ficar no hospital e disse que eu deveria voltar para casa. No dia seguinte, mamãe seria levada para a unidade psiquiátrica da Escola de Medicina da Universidade da Carolina do Sul, em Charleston, e Hugh concordara em me acompanhar quando eu fosse fazer o check-in da mamãe no hospital e falar com o psiquiatra. Senti uma imensa gratidão pelo que ele estava fazendo.

Escorreguei até o fundo da banheira e fiquei imóvel, tão imóvel que comecei a ouvir meu coração pulsando debaixo d'água. Prendi a respiração e lembrei dos filmes sobre a Segunda Guerra Mundial em que o submarino se escondia no fundo do mar em absoluto silêncio, a não ser pelo ruído do sonar, todos prendendo a respiração, esperando que os japoneses não ouvissem. Era assim que eu me sentia, como se meu coração fosse me denunciar.

Quem sabe no ano que vem, dissera Hugh. As palavras doíam em meu peito.

As Loucuras — as "Loucuras Psiquiátricas", como ironicamente as chamávamos — eram o presente de aniversário favorito de Hugh. De algum modo, imagino que fosse o ponto alto do ano para ele.

Certa vez, ouvi Dee tentar descrever as Loucuras para Heather: "Sabe, mamãe e eu montamos uma apresentação para meu pai. Bolamos uma música sobre o trabalho dele, sobre hipnotizar alguém e não conseguir acordar a pessoa novamente, ou sobre alguém que tenha complexo de Édipo, ou alguma coisa assim".

Heather torceu o nariz.

"Sua família é estranha."

"*Eu sei!*", respondeu Dee, como se aquilo fosse um elogio.

Ao emergir, com a água batendo debaixo do meu nariz, senti um mal-estar ao perceber que, mesmo estando na faculdade este ano, Dee provavelmente se lembrara das Loucuras, mas não me dissera nada quando conversamos ao telefone por razões que eu até temia pensar. Hugh havia lhe contado o que estava acontecendo conosco, tenho certeza. E, mesmo assim, ela não me falou nada.

Foi Dee quem começou as Loucuras, embora eu tenha servido de inspiração, podemos dizer assim. Tudo começou quando fui cortar meu cabelo num salão em Buckhead. Eu estava esperando na sala de espera do cabeleireiro, onde havia um pote de chocolates Godiva ao lado da porta, e, instintivamente, comecei a mexer na pulseira do meu relógio, um Timex com correia elástica, tirando-o e colocando-o de volta em meu pulso, sem prestar atenção, como quem mexe numa mecha de cabelo ou batuca o lápis em cima da mesa. Depois, ao sair do salão, fui pegar um chocolate e encontrei meu relógio dentro do pote.

"Isso não é esquisito?", comentei de passagem com Hugh e Dee durante o jantar naquela noite, mas Hugh não deixou barato.

"Isso é um ato falho freudiano", ele disse.

"O que é isso?", Dee perguntou. Ela tinha apenas treze anos na época.

"Acontece quando você diz ou faz alguma coisa sem perceber", Hugh explicou. "Algo que tenha um sentido oculto."

Ele se inclinou para a frente, e eu pude prever a insuportável e antiga piada sobre atos falhos: "Quando sua mãe pensa em mim, comete um *gato* falho...".

"Que engraçado!", Dee exclamou. "Mas o que significou mamãe ter deixado o relógio dentro do pote?"

Ele olhou para mim, e me senti um perfeito rato de laboratório. Apontando com o garfo, disse: "Ela queria se livrar das limitações do tempo. É o clássico 'medo da morte'".

"Ah, *pelo amor de Deus!*", exclamei.

"Quer saber o que eu acho?", Dee perguntou, e Hugh e eu nos viramos para ela, esperando que ela dissesse algo precoce. "Acho que mamãe apenas esqueceu o relógio dentro do pote de chocolates."

Dee e eu, como cúmplices, estouramos na gargalhada.

Começou a partir daí. "Medo da Morte" passou a ser conhecido como MDM, e caçoávamos dele sem perdão. Naquele ano, Dee escreveu uma paródia sobre o MDM e me convocou para cantar com ela no dia do aniversário de Hugh, usando a melodia de uma canção infantil para acompanhar a letra, e assim começaram as Loucuras Psiquiátricas. Ninguém se divertia mais do que Hugh.

Em março, ele já começava a nos perturbar para revelarmos o tema escolhido. No ano passado, Dee escreveu uma letra com uma melodia composta por ela e que se chamou "A inveja do pênis: O musical".

Caro Dr. Freud,
É com prazer quase infantiloide
Que declaramos ser meio debiloide
Essa sua teoria da inveja peniana sentimentaloide.
O senhor acha que somos subalternas
Ou que depositamos nossos sonhos entre as suas pernas?
Acha que o seu membro idolatrado
É o desejo por todas nós acalentado?
Um pênis? Fala sério!
Nós mulheres não somos assim tão sem critério!
Você sabe que eu não minto:
A vida é muito mais do que o seu pinto.
A pergunta que não quer calar:
Dr. Freud, o senhor alguma vez já quis engravidar?
Será que, no fundo, bem no fundo,
Não estaria ansiando por um útero?

Fizemos nossa apresentação na sala, simulando barrigas de gravidez com almofadas do sofá sob as camisetas, executando uma coreografia com gestos ensaiados dignos de The Supremes. Uma hora mais tarde, Hugh ainda estava rindo. Naquele momento, acreditei que tínhamos tantas coisas em comum que nada conseguiria nos separar.

Agora, no banheiro, eu esfregava o sabonete nos braços e meu olhar vagava perdido pelos azulejos cor-de-rosa das paredes. Mike detestava dividir comigo o "banheiro de menina". As mesmas cortinas de organza rosa pálido penduravam-se das janelinhas, tão sujas a ponto de parecerem laranja. Derramei xampu nos cabelos e depois esfreguei meu corpo.

Quando assinei o pedido de internação, tive de escrever a data. Dia 17 de abril. Isso me fez lembrar de Whit. *No primeiro ano, comemoraremos nosso aniversário todos os meses no dia 17*, eu dissera a ele.

Queria poder falar com ele. Eu sabia que hoje mais cedo, mesmo sendo domingo, ele iria até o viveiro. Podia vê-lo sobre o píer, encontrando a canoa vermelha emborcada e olhando em volta, à minha espera. Talvez tenha aguardado um pouco antes de sair, talvez tenha se sentado na margem onde lavou meus pés, ansiando ouvir o som leve dos meus remos. Talvez, durante as vésperas, antes que o toque de recolher os devolvesse ao mais absoluto silêncio até o amanhecer, a notícia sobre Nelle tenha se espalhado pela ilha e chegado à abadia. Talvez ele soubesse o motivo de eu ter faltado aos nossos encontros.

Ouvi os passos de Hugh andando de um lado para o outro no corredor. Quando cessaram, eu sabia que ele parara do lado de fora diante da porta do banheiro. Virei a cabeça para ver se estava trancada, embora soubesse que Hugh jamais entraria sem bater. A tranca, um mero ferrolho com alça, estava aberta. Esperei. Prendi a respiração. Ouvi a água da torneira da banheira pingando. Por fim, ele se afastou.

Por que ele estava andando de um lado para o outro pelo corredor daquele jeito?

Saí do banheiro usando o roupão azul de mamãe, com o cabelo liso e molhado, penteado para trás como se estivesse com laquê. Só quando o ar frio de fora do banheiro tocou meu rosto é que lembrei: eu havia colocado minhas telas sobre a cama, a cômoda e o chão do quarto de Mike para guardá-las, mas, de vez em quando, ia até lá para admirá-las. Como se entrasse em minha própria galeria interior, maravilhando-me com a profundidade do que via. Minhas treze mergulhadoras, com seus corpos livres e sensuais, totalmente desnudos.

Imaginei Hugh dentro do quarto estudando aquelas imagens, examinando os cenários daquelas vidas que eu pintara, que flutuavam até tocar a superfície. Colheres de pau, cascas de maçã, alianças de casamento, gansos... Oh, meu Deus, o *Beijo de gansos*! *Nosso* beijo de gansos!

Paralisada do lado de fora do banheiro, me dei conta de que até mesmo o esboço a lápis de cor que eu fizera em fevereiro estava lá, aquele que havia escondido por várias semanas atrás da gravura do farol em cima da lareira. Ele veria meu casal de namorados abraçados, envolvidos pelos longos cabelos da mulher. Por vezes, quando eu olhava para a imagem, tudo o que eu conseguia ver eram os cabelos, e me lembrava de Dee me provocando, chamando meu ateliê no sótão de "torre da Rapunzel", me perguntando quando eu iria jogar minhas tranças.

Hugh sempre fazia cara feia para suas gozações, me defendendo de suas brincadeiras — às vezes até rispidamente. "Sua mãe não está trancada numa torre, Dee", ele disse, certa vez. "Agora pare com isso." Talvez achasse que isso refletia de alguma forma sobre ele — ou, quem sabe, no fundo ele sabia que era verdade. Nenhum de nós sequer mencionava o resto do conto de fadas: que Rapunzel, no fim, jogou suas tranças para o príncipe e acabou fugindo.

Hugh Sullivan era o homem mais astuto da face da Terra. Meu peito começou a doer. Fui até o quarto de Mike e parei junto à porta. Dentro do quarto havia pouca luz, apenas a pequena lâmpada de cabeceira estava acesa.

Ele lançava um olhar fixo para o casal submerso — *Os amantes sob o mar azul*, como eu os chamara, a partir do quadro *Os amantes sob o céu vermelho*, de Chagall. Estava de costas para mim, com as mãos dentro dos bolsos. Ele se virou, deixando que seus olhos, incrédulos e doídos, lentamente encontrassem meu rosto, e eu pude sentir o ar à nossa volta se inflamar com a iminência da catástrofe que estava para acontecer.

"Quem é ele?", perguntou.

31

WHIT

Na sala de música, ele se sentou numa cadeira de espaldar alto, com os olhos fixos na televisão, apoiada sobre uma mesa coberta com uma antiga toalha de altar. Na tela, reprises de lances do campeonato de beisebol. Tom Glavine acabara de perder uma jogada. Whit pegou um lápis e marcou um pequeno "X" no placar que desenhara na contracapa de seu diário.

Toda vez que assistia a um jogo de beisebol algo o transtornava, surtindo um efeito melhor do que a meditação. Ele nunca conseguia meditar mais do que dois minutos sem ter de se livrar de pensamentos que lhe tiravam a concentração, ou se sentia tão sem graça que acabava pondo tudo a perder. Mas se sentar para assistir a um jogo mantinha-o absolutamente focado. Ele se misturava à tensão das jogadas, à estratégia, aos meandros da contagem de pontos — com todos os seus diagramas, símbolos e números. Ele nunca poderia contar a d. Sebastian ou a qualquer dos outros monges como conseguia se refugiar desta forma durante o jogo. Apenas sabia que se sentia livre diante da televisão. Livre do mosteiro. Livre de si mesmo.

Antes das vésperas, o abade havia anunciado a última "tragédia" que atingira Nelle — "tragédia" era agora a forma delicada de se referir às mutilações —, pedindo aos monges que rezassem por ela, sua querida amiga e cozinheira. Whit permanecera de pé na baia do coro, olhando fixamente para a frente, até perceber que Dominic se virara para olhar para ele. Lembrou-se de que passara a tarde toda esperando em vão por Jessie no viveiro e que encontrara Dominic andando de um lado para o outro diante da entrada da cela quando voltou. Ele lhe dera as notícias, incluindo aquela sobre a chegada do marido de Jessie de Atlanta para ficar com ela. Dominic lhe deu esta informação num tom escrupulosamente consternado.

Whit não teve presença de espírito para perguntar a Dominic como viera a saber de tudo isso; mas, mais tarde, descobriu que Hepzibah Postell, a mulher gullah, viera até o mosteiro e contara a ele o que havia acontecido. Por que Hepzibah procuraria por Dominic entre todos os monges?

Durante as vésperas, Whit ansiou vir até aqui e ligar a televisão para assistir à rodada dupla de beisebol e se esquecer de tudo enquanto assistia à partida. Ele disparou de sua baia como um cavalo de corrida para pegar o início do jogo antes que os outros monges ligassem a televisão em outro programa.

Em geral, assistiam ao noticiário, com Tom Brokaw atualizando-os sobre os últimos cortes sociais do governo Reagan. Da última vez que viera à sala de televisão, estavam assistindo a um programa sobre "como se vestir para o sucesso" — alguma coisa sobre o design dos ternos de Perry Ellis e Calvin Klein —, e os monges assistiam àquilo tão absortos que ele teve vontade de gritar: "Mas vocês estão vestindo *hábitos*!". Usar hábitos era exatamente o oposto de estar vestido para o sucesso. Claro que eles sabiam disso. Ele se levantou e saiu bufando dali. Nos fins de semana, o irmão Fabian colocava um dos velhos discos arranhados de trinta e três rotações no aparelho estereofônico do mosteiro — geralmente *O anel dos Nibelungos*, de Wagner. Ele punha o volume tão alto que os sons graves faziam tudo vibrar.

Naquela noite, quando os monges descobriram que Whit se apoderara do aparelho de televisão e que estava acompanhando tudo, jogada a jogada, foram se queixar a d. Sebastian, que tinha jurisdição absoluta sobre o recinto. Sebastian pôs seus olhos de lince sobre Whit, antes de lhes dizer para pararem de reclamar e que não iriam morrer se perdessem o telejornal uma vez na vida. Todos saíram e retornaram às suas celas para esperar pelas completas, menos Dominic e Sebastian.

Whit queria zangar-se com eles e usar esse fato como mais um motivo para ir embora, mas a reação dos monges ao saírem reclamando da sala não se diferenciava nem um pouco de sua arrogância ao se recusar a assistir a Brokaw no noticiário ou a ouvir às óperas *Siegfried* ou *Brünnhilde*.

De repente, ele se lembrou da razão de estar ali com esses velhos bolorentos: que, em algum lugar sobre a face da Terra, precisavam que pessoas se reunissem com inegável força de vontade, descobrindo um modo de conviver em paz. Ele chegara ali com uma falsa noção sobre eles, esperando encontrar alguma variante utópica — amai-vos uns aos outros, dai a outra face, respondei ao mal com o bem. Os monges, ele descobrira, não eram mais perfeitos do que qualquer outro grupo de pessoas. Aos poucos, para sua surpresa, ele se dera conta que haviam sido escolhidos para uma experiência tão nobre quanto secreta: descobrir se as pessoas realmente seriam capazes de conviver tão próximas, ou se talvez Deus cometera um erro ao criar a espécie humana.

Nos últimos dias, Whit vinha pensando muito sobre o que significara ter vindo para o mosteiro, em ter se tornado parte integrante dele — de tudo que vivera de extraordinário ali dentro. Pensava, da mesma forma em Jessie, o que significava estar apaixonado por ela, de fazer parte de sua vida.

Isso também era extraordinário. Porém, quem ele não levara em conta fora o marido dela. Uma pessoa de carne e osso, um homem que viera em socorro da esposa num momento de crise. Qual era mesmo o nome dele? Fez força para se lembrar. "Hugh." Sim, Hugh. Ficou repetindo o nome dele mentalmente, ouvindo o rugido do estádio de beisebol e a voz do locutor Skip Caray narrando os momentos da partida.

Hugh era a ruptura da consciência de Whit que, para se proteger, se fechara em copas. Mesmo agora, depois de duas rodadas e todas as bases tomadas, quando ele deveria estar totalmente absorvido pela partida, não conseguia parar de pensar neste homem. Ele percebia como Hugh, o verdadeiro Hugh, havia permanecido dentro dele o tempo todo, crescendo como um abscesso, cujo pus começava a vazar.

Depois da terceira tacada para fora, todos no estádio se levantaram para a sétima jogada, e ele também se levantou, largando o diário sobre a cadeira. Lembrou-se do dia que dissera a Jessie que a amava. Eles estavam no viveiro, deitados sobre o cobertor.

Estaremos salvos e condenados ao mesmo tempo, ele lhe dissera. E isso estava acontecendo naquele instante.

Cerrou os olhos e tentou ouvir a melodia que os fãs entoavam pela televisão. Ele pensara que iria conseguir se isolar de tudo, acalmar a ansiedade que começara a sentir na porta da cela ao encontrar Dominic, mas tudo que ele queria era sair correndo para encontrá-la. O desejo de abraçá-la o consumia. Ele a queria para si. "Jessie", ele pensava. Ele quase não se aguentava mais de pé.

Do outro lado da sala, Dominic estava sentado numa velha poltrona com seu chapéu no colo. Depois que Whit se confessara com ele havia várias semanas que estava apaixonado, não voltaram a tocar no assunto. Claro que o velho monge sabia que se tratava de Jessie. Por que outra razão teria puxado Whit de lado e lhe passado a informação complementar sobre o marido de Jessie estar na ilha, junto com ela na casa de Nelle?

Ele queria se concentrar sobre o fato de Jessie estar chateada por causa de sua mãe, mas, mesmo assim, continuava de pé diante da televisão, imaginando-a com Hugh. Na cozinha, bebendo uma taça de vinho, abraçados, conversando coisas amenas para ajudá-la a superar o trauma — uma das miríades de formas que Hugh deveria usar para acalmá-la. Sentiu-se apavorado diante dos pequenos e secretos rituais de toda uma vida que ambos devem ter compartilhado em momentos como aquele e a magnitude desses gestos.

Ele é o marido dela, Whit disse para si mesmo. *Pelo amor de Deus, ele é o* marido *dela!*

32

HUGH

Eles estavam na casa de sua sogra na ilha da Carolina do Sul e sua mulher lhe revelara o nome de seu amante com a maior naturalidade deste mundo. "Ele se chama irmão Thomas", ela disse.

Por um instante, Hugh ficou absorto, mirando as gotículas de água que escorriam pelo pescoço de Jessie até a abertura de seu roupão. Seu cabelo estava molhado e puxado para trás. Ele a viu aspirar pela boca, prender a respiração e olhar para baixo.

Eles estavam na porta do antigo quarto de seu cunhado. Hugh estendeu os braços e apoiou suas mãos sobre o batente. Ele olhou para ela ainda sem dor, protegido por uma ilusão que se esvaía, a verdade zunindo em sua direção com a velocidade de uma flecha, um momento antes do impacto. Isso lhe permitiu olhar para ela mais uma vez antes que a ponta da seta o atingisse e tudo mudasse. Tudo que ele conseguia pensar, ali, de pé diante da porta, era que ela estava tão linda recém-saída do banho, com uma fina película de água cobrindo sua pele, deslizando em gotas entre seus seios. *Tão linda.*

Ele se chama irmão Thomas.

Ela lhe dissera isso com total franqueza e simplicidade, como se estivesse lhe contando o nome de seu dentista.

Então, a realidade o devastou: a maior dor que já sentira em sua vida. Ele deu um passo atrás, como se um vento o tivesse empurrado. Continuou se segurando sobre o batente da porta, imaginando que a dor que sentia fosse uma angina. O poder dessa sensação o esmagava.

Empertigou-se, tomado de uma fúria repentina. Queria esmurrar a parede. Em vez disso, esperou que ela olhasse para ele novamente. "Irmão Thomas", ele disse, com uma calma dilacerada. "É assim que o chama quando está trepando com ele?"

"Hugh...", ela disse. Sua voz soou partida. Seu tom de pedido de misericórdia enfureceu-o mais ainda.

Ele percebeu que ela estava chocada por ter admitido seu ato: seu olhar estava extasiado. Ela veio em sua direção, tentando tocar seu braço, como um animal que não entende por que esta sendo enxotado.

Quando sua mão tocou o braço dele, ele o puxou com violência.

"Saia de perto de mim!", ele urrou, entre os dentes.

Ele a observou sair do quarto cambaleando de costas, sem dizer uma palavra, os olhos esbugalhados. Ele bateu a porta, trancando Jessie do lado de fora.

"Hugh, abra a porta! Por favor, Hugh."

Ele ficou no quarto praticamente no escuro, e seu olhar se fixou na porta fechada e as sombras que se lançavam como veios negros sobre ela. Ele queria feri-la com seu silêncio. Depois, ocorreu-lhe também que estivesse querendo protegê-la de ouvir todos os impropérios que lhe vinham à cabeça que poderiam ofendê-la.

Ela continuou chamando por ele por um longo tempo. Quando finalmente desistiu, seus olhos se encheram de lágrimas. Ele se sentou em uma das camas, tentando engolir o choro. Hugh não queria que Jessie o ouvisse chorar. Ele precisava se recompor. A força de sua raiva começou a assustá-lo. Sentia uma vontade irrefreável de ir até o mosteiro para encontrar esse homem. Queria pegá-lo pelo pescoço e pendurá-lo na parede da igreja.

Ele continuou na escuridão do quarto por várias horas. No início, se sentiu tomado por uma angústia que o fazia estremecer. Depois que se acalmou, começou a pensar.

Quando ele fez a pergunta a Jessie — *Quem é ele?* —, Hugh ainda não imaginava que houvesse alguém. Não mesmo.

A possibilidade de haver outro homem veio à sua mente num relance, enquanto olhava para os quadros de Jessie. Eles o chocaram, devido à sua alta carga erótica, pela profundidade do mergulho da mulher descrita nas telas. Foi como se olhasse para a morte — a morte de Jessie. Sua vida anterior, todas as suas antigas adaptações e personagens, estavam se distanciando e subindo até a superfície, enquanto a mulher mergulhava cada vez mais fundo. Então ele se sentiu confuso, intrigado em descobrir o que ela estaria buscando nesse mergulho. Depois, viu o esboço dos dois amantes abraçados no fundo do oceano. O insight ocorreu-lhe instantaneamente, atravessando seu coração.

O casal no fundo do oceano. Atingir o limite. Quando viu aquela imagem pela primeira vez e aquela ideia absurda lhe veio à mente, ficou imóvel por vários segundos e depois pensou: *Não*. Era um ultraje pensar que Jessie fosse capaz disso. Um *ultraje*. Ele sempre confiara nela. Sem sombra de dúvida.

Mas isso explicava tudo. Seu comportamento avesso logo depois de chegar à ilha da Garça. A estranheza de sua atitude inesperada em querer ficar algum tempo longe dele e ser incapaz de apresentar qualquer razão concreta para isso. Ela estava aérea até antes de sair de Atlanta, além de se sentir deprimida depois que Dee entrou para a faculdade, questionando tudo em sua vida e a si mesma.

Então, ele lhe perguntou. Perguntou sem pensar: *Quem é ele?*

Ocorreu-lhe que Jessie lhe respondera a verdade, não apenas porque ela queria pôr fim à dissimulação, mas porque queria provocar algo. Ao se dar conta disso, seu peito tremeu de pânico. *Não seria apenas um caso passageiro? Ela estaria realmente apaixonada por esse homem?* Ele colocou a mão sobre o peito e o comprimiu, tentando amenizar a dor da traição.

Ele começou a se sentir vazio. Uma tristeza lhe pesava sobre os ossos. Ao longo de toda a noite, ficou deitado, tentando conciliar o sono, mas foi inútil. Levantava-se e caminhava diante dos quadros de Jessie apoiados no chão contra a cama ao lado.

Pela janelinha, podia ver o céu clarear lentamente, adquirindo um tom cinza, o lusco-fusco antes do amanhecer e, pela centésima vez, olhou para seu relógio de pulso. Não havia outro modo de sair da ilha senão na primeira balsa que partia às nove da manhã, mas ele sabia que assim que clareasse, ele iria embora.

Quando saiu no corredor, eram quase seis horas. Levou a mala até a sala e a deixou no chão, depois seguiu até o quarto de Jessie.

A porta estava fechada. Ele a abriu num só movimento e entrou. Ela estava dormindo do mesmo modo como a vira dormir por vinte anos, deitada sobre o lado direito, com o cabelo jogado para trás sobre o travesseiro e a mão debaixo do rosto. As cortinas da janela eram prateadas. A luz do dia começava a se espalhar. Ele a observou por alguns momentos, vendo os fios brancos em seu cabelo, a saliva juntar-se no canto da boca semiaberta, sua respiração levemente nasalada que não chegava a ser um ronco, e todas essas coisas lhe deram vontade de se deitar junto dela.

Sua aliança de casamento não estava mais no dedo dela. Ele a viu espetada num alfinete na almofada de veludo sobre a penteadeira. Ele a tocou com a ponta dos dedos, lembrando dos gansos no quadro que ela pintara, flutuando em direção à superfície.

Ele retirou a aliança de ouro de seu dedo e colocou-a sobre o anel de brilhante de noivado e a aliança de platina que dera a Jessie havia tanto tempo.

Nove dias mais tarde, de volta em sua casa em Atlanta, ele ainda se sentia tão perdido quanto naquela noite.

Nos últimos vinte minutos, a paciente sentada em seu consultório falava sobre a morte de seu cão, Abercrombie, um dachshund que vivera dezoito anos, narrando passagens sobre a vida do cachorro, entremeadas de choro.

Ele a deixou falar sobre o cão sem parar, porque seria mais fácil, e Hugh suspeitava que ela não estaria chorando por causa do cachorro, mas pelo irmão que morrera três meses antes, que ficara anos sem ver, e por quem não derramara sequer uma lágrima.

A mulher puxou o último lenço de papel da caixa ao seu lado e mostrou-lhe a caixa vazia, como uma criança que pede mais água em seu copo. Ele se levantou de sua poltrona de couro e pegou outra caixa de lenços na prateleira debaixo da estante, e depois se sentou novamente, forçando-se a desviar seu pensamento de Jessie e se concentrar nos sentimentos dissociados de sua paciente.

Ele vinha se comportando assim desde que voltara, com uma dolorosa incapacidade de se concentrar. Em determinado momento, ouvia a paciente e, no seguinte, voltava àquele em que Jessie anunciara o nome de seu amante: irmão Thomas.

"Eu não sei o que mais eu poderia ter feito", disse a paciente, sentada no sofá com as pernas dobradas sob as nádegas. "A artrite de Abercrombie estava piorando tanto que ele mal conseguia andar e ele já tomava tantos esteroides... Quero dizer, realmente, que mais eu poderia fazer?"

"Tenho certeza de que fez o que deveria quando aceitou sacrificá-lo", Hugh comentou, provocando novamente o seu choro.

Ele ficou olhando para a paciente, as mãos sobre o rosto, movendo a cabeça para cima e para baixo, e mortificou-se por estar tão desatento, não prestando atenção a nada do que ela estava dizendo.

Sua mente vagava e mais uma vez se via diante da imagem que Jessie desenhara com lápis de cor. Aquele homem era um monge. Isso era menos chocante do que pensar em Jessie, a sua Jessie, tendo um caso, mas mesmo assim isso era assombroso. Ela queria que ele soubesse disso, senão teria simplesmente dito "Thomas". Ele não imaginava outra razão para ela ter acrescentado a palavra "irmão", a não ser que houvesse alguma mensagem inconsciente embutida. O quê? Ela queria que ele soubesse o quanto este homem teria de renunciar para estar com ela?

Desde que voltou, sentiu sua vida implodir, dia a dia, o vazio crescendo como o vácuo. Havia duas noites tivera um sonho em que se via como um astronauta caminhando pelo espaço, ligado a uma nave espacial por uma corda que de repente se rompeu. Ele começou a se afastar para dentro de um abismo negro, vendo sua nave diminuir cada vez mais de tamanho, até se tornar uma minúscula mancha branca em meio ao silêncio.

Seu ódio pelo homem com que Jessie havia se envolvido assaltava-o de repente. Podia visualizar os dois juntos — como ele tocaria partes do corpo dela que haviam pertencido somente a ele e respirado em seus cabelos.

Quantas vezes teriam estado juntos? Onde? Certa noite, acordou encharcado de suor, imaginando que estariam transando naquele exato momento.

Foi revelador descobrir que seria capaz de extravasar tanta violência e sentimento de vingança. Reconhecera isso como todo bom analista de modo teórico quando estudava o conceito junguiano sobre o lado negro coletivo ou pessoal, mas agora o conhecia na própria pele. Ele não desejava mais ir até o mosteiro para agarrar o monge pelo pescoço, mas não poderia negar que havia momentos em que queria que ele sufocasse e sangrasse até morrer.

Jamais faria uma coisa dessas, mas apenas o desejo e a vontade baniam ilusões que acalentava sobre si mesmo. Ele não era especial. Ele não tinha o direito. Sua bondade e seu conhecimento não o distinguiam. Ele era como os outros, carregando a mesma escuridão.

Saber disso reduziu-o à sua humanidade. Por vezes, quando conseguia emergir da dor que o assolava, esperava que seu sofrimento de alguma forma o transformasse em uma pessoa mais dócil e compreensiva.

Ele notou que a mulher sentada do outro lado da sala lhe explicava detalhes sobre a morte de seu cachorro.

"Ele estava sofrendo tanto que apenas pegá-lo no colo o fazia ganir... Então, o veterinário veio até o carro para aplicar a injeção nele. Abercrombie estava deitado no banco de trás, e quando viu o dr. Yarborough, sabe o que ele fez?"

Hugh balançou a cabeça negativamente.

"Olhou para ele e abanou o rabo. Você consegue *acreditar* nisso?"

Sim, Hugh pensou. Ele conseguia acreditar nisso.

Quando Jessie o chamou naquele domingo e lhe pediu que viesse, ele foi como esse estúpido cachorro — abanando o rabo. Pensou que iria se reconciliar com ela. Pensou que, fosse o que fosse que tivesse acontecido com ela, já teria passado.

Fora fácil ver quanto ela mudara. Ela parecia cansada e desgastada com todo o problema de Nelle, mas debaixo de tudo isso, sentiu que ela estava viva. Havia um toque distinto de independência, uma autoconfiança que ela não demonstrava antes. Ele vira quanto suas pinturas também haviam mudado, ultrapassando os limites das pequenas caixas, tornando-se amostras singulares do processo mistificador que ela iniciara.

No passado, muito dela passara despercebido para ele. Observando-a na sala de espera do hospital depois de ter ficado tanto tempo longe dela, pôde vê-la novamente.

Quantas vezes fazemos isso, ele se perguntou — olhar para uma pessoa e não ver realmente quem ela é? Por que fora tão difícil olhar para sua mulher e compreender o desejo que sentia por ela, como sua vida se sustentara com a somatória dos momentos que viveram juntos?

Ele olhou para a paciente à sua frente e tentou se concentrar nela por um momento. Agora ela estava falando sobre o cemitério de animais de estimação.

Ele tocou a estranha pulseira em seu braço.

A última vez que Dee lhe telefonara fora em seu aniversário. "Quando mamãe vai voltar para casa?", ela perguntou.

Ele fez uma pausa. Longa demais.

"Tem algo errado, não tem? Ela está lá há muito tempo."

"Não vou mentir para você, querida. Estamos tendo alguns problemas", ele respondeu. "Mas não é nada sério, o.k.? Todo casamento tem os seus. Nós vamos resolvê-los."

Cinco dias depois, a pulseira chegou. Ela mesma a fizera.

Ele não sabia o que iria dizer a Dee agora. Ele não sabia sequer o que pensar.

Olhou para o relógio de parede do consultório acima da cabeça da paciente. O que ele mais temia era o final do dia. Durante a noite, os quadros de Jessie o assombravam, despertando-o no meio do sono. Sentava-se na beira da cama, lembrando como as cores se tornavam mais fortes à medida que a mulher mergulhava mais fundo.

Ontem à noite, desesperado para aliviar sua angústia, tentou olhar para o que Jessie tinha feito não como marido, mas como psiquiatra. O impulso era ridículo, mas seu pensamento analítico lhe dera uma ou duas horas de distanciamento de sua tortura. Conseguiu arejar suas emoções, criando uma perspectiva. Sentia-se grato por qualquer gesto de misericórdia.

Foi para o escritório e folheou vários livros, lendo e fazendo anotações. Mais de uma vez, cruzou com a mesma ideia — bastante conhecida para ele — quando uma pessoa sente necessidade de operar uma mudança drástica, de criar um novo centro em sua personalidade, por exemplo, sua psique a induz a um encantamento, a uma ligação erótica, uma paixão intensa.

Ele sabia disso. Todo analista sabe disso. A paixão é o catalisador mais antigo e eficaz do mundo.

Mas, em geral, nos apaixonamos por algo que esteja faltando em nós e que reconheçamos na outra pessoa, embora Hugh não conseguisse distinguir o que Jessie vira neste suposto homem espiritual que pudesse tê-la cativado tão profundamente.

Depois de passar quase uma hora analisando o caso, atirou suas anotações dentro da gaveta e voltou para a cama. Subitamente, tudo lhe pareceu um monte de tolice. Desistiu de aplicar esta análise a Jessie. Não quis beneficiá-la com seu entendimento. As razões dela eram indesculpáveis, não importa quão fortes fossem.

Sua mulher estivera com outro homem. Ela o traíra e, mesmo que voltasse pedindo perdão, não sabia se algum dia a aceitaria de volta.

"Dr. Sullivan?", a paciente perguntou.

Ele havia girado a cadeira em direção à janela, apoiando o cotovelo sobre o braço da cadeira, deixando o queixo apoiado no punho fechado, o olhar perdido no contorno da pereira florida que podia ver através da janela. Seus olhos estavam marejados de lágrimas.

Virou-se para sua paciente, sentindo-se completamente sem jeito. Ela lhe estendeu a caixa de lenços de papel que estava segurando, ele pegou um e, sem saber o que dizer, secou os olhos. "Desculpe-me...", ele murmurou, balançando a cabeça, surpreso consigo mesmo.

"Não, por favor", respondeu ela, colocando as mãos atrás do pescoço. "Não precisa se desculpar. Eu estou... emocionada."

Ela pensou que as lágrimas fossem para ela. Pelo seu dachshund. Ela sorriu para ele, tocada pelo seu imenso coração. Ele não sabia como dizer que sua emoção nada tinha a ver com ela, que, na verdade, naquele momento, ele estava sendo o pior psiquiatra possível.

"Sempre falhamos com alguém", ele completou.

A mulher arregalou os olhos e virou-se para ele, procurando um sentido para o que ele havia dito.

"Eu falhei com minha mulher", ele acrescentou.

É claro que Jessie havia falhado com ele, e de um modo terrível, mas ele falhara com ela também. Ele a havia preterido. Ele não fora gentil o suficiente para deixá-la amadurecer como ela mesma.

"Eu falhei com... pessoas", respondeu a mulher, como se ele estivesse experimentando um novo método, e ela passasse a segui-lo.

"Você quer dizer seu irmão?", ele perguntou candidamente e, em seguida, ouviu o soluço da paciente recomeçar alto e ecoar pelo consultório.

33

Eu trouxe mamãe para casa no dia de santa Senara, em 30 de abril, um sábado esplêndido de luz.

Depois de passar treze dias no hospital, mamãe recebera alta para voltar para casa, o que significava que tinha sido medicada o suficiente para não querer se ferir novamente. De acordo com a enfermeira, ela estava bem, sem apresentar nenhum comportamento desagradável, mas havia se recusado a falar. "Essas coisas levam algum tempo para se assentar", a enfermeira disse. Em seguida, passou a explicar detalhadamente por que mamãe deveria voltar toda semana para sua consulta psiquiátrica e sempre tomar seus remédios.

Quando entrei na balsa pela manhã, os preparativos para o dia de santa Senara já haviam começado. Um dos monges estava a postos na extremidade do píer, montando um tablado coberto com um tapete coral onde a cadeira da sereia ficaria assentada depois da lenta procissão a partir da abadia. Quando eu era menina, o tapete era sempre vermelho, embora certa vez tenha sido rosado com franjas, com a estranha aparência de tapete de banheiro, o que deu início a uma controvérsia na época.

Montaram uma mesa de armar, e Mary Eva, mulher de Shem, estava arrumando as caixinhas com Lágrimas de Sereia, que seriam atiradas ao mar durante a cerimônia.

Enquanto atravessava a baía, lembrei das Lágrimas de Sereia que deixara sobre a armadilha de caranguejo na ermida de Whit. Eu não voltara mais desde que mamãe fora hospitalizada, nem vira Whit nessas duas semanas. Mandei um bilhete para ele por meio de Kat, explicando que estaria indo todos os dias para o hospital para ficar com mamãe e não poderia encontrá-lo naquele momento.

Ele não me escreveu de volta. Ele não se aproximou do muro entre o terreno do mosteiro e o quintal de mamãe para me chamar. Passei todas as noites em casa sozinha, e ele não veio me ver sequer uma vez. Talvez intuísse que meu bilhete não continha toda a verdade. Talvez tenha notado o tom de tristeza sob as minhas palavras.

Na manhã depois de eu ter confessado meu caso a Hugh, encontrei sua aliança de casamento espetada na almofada de alfinetes junto com a minha e nem sinal dele pela casa. Corri atrás dele, esperando alcançá-lo no píer da balsa antes que ele deixasse a ilha, mas quando cheguei ao cemitério de escravos, eu desisti. Lembrei-me de como ele reagira de modo violento quando tentei tocá-lo, a raiva em sua voz ao me pedir para me afastar dele, urrando entre os dentes. Seus olhos expressavam tanta dor, tanto choque, que eu nem mesmo o reconhecia. Seria melhor poupá-lo de me ver pelo menos por enquanto. Eu poderia fazer isso por ele. Senti-me deprimida e exausta e me sentei junto aos túmulos e observei uma pomba ciscando a terra, arrulhando de uma forma tão triste que me senti desconsolada. Como se tivessem me dado uma imensa pedra com o peso de todo o sofrimento que eu causara e me dissessem: *Tome aqui, carregue-a agora.*

E foi o que fiz. Ao longo de treze dias.

Ainda é difícil para entender, muito menos explicar, a depressão que se avulta com a perda necessária, como parte intrínseca da própria perda. Aceitei-a, com a mesma naturalidade como a noite sucede ao dia.

Não significava que eu estivesse arrependida do que eu fizera e quisesse reverter o que aconteceu: eu jamais desfaria o modo como meu amor por Whit havia me impregnado de vida e de mim mesma, como me fragmentara em mil pedaços e me tornara maior que antes. Eu *vira* o efeito disso. Na infinita dor nos olhos de Hugh, na pulseira que Dee tecera para ele, na insuportável visão de nossa aliança espetada na almofada de alfinetes.

Todas as manhãs eu deixava a ilha e retornava ao final da tarde. Eu permanecia sentada ao lado de mamãe na sala de visitas. A televisão ligada, os sofás e as estranhas pessoas que entravam e saíam lembravam-me do Purgatório de Dante que eu lera na escola. A única parte da história que eu me recordava descrevia pessoas arrastando pedras imensas em volta de uma montanha.

Observei os remédios deixarem mamãe mais dócil, observei tudo com reserva e tristeza, sempre relembrando o momento em que Hugh compreendera e me fizera aquela pergunta. Eu ainda estava chocada de ter respondido sem hesitar, usando o nome de religioso de Whit, como se eu quisesse destacar sua condição espiritual; como se isso de alguma forma diminuísse nossa culpa.

Mamãe permanecera sentada todos os dias com o corpo largado na cadeira, movendo os dedos sobre o cubo colorido que eu trouxera de casa para ela. Ela me perguntou tantas vezes pelo seu dedo que eu finalmente o trouxe também. Uma noite, eu o lavei na pia, forçando-me a segurar esta porção amputada de sua mão e removi as manchas de sangue. Trouxe-o num pote de cerâmica, imerso em álcool para não putrificar. Consegui permissão para que ela pudesse guardá-lo em seu quarto, mas, mesmo assim, colei uma etiqueta onde se lia: NÃO JOGUE FORA.

À noite, relatava os progressos que mamãe vinha fazendo para Kat e

Hepzibah por telefone, aquecia as latas de sopa que encontrava na despensa, e auscultava meu interminável solilóquio de tristeza e culpa desdobrando-se infinitamente dentro de mim. Sempre que me lembrava de Whit, queria estar com ele, mas não sabia mais se o desejo que eu sentia seria amor ou a necessidade de ser consolada.

Apesar disso, ainda não conseguiria estar com ele. Parecia perverso fazer amor com ele perante a dor viva que Hugh sentia, que ambos sentíamos. Poderia parecer ilógico, mas eu me sentia de luto pela morte do meu casamento.

Mamãe parecia animada quando saímos do hospital naquela tarde. Dentro do carro que eu alugara, ela abaixou o espelho do para-sol e passou um pente por seus cabelos brancos, e depois me surpreendeu pintando os lábios com seu velho batom vermelho. Em seguida, tirou o excesso beijando um recibo de gasolina que encontrou sobre o banco de passageiros. Foi um gesto tão natural que sorri para ela. "Você esta ótima", eu disse, preocupando-me, por um momento que ela fosse reagir removendo o batom da boca, mas ela sorriu de volta para mim.

A balsa estava lotada de turistas. Não havia sequer lugar para se ficar de pé direito. Mamãe se agarrava ao pote com seu dedo como uma criança que leva um peixinho dourado que acabou de comprar na loja para casa. Eu o embrulhara em papel-toalha, preso com um elástico, mas, mesmo assim, chamou a atenção de alguns passageiros curiosos.

À medida que nos aproximamos, podia ver a linha das traineiras de camarão que se formava a sudeste da ilha, em mar aberto. "Hoje é dia de santa Senara", eu disse a mamãe.

"E você acha que eu não sei disso?", ela respondeu, ríspida.

Ela não assistia às festas desde que papai morrera. Do mesmo modo como fez com o Piquenique das Garotas, simplesmente erradicou-as de sua vida. Mas, no entanto, ao aboli-las, ela realmente me deixara confusa. Afinal, Senara era a *sua* santa.

Kat nos encontrou no píer, cheirando à colônia de lavanda que costumava usar. Benne não viera, apenas Kat. Ela deu um beijo no rosto de mamãe.

Eu não esperava que ela viesse nos encontrar.

Mamãe passeou os olhos pelo píer, viu as caixinhas com as Lágrimas de Sereia, bem como a mesinha do mosteiro com a galheta de prata — a mesma usada anos a fio para aspergir água do mar sobre a cadeira da sereia. Vi seus olhos buscarem o tapete vermelho à beira do píer. Max estava deitado sobre o tapete como se tivesse sido posto ali especificamente para ele.

Ela olhou para o tapete com cara de nojo, e eu imaginei que estivesse visualizando a cadeira da sereia sobre o tablado.

"Vamos dar uma volta", disse Kat, pegando mamãe pelo braço. "Você também, Jessie."

Ela levou mamãe pelo píer, ao longo da calçada onde eu estacionara o carrinho de golfe. Fui em direção ao carro para me sentar ao volante, quando Kat passou com mamãe direto por ele. Coloquei a bagagem no banco e fui atrás delas.

Senti um frio na barriga, mas não dei importância. Não perguntei onde estávamos indo. Creio que tive a impressão que Kat quisesse distrair mamãe desde a hora que ela vira o tapete vermelho no píer. Eu as segui passando pelas lojas, pelo mercado Caw Caw e a pousada Cão da Ilha, ouvindo Kat fazer inúmeras perguntas inócuas à mamãe. O cheiro de camarão frito que exalava do Café do Max era tão forte que carregava o ar de gordura.

Olhei para o relógio. Eram cinco horas da tarde, a luminosidade diminuíra, e as nuvens riscavam-se de coral. O dia começara a adquirir os primeiros tons vermelhos do pôr do sol. As festas se iniciariam às seis da tarde, quando todos os monges e moradores da ilha que pudessem participar viriam até o cais acompanhando a cadeira da sereia. Conduzindo a procissão, o abade estaria trajando a cogula e estola, carregando seu cajado de abade mitrado. E no meio daquela multidão estaria Whit.

Debaixo do toldo listrado do Conto da Sereia, Kat parou e pegou a chave para abrir a porta. O cartaz na vitrine dizia FECHADO. Por mais absurdo que pareça, nem neste momento me ocorreu que nosso passeio tivesse outro fim além de distrair mamãe de qualquer lembrança terrível que tivesse se instalado em sua mente ao desembarcarmos no píer.

Ao entrar na loja atrás delas, à medida que os sons da rua diminuíam, vi Hepzibah, Shem e d. Dominic no fundo da loja, próximo à caixa registradora, ao lado do quadro do naufrágio que eu pintara quando tinha onze anos — as chamas debaixo d'água, com todas as criaturas do mar sorrindo felizes. Dominic não estava usando seu hábito nem seu chapéu, mas um terno com colarinho de padre. Shem, parecendo constrangido e envergonhado, cruzara os braços sobre o peito imenso, escondendo as mãos, como se o tivessem forçado a vir apontando-lhe um revólver.

Assim que os viu, mamãe estancou no meio da loja. Ficou paralisada cercada pela imensa coleção de sereias de Kat: sinos de vento de alumínio pendurados no teto, esculturas de cerâmica, colares, estatuetas esculpidas em sabão, velas e toalhas de praia por todo lado. Eu a observei enquanto ela ameaçava dar um passo para trás.

Hepzibah acudiu-a com uma mistura curiosa de determinação e relutância em seu rosto, como quem faz algo que *deve* ser feito. Ela envolveu mamãe com seus braços e a deteve. "Tudo vai dar certo, Nelle. Eu prometo a você. Vamos apenas conversar, está bem?"

Mesmo agora esta imagem não me sai da mente: mamãe envolvida nos negros braços de Hepzibah, sem mover sequer um músculo, segurando seu pote, completamente imóvel.

Ouvi o som seco da chave girando na porta duas vezes e me dei conta que Kat acabara de trancá-la por trás de nós. Eu me virei para ela. "Pelo amor de Deus, o que está *acontecendo*?"

Kat tomou minhas mãos e as segurou firmes à sua frente. "Desculpe-me, Jessie", ela disse. "Eu não tenho sido sincera com você. Sou uma mulher obstinada, metida a sabida e muito idiota, que pensava que estaria fazendo o que era certo, e acho que a única coisa que consegui foi piorar as coisas."

Recuei um pouco para olhá-la melhor. Seu rosto parecia que iria trincar a qualquer momento. Seus olhos se apertaram, sua boca se esticou para conter o choro, e eu sabia o quanto deve ter-lhe custado dizer essas palavras. Eu estava tentando descobrir o que havia por trás delas.

"É que... Eu juro a você, eu não achava que o estado de Nelle fosse tão ruim."

"Mas por que estamos todos *aqui*?"

"No dia em que estávamos na sala de espera do hospital, me dei conta de que se eu ao menos não tentasse contar toda a verdade, Nelle acabaria uma noite sangrando até morrer. Se ela precisa relembrar, como você e Hugh disseram, então, está bem, pelo amor de Deus, vamos nos sentar para conversar e relembrar tudo."

Senti minha cabeça girar. De repente, percebi: Kat, Hepzibah, Dominic, Shem — todos sabiam da verdade. Eles sabiam a razão pela qual mamãe estava se mutilando, por que a morte de meu pai havia de certo modo também posto um fim à vida de minha mãe. Até por que o cachimbo dele estava no fundo de sua gaveta e não no oceano. Todas essas coisas hibernaram como cigarras que se enterram por dezessete anos e depois, um belo dia, ao se completar o ciclo, voltam novamente à superfície.

Olhei de novo para Dominic, que me encarou, esboçando um sorriso para me confortar.

Eles sabiam de tudo havia trinta e três anos. Quando eu era pequena e pintei a cena do naufrágio; quando eu colhia as rosas no jardim do mosteiro e espalhava suas pétalas como cinzas de meu pai por toda a ilha. Toda vez que eu voltara para visitá-los, eles sabiam.

Hepzibah ajudou mamãe a se acomodar em uma das cadeiras de armar próximo ao balcão. Vi que o pote fora retirado de suas mãos e colocado entre o caixa e um mostruário de chiclete sem açúcar. Surpreendi-me ao ver mamãe se sentar completamente resignada.

Hepzibah não portava nenhum adereço de cabeça, mas trançara seus cabelos. Vi-a passar os dedos ao longo das tranças, enquanto a outra mão acariciava o braço de mamãe. Da última vez que me sentei neste lugar, Kat, Hepzibah e Benne tomavam sorvete de creme de pecã.

De pé junto à porta ao lado de Kat, pensei, pela primeira vez, que aquilo que eles estavam fazendo — o que Kat chamou de *relembrar* — poderia não ser bom para mamãe. Eu não conseguia acreditar que eu, entre todas as pessoas, estava justamente pensando isso, depois de tudo que eu dissera, mas e se a verdade for insuportável para ela e fizer com que ela se sinta deprimida, fazendo-a regredir novamente?

Aproximei-me de Kat e sussurrei: "Quero que mamãe enfrente tudo tanto quanto todo mundo, mas será que *esta* é a forma certa de abordar o assunto? Quero dizer, ela acabou de sair do hospital".

"Eu liguei para Hugh hoje de manhã", disse Kat.

"*Hugh?*", repeti o nome dele e ouvi minha voz ecoar na loja de tão alto que falei.

"Eu não estaria tomando essa iniciativa, se ele não tivesse me assegurado de que eu poderia fazer isso", ela disse, tentando me acalmar. "Na verdade, creio que ele considerou a ideia brilhante."

"*É mesmo?*" Reagi surpresa, mas conseguia facilmente visualizar como ele defenderia tudo isso: amigos em torno de mamãe, ajudando-a a confrontar aquilo que a estava destruindo aos poucos.

Kat continuou: "Hugh sugeriu que conversássemos com ela amigavelmente, sem forçar nada. É ela quem tem de contar como tudo aconteceu".

Tudo. "E você explicou a ele o que era esse *tudo*?", perguntei.

Ela desviou o olhar de mim. "Eu contei tudo a ele."

"Ah, mas não poderia ter contado *a mim*?", perguntei, demonstrando raiva e exasperação em minha voz. "Precisava ter-me emboscado junto com mamãe?"

Ela balançou a cabeça negativamente, fazendo seus cabelos balançarem sobre o rosto. Pude ouvir os outros cochichando à nossa volta.

"Entendo a raiva que você está sentindo", Kat disse, provocando-me de novo. "Está bem, eu bem que mereço. Isso estava combinado entre nós. Mas, por favor, *não* chame de 'emboscada'. Mesmo que não acredite, fizemos tudo por amor a Nelle e nada mais." Ela continuou ali gesticulando, pequena e obstinada, e eu não duvidei que ela amasse mamãe, suportando o sofrimento dela por todos esses trinta e três anos como se, de alguma forma, também fosse seu.

"Foi *você* quem me convenceu que todos nós precisávamos conversar sobre isso", ela continuou argumentando. "Depois, foi Nelle, na cama do hospital, com mais um dedo decepado. Eu teria lhe contado antes, mas tomei esta decisão somente ontem à noite. Eu não sabia se poderia levar meu plano adiante até hoje de manhã."

Respirei fundo, começando a aceitar sua história, chateada que ela tivesse procurado Hugh, mas aliviada ao mesmo tempo.

Kat começou a explicar: "Hugh disse que agora o comportamento de Nelle estava estabilizado graças aos medicamentos e que até mesmo o médico dela acredita que ela esteja pronta para relembrar e analisar o que deu início a tudo isto".

Então, pensei, Hugh manteve contato com o médico de Nelle.

Kat e eu nos sentamos: eu ao lado de mamãe, enquanto Shem e Dominic se sentaram nas duas últimas cadeiras disponíveis.

"Eu não sabia de nada", eu disse, olhando para mamãe.

"Se você ainda não me odeia, vai passar a me odiar depois disso", ela respondeu.

"Ninguém vai passar a odiar ninguém", Kat remedou. "Reconheço que trazer você até aqui não foi a coisa mais lógica a se fazer, mas a verdade é que precisamos resolver esta questão."

Mamãe olhou para a palma de suas mãos viradas para cima como duas pequenas bacias sobre seus joelhos.

"Olhe, eu passei pela sua casa e peguei seu terço", Kat disse. Ela pôs a mão dentro do bolso e puxou as contas vermelhas para fora e colocou-as sobre a mão esquerda de mamãe.

Ela dobrou os dedos segurando firme o terço. "O que você quer que eu faça?"

"Apenas tente contar o que aconteceu com o Joe", pediu Dominic.

Esperamos em silêncio.

Meu coração começou a bater mais forte. Eu não queria saber o que havia acontecido. De certa forma, eu provocara essa situação, mas agora eu temia descobrir *tudo* que acontecera.

Se você ainda não me odeia, vai passar a me odiar depois disso.

Mamãe virou o rosto para mim e me senti olhando para uma janela escura, tamanha a sua tristeza.

"Eu não vou passar a odiar você", eu lhe assegurei. "Você precisa me contar. Seja o que for que tenha acontecido."

Eu podia ver sua resistência. Todos nós percebíamos isso. Continuamos sentados sem nos entreolhar. O silêncio se tornou denso. Do lado de fora, a multidão que viera na balsa para a festa de santa Senara começara a se alinhar na calçada para esperar pela cadeira da sereia. Eu podia vê-los pela vitrine se amontoando na frente da loja. Imaginei-os fazendo coisas que comumente se faz — olhar vitrines, tomar casquinhas de sorvete, colocar os filhos sobre os ombros, esses atos de graça diária —, e isso me deu vontade de também ser comum, apenas por não poder sê-lo. Eu queria que tudo voltasse ao normal. Desfilar com a gloriosa despreocupação reservada apenas às pessoas comuns.

"Seu pai estava doente", mamãe disse, cuspindo as palavras como sementes amargas de uma fruta que ela tivesse acabado de comer.

Ela fez uma pausa e olhou na direção da porta.

"Nelle", Dominic interferiu. "Continue. Diga. Todos nós nos sentiremos melhor depois disto. Diga por você mesma. E por Jessie. Diga por nossa abençoada santa Senara."

Assim que ele disse isso, a loja se iluminou. Um raio de sol apenas atravessara o céu através da vitrine, envolvendo-nos de luz, mas, de certa forma mágica, parecia que santa Senara elevara sua mão para abençoar as palavras de Dominic, fazendo com que os raios entrassem e nos iluminassem. Mamãe franziu a testa:

"Ele tinha a mesma doença do pai *dele*", ela disse, resoluta, com um novo brilho nos olhos. "Chama-se doença de Pick."

Ela olhou para as tábuas de madeira do assoalho como se estivesse se dirigindo a elas, mas eu sabia que ela estava falando comigo. "Quando era pequeno, Joe viu seu próprio pai, o seu avô, tornar-se senil e morrer por causa dessa doença. Naquela época, no entanto, chamavam-na simplesmente de "demência". Apenas quando Joe recebeu o diagnóstico com a mesma doença que se pôde saber que tipo de demência o pai dele provavelmente teve."

Fechei meus olhos. *Doença de Pick.* Jamais ouvira falar disso. Senti o chão girar, a dor apertar em meu peito. Mentalmente, vi a praia dos Ossos riscada por ventos marinhos cortando as dunas de areia, sabendo que iriam dar novos contornos à ilha.

"Quando nos conhecemos, Joe me contou sobre o pai dele, como a doença destruíra seu cérebro." Suas palavras saíam pesadas, como tijolos que ela tentava erguer e assentar no lugar certo. "Mas não acredito que ele pensasse que poderia desenvolver a doença; a probabilidade de ser hereditária é muito pequena. Ele apenas dizia que a doença não tinha cura, nada além disso."

Ela franziu novamente. As lágrimas se acumulavam sobre seus cílios acinzentados. Mas continuou: "Certa vez, o pai dele o confundiu com um menino que ele conhecera na infância. Isso quase acabou com o Joe. Mais tarde, o pai dele não conseguia mais reconhecê-lo. A doença acabara com sua memória. Era assim que sempre Joe se referia a ela, como se a doença tivesse devorado o pai por dentro. Chegou a um ponto que ele não conseguia mais falar direito e começou a babar. No fim, a mãe de Joe tinha de secar sua boca e, mais tarde, acabou vestindo um babador nele".

Ela se dobrou para a frente na cadeira, suas palavras de repente fluindo como um rio turbulento. Parecia que, ao encontrar uma fresta, a força da história conseguira descerrar as comportas.

"No começo, Joe disse que foi principalmente a personalidade do pai dele que começara a mudar. Ele fazia coisas realmente estranhas. Gritava com as pessoas na rua sem motivo ou dizia coisas sem nexo. Muitas vezes, eram desagradáveis, como se ele tivesse perdido suas inibições. Mas o que mais o perturbou foi no dia em que o pai dele o jogou no chão. Quando percebeu o que tinha feito, começou a chorar, pedindo desculpas: 'Perdão, menininho, perdão', como se não conhecesse o próprio filho. Joe ficava arrasado toda vez que se lembrava disso. Eu creio que sentiu um alívio quando o pai dele finalmente morreu. Ele tinha dez anos. E o pai dele, apenas quarenta e oito."

Seus olhos se apertaram como duas pequenas amêndoas. O grande crucifixo na ponta do terço dependurara-se de seu colo balançando suavemente, enquanto ela movia os dedos pelas fieiras de contas como uma velha freira.

Hepzibah estendeu a mão e acariciou seu braço, suas mãos, os nódulos e a superfície de sua pele, como se quisesse remoldá-la. "Vamos, conte o restante, Nelle."

Mamãe limpou os olhos. "Um dia, Joe me disse que tinha certeza de ter a mesma doença do pai dele. Ele estava no barco e quando tentou jogar a âncora, não conseguia se lembrar onde a colocara, nem mesmo como dizer a palavra âncora. Ele se sentiu tão confuso que voltou direto para o píer com medo de se esquecer onde o *píer* ficava. Ainda me lembro da expressão em seu rosto quando entrou pela porta da cozinha, pálido e assustado. Ele disse: 'Deus me ajude, Nelle, eu tenho a doença'. Ele sabia disso e acredito que eu também. Houve outros sintomas: pequenos esquecimentos, além de perder a paciência por nada, ou simplesmente não conseguir raciocinar. Poucos meses depois, os médicos em Charleston nos confirmaram o que nós já sabíamos."

Ela não levantou os olhos. Continuou mirando o chão, as réstias de luz, a poeira iluminada pairando sobre o assoalho.

"Seu pai não queria esquecer o seu nome", ela disse, e eu pude sentir o desespero em sua voz, como as palavras rasgaram sua garganta. "Ele também não queria esquecer o nome de Mike, mas era o *seu* nome, Jessie, que ele acordava gritando no meio da noite. Algumas vezes, acordava chorando: 'Perdão, menininha, perdão'." Ela se balançava para a frente e para trás, e eu sabia que era isso que ela deveria fazer quando ele despertava assim: abraçando-o e balançando-o do mesmo modo.

Eu não suportava mais olhar para ela. Lembrei-me de um dia quando vi meu pai e minha mãe na cozinha dançando sem música. Eles se amavam tanto.

"Eu disse a ele mil vezes: 'Você *não* vai esquecer o nome de seus filhos; não vou deixar você esquecer. Deus vai curar você'." Ela começou a enrolar o terço em suas mãos. Eu me inclinei e estendi a mão para tocá-la. Eu queria a minha mãe. Eu queria me aproximar e beijá-la como uma mãe beija seu filho ferido. Meu amor por ela era tão confuso.

O terço caiu no chão. Ela começou a falar com meu pai como se ele estivesse sentado entre nós. "Não me peça para fazer isso, Joe. Por favor, não me peça. Vou andar de joelhos por toda a ilha, se for preciso. Não vou comer. Vou dormir no solo, no chão batido. Vou *fazer* com que Deus me ouça. *Por Jesus e por Nossa Senhora*. Não me peça para fazer isso. Seria nossa condenação!"

Seu rosto estava em chamas.

A luz do sol evaporara do assoalho. Mamãe olhou para a escuridão em volta de nossos pés, para as silenciosas sombras sob nossas cadeiras.

Kat se abaixou e recolheu o terço. Continuamos em silêncio. Eu me sentia flutuando a esmo, oscilando como uma enguia no meio do oceano. Eu não estava entendendo nada. O que ela estava tentando dizer?

Acredito, no entanto, que algo em mim sabia o que era. Comecei a respirar com a boca aberta, enchendo os pulmões de ar, como se enchesse um travesseiro com mais algodão para absorver o impacto.

Mamãe se virou lentamente para mim. "Ele sequer ouvia meus apelos. Toda vez que eu me recusava a fazer o que ele queria, ele sorria e dizia: 'Nelle, vai dar tudo certo. Deus não vai culpar você. Você estará cumprindo a divina misericórdia de Deus. Deixe que eu mantenha a minha dignidade. Deixe-me morrer como eu mereço'."

Então, eu entendi.

Creio que tenha emitido algum som, um gemido. Fez com que todos se virassem e olhassem para mim. Até mesmo mamãe. Senti pavor ao olhar para ela.

"Eu não deveria ter dado ouvidos a ele", mamãe disse. "Por que fui dar ouvidos a ele?"

Dominic piscava os olhos e tudo que me ocorreu é que pareciam translúcidos, de um azul muito claro.

Eu mal continha meu estupor, uma transparência que surge quando a vida se transforma num cristal tão perfeito que você pode vê-lo em sua mais límpida clareza. Tudo se somou de repente — a vida como ela realmente é, enorme, apavorante, devastadora. Podem-se distinguir os veios que corroem a pele e as dimensões desmesuradas em que o amor se lança para preenchê-los.

Mamãe começara a soluçar. Ela abaixou a cabeça em direção ao peito, sacudindo os ombros. Estendi meu braço para alcançar sua mão, a única coisa que me restava a fazer naquele momento. Porque eu a amava e odiava ao mesmo tempo pelo que ela fizera, mas principalmente porque sentia muita pena dela.

Sua mão parecia pesada e gotejava de suor. Toquei as veias em torno das juntas de seus dedos. "Você fez a única coisa que poderia fazer", eu disse. Foi tudo que consegui dizer: ter essa condescendência, essa tolerância.

Eu não tinha certeza se ela iria me contar o que ela fizera, nem também se eu queria saber ou não.

Comecei a me sentir aliviada. Olhei para Dominic e percebi que ele movia os lábios em silêncio, e imaginei que ele deveria estar fazendo uma oração em agradecimento por mamãe ter finalmente dado vazão ao seu sentimento de culpa em relação ao passado. Eu acreditava que, por mais terrível que fosse a verdade, pelo menos ela estava sendo *revelada*. Acreditei que nada poderia ser pior do que isso. Mas eu estava totalmente enganada.

Hepzibah trouxe um copo d'água para mamãe. Respeitosamente, vimos ela se recompor e bebê-lo, o ruído dos goles dilatando-se no silêncio. Voltou-me à memória a lembrança de eu ter vasculhado a gaveta de sua penteadeira e encontrado o cachimbo.

"Não foi o cachimbo que causou o acidente", eu disse a ela. "Nunca foi o cachimbo."

"Não", ela disse. A pele de seu rosto tinha a aparência macilenta e encarquilhada, e olheiras murchas sob os olhos. Porém, eles expressavam algo: a calma vazia que vem logo depois da catarse.

"Jessie, você sabe o que é dedo-morto?", Kat perguntou.

Virei-me para ela, surpresa. *"O quê?"* Fiquei imóvel por um momento pensando de um modo estúpido que ela deveria estar se referindo ao dedo de mamãe no pote sobre o balcão. Ninguém se moveu.

"Dedo-morto", ela repetiu, falando com candura, num tom gentil, "é uma planta. Da família das solanáceas." Ela lançou um olhar curioso para ver se eu havia entendido o sentido. "É uma planta muito venenosa", acrescentou.

Compreendi imediatamente: meu pai morrera ingerindo um tipo de planta venenosa.

Levantei-me, balançando a cabeça. Como é possível reverter imagens e pensamentos carregados na memória de seu corpo por trinta e três anos?

Fui até o balcão, reclinei-me sobre a madeira gasta, e repousei minha cabeça entre as mãos. "Dedo-morto*", eu disse, dando-me conta da denominação que induzira mamãe por vias tortas à automutilação.

Hepzibah se aproximou de mim, postando-se ao meu lado, e tocou meu ombro. "Costumava crescer em torno do cemitério de escravos. Ainda torna a aparecer algumas vezes, se eu não tomar cuidado em eliminar todas. Tem a forma de um arbusto com folhas amarfanhadas e botões cinza esbranquiçados com a forma de dedos e tem um cheiro fétido terrível. Provavelmente, você já a viu pela ilha."

"Não", eu disse, ainda segurando minha cabeça, afastando qualquer pensamento que se formasse em minha mente.

"É mais complacente do que outros venenos. Nas décadas de 40 e 50, costumava ser usado para abreviar o sofrimento de animais domésticos que tivessem alguma doença terminal. Seu pai morreu tranquilamente, Jessie. Ele apenas adormeceu e não acordou mais."

Eu me virei para mamãe que estava com o rosto tranquilo, porém com a expressão exaurida. "Como você soube o que fazer? Eu nunca soube que você entendia de plantas."

Ela não respondeu, porém, olhou para Kat e depois para Hepzibah.
Elas haviam participado também.

"Vocês a ajudaram!", exclamei, olhando para uma e depois para a outra.

Os olhos de Kat passearam pelo chão e depois se viraram para mim novamente. "Nós participamos, porque seu pai nos pediu. Ele nos procurou separadamente, além de Shem e Dominic também, pedindo nossa ajuda do mesmo modo que fez com sua mãe. Nós amávamos o Joe. Teríamos feito qualquer coisa por ele, mas nenhum de nós tomou essa decisão sem ter ponderado muito a respeito."

Olhei para Dominic e senti-me confusa. Por que meu pai teria pedido a *ele* para tomar parte disso? Kat e Hepzibah era compreensível. Elas dedicavam sua vida à mamãe, e papai sabia quanto ela iria precisar das duas depois. Shem era seu melhor amigo. Mas, e Dominic?

Ele adivinhou meus pensamentos. "Venha, sente-se", Dominic me pediu. Ele esperou eu me sentar na cadeira. "Um dia, Joe veio falar comigo e me disse que iria morrer, que seria uma morte lenta e terrível, e que ele não

---

* Pertencente a uma família de plantas venenosas, que pode causar tonteira, estupor, visão turva, delírio, convulsões e, se ingerido em grandes quantidades, até a morte. Conhecida em português como meimendro-negro, hioscíamo, meimendro-preto ou velenho. O nome em inglês, como a autora criou, foi mantido na tradução para conservar a coerência com a história. No passado, servia como sedativo para aliviar a dor e acalmar casos de irritabilidade nervosa (in "Segredos e virtudes das plantas medicinais", *Reader's Digest*, 1999). (N. T.)

iria suportar ir até o fim, muito menos sua família. Ele me disse que queria morrer sentado na cadeira da sereia. Ele queria estar no lugar mais sagrado da ilha, ao lado de sua mulher e de seus amigos."

Dominic não poderia ter dito nada que me surpreendesse mais, ou que ao mesmo tempo me parecesse mais natural e verdadeiro para o meu pai.

"Seu pai era um homem encantador", ele disse. "Ele tinha o que eu chamo de senso de humor criativo e ele o usou até mesmo neste momento. Ele me contou, rindo, que Deus, uma vez, enviou sereias de verdade até seu barco que, ele ressaltou, eram, sem dúvida, um sinal de que, quando ele morresse, ele deveria estar sentado na cadeira, agarrado a elas. Mas, principalmente, o que ele queria era..." Dominic lançou um olhar em direção à mamãe. "Ele queria se sentar na cadeira, porque era preciso que fosse um lugar sagrado por causa de Nelle. Eu deveria ser o oficiante... Você sabe, para assisti-lo durante sua passagem, dar-lhe a extrema-unção e, depois, absolver Nelle e a todos nós. Inicialmente, eu me neguei a fazê-lo. Eu fui o último a concordar."

Eu ainda estava tentando reconstituir a morte de meu pai — mudar as imagens e os sentimentos que a acompanhavam. Tentei imaginá-lo sentado na cadeira da sereia, olhando para o rosto de mamãe, lentamente caindo num coma profundo. Eu estaria dormindo no meu quarto quando tudo isso aconteceu? Ele teria vindo até minha cama para se despedir? Uma pequena lembrança se destacou em minha mente como um diminuto fruto verde que nunca amadurecera: eu abri os olhos e o vi ao lado da minha cama. A boneca rodopiante que ele havia descascado para mim mais cedo naquela noite estava sobre minha mesa de cabeceira e eu o vi estender a mão e tocá-la com a ponta dos dedos.

"Papai?," perguntei, com voz sonolenta.

"Psiu...", ele respondeu. "Está tudo bem."

Ele se ajoelhou no chão, passou seu braço sob meu ombro e me puxou para bem junto dele, meu rosto prensado contra sua camisa de algodão cru. Ele cheirava a tabaco de cachimbo e maçãs.

"Jessie", ele disse. "Minha pequena Boneca Rodopiante."

Tenho certeza de que eu o ouvi chorar baixinho. Repetiu meu nome várias vezes junto ao meu ouvido antes de me deitar novamente sobre o travesseiro, devolvendo-me ao mundo dos sonhos.

Eu sempre soube que isso havia acontecido. Quando eu era criança, cada vez que eu gritava meu nome sobre o pantanal, eu sabia. Apenas não compreendia, até este momento, que isso acontecera na noite em que ele morreu.

Minhas mãos seguravam os lados da minha cadeira. Eu estava tentando me manter firme.

"Por que você mudou de ideia?", perguntei a Dominic.

"Joe era uma pessoa determinada", ele respondeu. "Ele não era apenas encantador, mas também astuto. Ele me disse que ele iria se matar com ou sem meu auxílio, mas que seria muito melhor para Nelle se eu o ajudasse. Eu me dei conta de que poderia me manter fiel aos dogmas e virar-lhe as costas, ou poderia transformar algo terrível e inevitável em um ato de misericórdia. Então, decidi tentar ajudar nessa situação."

Comecei a dizer o óbvio, que agarrar-se a uma relíquia sagrada e à absolvição de Dominic acabaram não ajudando à mamãe tanto assim afinal, mas como eu poderia saber? Talvez a tenha mantido mais sã do que se não tivessem feito isso.

"O barco...", eu perguntei. "Ele estava no barco?"

Shem, que não havia dito sequer palavra desde a hora que chegamos, ergueu a cabeça e me encarou com os olhos vermelhos. "Ele estava lá. Eu mesmo o carreguei para o barco dele, aquela sua velha lancha, e deitei-o lá dentro. O barco estava atracado no meu píer."

O *Jes-Sea*.

Ocorreu-me, de repente, que Shem tivesse sido envolvido não porque fosse um amigo íntimo, mas porque sabia como fazer o barco explodir e parecer um acidente.

Shem olhou para mamãe, como se perguntasse se deveria continuar falando. Ela permanecera calada e introspectiva nos últimos minutos, afundada na cadeira. "Nelle?", Shem perguntou, e ela assentiu.

Ouvi-o respirar fundo. Ao soltar o ar, seu queixo tremia. "Joe já havia enchido o tanque de gasolina e amarrado o timão para que fosse levado direto para o meio da baía. Naquela noite, depois que o coloquei dentro da lancha, liguei o motor, deixei-a em ponto morto e desconectei o cabo da bateria. Depois, acertei a velocidade para dez milhas por hora e retirei as amarras. Quando chegou à arrebentação, o cabo solto começou a balançar e a soltar faíscas. O barco explodiu antes de atingir cem metros de distância."

"Mas por que fazer tudo isso apenas para que parecesse um acidente? Isso é loucura!"

Mamãe me encarou com o mesmo olhar desafiador de sempre. "Isso era o mais importante para seu pai. Ele queria que fosse feito assim por sua causa, então, não ouse dizer que foi uma loucura."

Eu me aproximei dela e me abaixei ao lado de sua cadeira.

Era um alívio vê-la se aborrecer, um sinal de que ainda havia vida dentro dela.

"O que você quer dizer com ele queria que fosse feito assim por *minha* causa?"

Ela inclinou a cabeça aproximando-se de mim e vi seus olhos novamente se encherem de lágrimas. "Ele disse que a morte dele seria difícil para você, mas viver com a ideia do suicídio dele seria mil vezes pior. Ele não suportava imaginar que você pensasse que ele a havia abandonado."

Ficamos em silêncio.

Em alguma parte das confusas reminiscências da minha infância, eu sabia que meu pai fizera tudo isso por *mim*, por sua Boneca Rodopiante, e eu não sabia como iria suportar o peso disso — a imperdoável culpa por seu sacrifício.

Cerrei meus olhos e ouvi meu pai dizendo meu nome de leve em meu ouvido. Dizendo adeus.

Jessie, Jessie, Jessie.

Enquanto viveu, ele não esqueceu meu nome.

Deitei minha cabeça no colo de minha mãe e chorei meu desconsolo em seu regaço. Eu podia sentir a rigidez da trama bordada de sua saia pressionar contra minha testa. Havíamos nos reunido para que mamãe pudesse se livrar do negror que carregara por tanto tempo, realinhando suas recordações. Queríamos que ela relembrasse o que aconteceu e talvez, de certo modo, conseguir reconstruir seu ser despedaçado. E acabara assim. Eu, deitada em seu colo, sua mão mutilada sobre minha cabeça.

Quando pisamos na calçada novamente, o céu adquirira um tom azul profundo. A procissão da cadeira da sereia já havia descido pelas ruas até o cais. Ao subir no carrinho de golfe, pude ver a multidão se espremendo junto à grade. Imaginei as traineiras passando com suas luzes coloridas trançadas nas redes estendidas sobre os barcos. Imaginei a cadeira da sereia sobre o tapete vermelho e sob a luz difusa, banhada e abençoada pela água do mar.

Mamãe seguiu ao meu lado no carrinho de golfe enquanto eu dirigia sob o lusco-fusco, e sequer se deu conta de que esquecera seu dedo sobre o balcão da loja de Kat.

34

Em maio, as monções começaram a arrastar o capim do pantanal. Seguia pelas salinas como uma longa flotilha em decomposição, jangadas de feno escurecido. Logo de manhã cedinho, quando eu sabia que iria ficar sozinha, fugia para o píer do viveiro. Ficava ali, com a luz elevando-se sobre o pântano, enchendo minhas narinas com o cheiro de ovos e esperma, e observava o imenso êxodo, o modo imaculado como a natureza se renova.

Depois que descobri como meu pai morrera, senti-me mais leve. Não consigo encontrar uma explicação para isso, exceto que nos libertamos ao saber a verdade, não importa quão angustiante ela seja. Finalmente, você chega à essência e não há mais nada a fazer, senão resignar-se. Então, ao menos, você pode desfrutar da misericórdia da aceitação.

Mamãe parecia aliviada em ter contado a verdade depois de tanto tempo. Ela continuou me revelando outros detalhes, em geral, à noite, quando começava a escurecer e a luz a minguar pelas janelas. Ela me contou que Kat e Hepzibah haviam fervido vários maços das folhas da planta e pedaços da raiz, cozinhando-os até adquirirem a consistência de uma sopa de ervilha. Meu pai havia insistido em beber o líquido em um dos cálices usados na missa. Tenho certeza de que ele estava tentando fazer minha mãe entender que a morte era um sacramento também, de que havia uma santidade em seu sacrifício, embora eu tenha certeza de que ela nunca tenha compreendido isso.

Eu mesma não estou absolutamente certa de que *eu* tenha entendido inteiramente. Não sabia se meu pai havia se embrenhado na seara de Deus e cortado o fio que pertencia ao Destino... se ele havia usurpado algo que não lhe pertencia por direito — o terrível poder de determinar *quando*. Ou será que ele apenas usurpou o coração misericordioso de Deus, oferecendo sua vida em sacrifício, apenas querendo eliminar nosso sofrimento? Eu não sabia se era orgulho, medo, coragem, amor, ou todos eles juntos.

À noite, sonhei com baleias arremetendo seus corpos moribundos sobre a praia para morrer voluntariamente. No início, fiquei imóvel, incrédula, gritando para que voltassem, mas, no final, apenas caminhei entre elas, passando as mãos sobre suas imensas costas, ajudando-as a aceitar o misterioso desafio que haviam escolhido.

Mamãe me contara que meu pai segurou o cálice com ambas as mãos e tomou todo o líquido de uma vez. Depois, Dominic enviou o cálice com Shem para ser colocado no barco, temendo que o veneno não pudesse ser totalmente lavado. Mamãe me disse que enquanto ele tomava o veneno, ela começou a chorar, mas ele continuou bebendo até acabar e, depois, olhando para ela, disse: "Não bebi a minha morte, Nelle. Tente se lembrar disso por mim: eu bebi a minha vida".

O que mais desejei foi que minha mãe tivesse de alguma forma se lembrado disso, como ele queria que ela fizesse.

Hepzibah veio um dia até em casa com o pote que continha o dedo de mamãe. Mamãe o guardou envolto num lencinho bordado sobre a penteadeira entre a estatueta de Nossa Senhora e a fotografia de papai em seu barco. Aos poucos, outros objetos foram sendo colocados em torno dele — três conchas de mariscos, uma antiga estrela-do-mar, um ouriço. Começou a parecer um pequeno altar.

Eu não perguntei a ela o que significava aquilo — poderia ser errado, de certo modo, eu me intrometer nesse assunto — mas eu senti que ela estava, de um modo obscuro, oferecendo seu dedo ao oceano, esperando que se transformasse em outra coisa, assim como aconteceu aos dedos de Sedna.

Certa noite, quando a brisa da praia dos Ossos trouxe a maresia através das janelas abertas, fui até o quarto de mamãe para lhe dar boa noite. Ela estava sentada na penteadeira, olhando para o pote onde estava seu dedo. Acariciei seu polegar, tocando a cicatriz de seu indicador. "Eu queria que você tivesse me contado por que razão acreditou que tinha de fazer isso a você mesma", eu disse.

Quando ela olhou para mim, seus olhos tinham uma claridade que eu nunca vira. Ela respondeu: "Em fevereiro, logo antes da Quarta-Feira de Cinzas, encontrei dedo-morto crescendo ao lado de casa junto à fonte. Pude aspirar o cheiro da varanda. Duas plantinhas. No dia seguinte, havia três delas. Eu *nunca* mais deixara esta planta crescer no jardim desde a morte de Joe, mas lá estava ela. Eu não conseguia parar de pensar nisso, Jessie. Eu sonhava que as folhas estavam crescendo e entrando na casa pelas janelas. Eu tinha de fazer alguma coisa para fazer isso parar. Para fazer tudo parar".

Ela colocou sua mão sobre a foto cobrindo o rosto de papai e seus olhos se inundaram de lágrimas. "Eu queria reparar o mal que fiz. Desfazer o mal. Eu só queria que ele voltasse para mim."

Isso foi tudo que ela conseguiu dizer. Tudo o que ela poderia dizer.

Ela queria desfazer o mal. Ela queria que ele voltasse para ela.

Não sei se algum dia conseguirei entender. Fosse o que fosse o que ela pretendia conseguir plantando seu dedo no roseiral, ou cercando o pote com objetos marinhos, era mais do que um triste pedido de perdão. Era uma última e desesperada tentativa de alcançá-lo. Creio que ela quisesse reconstituí-lo com todas as partes mutiladas e torturadas de seu ser, remontá-lo do modo como ele fora, como *eles* foram antes de tudo acontecer. Ela queria fazer a culpa e a saudade cessarem.

Durante esses dias, pintei compulsivamente meu pai como eu o imaginava naquela noite, sentado na cadeira da sereia, logo depois de beber sua morte e sua salvação. Usando a foto da penteadeira de mamãe como modelo para fazer seu rosto, pintei-o com os olhos apertados, sua face rugosa, escura e endurecida como couro — aquela aparência marinha visível em tantos rostos de moradores da ilha. Ele estava empertigado e solene, como se estivesse num trono, tocando as sereias aladas nos braços da cadeira e olhando para mim.

Bem debaixo da cadeira, na base da tela, como num reino subterrâneo, fiz uma câmara retangular, um quarto mágico e secreto. Dentro, pintei uma menininha.

Trabalhei nas telas na sala e por vezes na varanda, sem esconder o que estava fazendo de mamãe, que ficava horas sentada, observando, deslumbrada, à medida que a imagem dele surgia, como se assistisse ao nascimento de um bebê.

Eu me sentia assim também, mas por outras razões. Dei-me conta do modo como minha vida se moldara em torno de meu pai, de sua vida e de sua morte, das cascas de maçã e de seu cachimbo. Vi claramente à medida que ele emergia dos meus pincéis: Joe Dubois, o núcleo oculto e pulsante em torno do qual minha vida havia se moldado.

"Quem é esta na caixa sob a cadeira?", mamãe perguntou, olhando para a pintura por cima do meu ombro.

"Acho que sou eu", respondi ligeiramente irritada ao ouvi-la usar a palavra "caixa". Eu não havia pensado dessa forma, mas vi que era verdade. *A menininha não estava num quarto mágico e encantado. Ela estava numa caixa. A mesma menina que crescera e passara a usar pequenas caixas de arte para se expressar.*

Quando terminei de fazer o retrato, pendurei-o em meu quarto, tornando-se praticamente um ícone com sua presença, com sua capacidade de me revelar coisas invisíveis. Nunca foi segredo que eu idealizara meu pai, que eu teria feito qualquer coisa para agradá-lo — ser sua menina dos olhos (para usar o mais óbvio e o pior clichê de todos) —, mas o que eu ainda não havia compreendido até fazer o retrato era a tristeza que envolvia tudo isso. Eu não havia entendido o que eu me forçara a fazer. Mas, muito mais do que isso, jamais me dera conta como esse mesmo processo ocorrera com Hugh. Eu havia me acomodado a ele por vinte anos sem ter ideia do que fosse ser eu mesma. De *pertencer* a mim mesma, na verdade.

Eu me sentia como se finalmente tivesse encontrado a famosa ervilha do conto de fadas escondida sob o colchão que mantivera a princesa acordada, virando-se de um lado para o outro todas as noites, incomodando-a sem parar.*

Eu me sentava de pernas cruzadas em cima da cama e olhava para o quadro, ouvindo minhas fitas cassete em meu walkman, pensando no pai ideal que Hugh havia sido, não apenas para Dee, mas para mim também. *Meu Deus*, para mim também!

Não consigo imaginar ter vivido de outra forma. Se eu tivesse tentado me aproximar dele por qualquer outro motivo que não fosse o seu lado paternal. Deixar que ele fosse Hugh. Apenas Hugh.

No Dia das Mães, Dee me ligou. Fiquei conversando com ela na cozinha, apoiada na geladeira. No início da conversa, ela se limitou às felicitações do dia e seus planos para as férias de verão. Ela me disse que não iria fazer nenhum curso extra, pois iria para casa ficar com o pai.

Assim que mencionou Hugh, ela fez uma pausa e, em seguida, falou comigo num tom inconformado e cheio de raiva: "Por que você está fazendo isso?".

"Fazendo o quê?" Reconheço que essa foi uma pergunta bem idiota.

"Você sabe o que eu quero dizer!", ela esbravejou. "Você o abandonou. E nem falou comigo sobre isso." Eu podia ouvi-la chorando, tentando abafar o som pelo telefone do outro lado.

"Ah, Dee, me perdoe." O que eu disse soou como uma dessas canções batidas e repetitivas: *Me perdoe, me perdoe, me perdoe.*

"Por quê?", ela insistiu. "Por quê?"

"Eu não sei como explicar a você."

Mentalmente, ouvi o que Whit disse na balsa naquele dia, as exatas palavras que ele usou: *Nunca consegui fazê-los compreender que eu precisava, de certo modo, ficar sozinho. De uma forma espiritual, quero dizer.* Ele chamara essa reclusão de uma *solidão de ser.*

"*Tente*", ela replicou.

Havia apenas uma coisa que eu poderia dizer a ela. Eu respirei fundo. "Isso vai parecer ridículo, mas minha vida parecia ter estagnado, como se tivesse atrofiado. Tudo estava circunscrito apenas aos papéis que eu desem-

---

* Uma das histórias menos conhecidas de Hans Christian Andersen, A princesa e a ervilha conta que um príncipe, para saber se determinada princesa era realmente sensível, manda colocar uma ervilha debaixo dos colchões de sua cama para ver se algo a incomoda. Para sua alegria, descobre, na manhã seguinte, que a princesa mal conseguira dormir e, assim, acaba encontrando uma princesa verdadeiramente sensível com quem poderia se casar. (N. T.)

penhava. E eu amei vivê-los, Dee, de verdade, mas eles começaram a definhar e não eram realmente quem eu sou. Você consegue entender? Como se houvesse outra vida sob aquela que eu vivia, como um rio subterrâneo, ou alguma coisa parecida, e que eu morreria se não escavasse para alcançá-la."

O silêncio que ela fez assim que eu disse isso soou como um alívio. Comecei a escorregar pela geladeira até me sentar no chão.

Em algum lugar, eu havia perdido a solidão de ser que me dizia quem eu era. Que guardava todo o mistério do meu ser. Eu me tornara incapaz de mergulhar de cabeça, e ir até o fundo e conhecer inteiramente o meu erotismo.

"Você não ama mais o papai?", Dee perguntou.

"Claro, claro que sim. Como poderia não amá-lo?" Eu não sabia por que estava dizendo isso a ela. Quanto disso seria um paliativo, quanto seria verdade.

Hugh e eu tínhamos vivido nossa vida cheios de boas intenções, mas deixando a imaginação escapar de nossa vida em comum. Tornamo-nos parceiros funcionais excepcionais ao construirmos nossa vida. Até mesmo ao ser o que o outro secretamente precisava: um bom pai, uma boa filha, uma menininha na caixa. Com todos os fantasmas que se escondem nas sendas de um relacionamento.

Parecia certo ter acabado com tudo isso, mas não em ter ferido Hugh: eu me arrependeria disso para sempre.

"Você vai ficar por aí o verão todo?", Dee perguntou.

"Não sei", respondi. "Eu só sei que eu..." Eu não sabia se deveria dizê-lo, se ela queria ouvir isto ou não.

"Que você me ama", Dee arrematou, dizendo exatamente o que eu iria dizer a ela.

Fui até o mosteiro em meados de maio. O calor havia se instalado em seu modo costumeiro — imediato, opressivo, uma tenda de lã envolvendo toda a ilha da noite para o dia, que não se levantaria até o início de outubro.

Ao chegar ao centro de recepção, vi uma dúzia de monges sentados no extenso gramado no pátio da abadia tecendo redes de pesca. Espalhavam-se como peças de xadrez sobre um grande tabuleiro verde, cada um com um monte de fios de algodão sobre o colo. Eu parei momentaneamente transportada até minha infância quando os monges fugiam do calor abrasante da Casa das Redes para se refrescar com a brisa que subia do pantanal.

"O ar-condicionado quebrou", disse uma voz e eu me virei para me deparar com o monge calvo que eu vira no primeiro dia na loja de presentes quando comprei o livreto de Dominic. Ele franziu a testa, olhando-me através de seus imensos óculos de grau Jack Benny. Levei alguns momentos para me lembrar de seu nome: d. Sebastian. Que não tinha o menor senso de humor. O mesmo que mantinha o mosteiro na linha.

"Não sei como aguentam passar o verão vestidos nesses hábitos", comentei.

"É um pequeno sacrifício que fazemos", ele respondeu. "As pessoas não querem mais fazer sacrifícios." O modo fixo como ele me olhava, enfatizando a palavra "sacrifício", me deu uma sensação estranha e, de súbito, lembrei-me de meu pai.

Virei-me para olhar novamente para os monges no gramado.

"Você está procurando pelo irmão Thomas?", ele perguntou.

Eu girei nos calcanhares. "Não, por que estaria?" Fiquei paralisada com sua pergunta e tenho certeza de que me mostrei surpresa.

"Você não quer realmente que eu responda essa pergunta, quer?", ele retrucou.

Como ele poderia saber sobre mim e Whit? Eu não acreditava que Whit tivesse contado a ele. A Dominic, talvez, mas não a Sebastian.

"Não", respondi, num sussurro. "Não quero." Empertiguei-me e me afastei, seguindo até o pátio em direção à igreja da abadia.

O vento soprara fiapos de algodão por toda parte. Parecia que o Destino passara por ali cortando os fios a esmo. Um dos monges estava caçando um deles, tentando agarrá-lo, correndo atrás do vento. Alguma coisa nesta cena me encheu de tristeza e saudade. Comecei a pegar os fiapos enquanto ia andando, qualquer um que encontrasse pela frente, enfiando-os dentro do bolso. Eu ainda podia sentir Sebastian ali parado, seguindo-me com os olhos.

Eu não mentira para ele. Eu não viera procurar por Whit. Eu estava ali porque, não importava quanto eu tentasse, não resisti à mórbida atração de ver a cadeira da sereia novamente sabendo, agora, sobre a morte de meu pai. Mas também era verdade que eu viera pela manhã quando sabia que Whit estaria na abadia e não no viveiro. Eu lavara o cabelo e vestira minha camisa azul-marinho.

Eu não o via fazia quase um mês, desde que mamãe foi hospitalizada. A ausência criou um estranhamento, um distanciamento entre nós que eu não sabia como enfrentar. Muito do tempo em que ficamos afastados fora necessário devido às circunstâncias. Mas uma parte — na verdade, uma grande parte — não foi. Eu não sabia dizer quanto de mim permanecia afastado dele.

A igreja estava vazia. Fui até a lateral, parando na entrada da pequena capela. A cadeira da sereia estava lá, sozinha, diante do vitral que filtrava uma luz frágil e trêmula. Olhei de imediato para as sereias nos braços da cadeira.

Suas cores verdes, vermelhas e douradas eram as únicas que resplandeciam na capela.

Quando pintei meu pai, emprestei à cadeira contornos maternais — a *pietà*, o imenso regaço da morte. Concebi as sereias como parteiras exóticas, uma de cada lado, suas asas remetendo a imagens de anjos carregando-o para o Céu, suas caudas de peixe criando uma pompa marinha noturna para levá-lo até a obscura mãe do oceano. Imaginei-as entoando cânticos, lamentos, lamúrias — não as falsas pedras nas caixinhas da loja de Kat, mas lágrimas de verdade. Eu pensei que quando visse a cadeira, ela pesaria sobre mim, mas me senti extraordinariamente leve.

Aproximei-me dela e me sentei. Apoiei minha cabeça sobre o retorcido nó celta e deixei minhas mãos tocarem as costas das sereias. O que me ocorreu primeiro foi o tempo que passei quando criança espalhando pétalas de rosas por toda a ilha como se fossem as cinzas de meu pai, especialmente *aqui* sobre o assento da cadeira da sereia. Perguntei-me se eu poderia ter reconhecido os rastros de sua morte, a densidade de adeuses.

Sentada na cadeira, não compreendia todo o mistério, mas entendia muito mais do que antes. Meu pai morrera ali, mas, de certo modo, eu também morrera. Quando me sentei na cadeira semanas atrás, entreguei-me ao amor que sentia por Whit, abandonando minha vida anterior. Naquele momento, eu comecei a morrer.

Senti que Whit viera até a capela antes mesmo de vê-lo. Ouvi-o quando me chamou: "Jessie".

Ele vestia seu hábito e trazia sua cruz sobre o peito.

Quando começou a vir em minha direção, eu me levantei. Meu coração se acelerou.

"Como está Nelle?", ele perguntou.

"Muito melhor. Ela já saiu do hospital."

Seu rosto estava contraído e eu sabia, de um modo que não consigo explicar, que ele sentia o mesmo distanciamento que eu.

"Fico feliz", ele respondeu.

"Sim, eu também."

Senti o fosso entre nós aumentar e nossas palavras passaram a ecoar na distância. Ele parecia estar esperando que eu dissesse alguma coisa.

"D. Sebastian me disse que você queria falar comigo", ele disse, num tom bastante formal.

Abri a boca de espanto. "Mas eu não disse nada." Ao me dar conta do que eu dissera, acrescentei: "Quero dizer, estou feliz em ver você, mas eu não disse isso a ele".

Whit franziu a sobrancelha.

"Há alguns minutos, quando o encontrei ao acaso, ele deixou bastante claro para mim que sabia sobre nós. Ele foi bem preciso quanto a isso." Eu me senti estranha ao usar a palavra "nós".

"Temo que Sebastian tenha o mau hábito de ler meu diário."

"Mas isso é imperdoável."

A luminosidade oscilou dentro da capela. Lembrei-me da luz refletida em seu rosto enquanto ele dormia. Como ele lavou meus pés na água do riacho. Eu desconhecia o lugar misterioso onde nossa intimidade se ocultara.

"Sabe, eu ainda não tinha certeza até agora de que ele realmente tivesse lido", Whit disse. "Eu apenas suspeitava."

"Tive a sensação, quando Sebastian estava conversando comigo, de que ele estivesse me pedindo para deixar você em paz, mas sem dizer isso efetivamente. Imagino como ele deva ter tornado tudo difícil para *você*."

"Você pode até imaginar isso, mas, na verdade, ele tem sido mais gentil comigo desde então. Como se quisesse que eu escolhesse o melhor. Ele me disse para refletir por que vim para cá, o que significa para mim estar aqui escondido junto a Deus. Creio que se cansou de esperar que eu me decida." Ele encolheu os ombros. "Sebastian acredita que devemos enfrentar os problemas de cabeça erguida."

As pessoas não querem mais fazer sacrifícios.

Creio que todo começo contenha seu próprio fim. Olhando agora para Whit, eu sabia que o fim estava presente desde a noite em que nos conhecemos, quando ele se postou de um lado do muro do mosteiro e eu do outro. Um muro de tijolos impenetráveis.

Whit sabia disso. Percebi pelo modo como deslizou as mãos para dentro das mangas de seu hábito, a tristeza estampada em seus olhos. Eu percebi que ele *já* havia feito o sacrifício.

Ficamos olhando um para o outro. Perguntei-me se eu teria me apaixonado por ele se ele fosse um vendedor de sapatos em Atlanta. Foi um pensamento bizarro, mas me pareceu o mais racional de toda a minha vida. Duvidei que tivesse, e me senti frustrada ao ter de abandonar minhas últimas ilusões. Minha paixão por ele fora provocada por sua condição religiosa, sua lealdade a si mesmo, a contenção de sua solidão, o desejo de ser transformado. O que eu mais amava nele era minha própria vivacidade, sua capacidade de me devolver a mim mesma.

Julguei cruel e ao mesmo tempo surpreendente perceber que nosso relacionamento nunca pertencera ao mundo, a uma casa de verdade, onde se leva uma vida comum, lavando meias e cortando cebolas. Pertencia a um canto recôndito da alma.

Eu me deparara com o imponderável, assim como tinha feito com meu pai, e não havia nada a fazer senão aceitar, aprender a aceitar, deixar que passassem os dias e as noites, e aceitar.

Fechei os olhos e vi Hugh. Suas mãos, os pelos sobre seus dedos, os esparadrapos em seus polegares. Como tudo isso era real. Tão comum. Tão dilacerante e belo. Eu o queria de volta. Não como antes, mas novo, totalmente novo. Eu queria o que sucede à paixão: o amor conjugal, imperfeito.

Whit disse: "Sinceramente, pensei que eu pudesse seguir adiante. Eu realmente queria". Ele balançou a cabeça e ficou olhando para uma parte gasta do carpete escuro que cobria o tablado onde repousava a cadeira.

"Eu sei. Eu também queria."

Eu não queria que ele dissesse mais nada. Queria que nossa separação fosse silenciosa, rápida.

Whit assentiu. Uma aceitação profunda e enfática de algo que eu não podia ver nem ouvir. Ele disse: "Vou sentir saudade de você".

"Lamento muito por tudo." Minhas palavras soaram partidas. Senti-me como se eu o tivesse seduzido. Eu me sentara sobre as rochas no mar, como uma das sirenas de Homero e o atraíra até a mim. Mesmo que ele estivesse terminando tudo da mesma forma que eu, senti como se *eu* o tivesse traído. Traído minhas juras de amor, minha promessa de festejarmos aniversários juntos.

"Não quero que se lamente", ele disse. "A verdade é que eu precisava..." Ele estendeu a mão e tocou meu rosto, próximo ao meu queixo. "Eu precisava amar você."

Ele poderia querer dizer um milhão de coisas, mas eu queria acreditar que a tristeza pela perda de sua mulher havia amortecido seu coração e apaixonar-se por mim o ressuscitara. Queria acreditar que agora ele entregaria seu coração novamente ao mosteiro. Continuaria excursionando pelo viveiro, acordando ao som de sapos sobre os troncos caídos na ilha, ao cheiro do pão assado do irmão Timothy, recolhendo essas minúsculas manifestações de Deus.

"Isso serve, então, para nós dois. Eu precisava amar você também." O que eu disse soou tão estranho, tão sem jeito, que me senti na obrigação de continuar a explicar, mas ele sorriu, se aproximou de mim e complementou:

"Eu lhe disse que estaríamos salvos e condenados ao mesmo tempo. Lembra-se?"

Tentei sorrir de volta, mas meus lábios esboçaram um sorriso que logo se esvaeceu. Eu o abracei. Ficamos abraçados sem a menor preocupação de alguém chegar de repente. Eu não chorei, não naquele momento. Continuei abraçada a ele, e senti a maré baixar em torno da ilha no meio do pantanal onde fizemos amor. Senti abrir-se um lugar secreto dentro de mim onde eu o levaria comigo. Depois que ele se foi e fiquei sozinha, ouvi o apelo que as garças devem sentir quando a lua se eleva assim que anoitece — o irresistível chamado de volta para casa.

Fui até a praia dos Ossos e me sentei num tronco que se projetava sobre a areia. Olhei para o mar, onde barcos de pesca de camarão flutuavam sobre as ondas espessas. A maré estava subindo em vez de baixando, o que me pareceu curioso e irônico. Parecia que tudo deveria partir. Que não haveria nada mais além do vazio.

Eu perdera os dois.

Há muitos anos, no Piquenique das Garotas, quando mamãe, Kat e Hepzibah entraram no mar até a cintura, observei-as quase que deste mesmo lugar. Comecei a imaginá-las na água, o modo como riam, enquanto atavam os três fios e os arremessavam sobre as ondas. Benne e eu queríamos acompanhá-las, *imploramos* para nos deixar ir.

Não, só nós podemos entrar. Fiquem aí vocês duas.

Quem poderia imaginar o que aconteceria depois de elas atarem os nós naquela noite?

Tirei minhas sandálias e enrolei a barra da minha calça o mais alto que pude. Apesar do calor, o mar ainda estava frio como no inverno. Eu tinha de entrar aos poucos.

Quando a água bateu acima dos meus joelhos, parei e procurei dentro do bolso os fiapos de algodão que eu juntara no gramado no mosteiro. Queria dar um nó que durasse para sempre. Mas não com ninguém mais. Apenas comigo mesma.

Toda minha vida, de forma inominada e desconhecida, tentei completar a mim mesma com outra pessoa — primeiro, meu pai, depois Hugh, até mesmo Whit, e eu não queria mais isso. Queria pertencer a mim mesma.

Juntei os fios, me perguntando se algo em mim antes sabia o que eu iria fazer com eles quando os recolhi.

Fiquei imóvel, com as ondas batendo contra as minhas coxas, alongando-me para deixá-las passar até baterem na praia.

Jessie. Eu a aceito, Jessie...

O vento soprou em meus ouvidos, e eu pude aspirá-lo, sozinha.

Na alegria e na tristeza.

As palavras saíam do meu peito e reverberavam em minha mente.

Amar-te e respeitar-te.

Puxei o fio mais longo e fiz um nó no meio. Olhei para ele por alguns instantes, depois o lancei ao mar por volta de uma hora da tarde, no dia 17 de maio de 1988 e, desde então, todos os dias eu me lembro desse momento único com veneração e respeito, como se possuísse a gravidade e o ritual de um casamento.

35

No último sábado de maio, cheguei ao píer da balsa com mamãe, Kat, Hepzibah e Benne, e nos postamos junto à grade olhando para a baía batida pelos ventos. Havia íbis brancas por toda parte. Ficamos olhando para elas, enquanto volteavam como bumerangues sobre a baía.

Minha mala ficara junto ao portão de embarque. Kat trouxe uma cesta com botões de flores roxas, brancas e cor-de-rosa que ela iria jogar sobre a ponte flutuante quando a balsa se afastasse como fosse o *Queen Mary*. Ela nos serviu limonada de uma garrafa térmica em pequenos copos de papel e distribuiu os biscoitos folheados. Ela tinha certeza de que esta seria uma boa forma de me desejar uma boa viagem.

Como eu estava sem apetite, dei quase todos os meus biscoitos ao Max.

"Onde você vai morar agora?", Benne perguntou.

Lembrei-me de minha casa imensa e uivante, da torre e das bandeiras de vitral acima das portas, do meu estúdio sob o teto reclinado do sótão. *Em casa*, eu queria dizer a ela. *Vou voltar para casa*, mas eu não tinha certeza se isso iria mesmo acontecer.

"Eu não sei", respondi.

"Você é sempre bem-vinda para morar aqui", disse mamãe.

Olhei para as boias cor de laranja desbotadas oscilando na água, marcando as armadilhas de caranguejo, e pude sentir os laços confusos que me ligavam a ela, a este lugar. Por um momento, quase acreditei que eu poderia ficar.

"Logo estarei de volta", respondi, e comecei a chorar de repente, dando início a uma reação em cadeia: Hepzibah, depois Benne, mamãe e, finalmente, Kat.

"Bom, isso não é *divertido*?", disse Kat, distribuindo guardanapos de papel. "Sempre digo que não há nada melhor do que um bando de choronas para animar uma festa."

Assim que ela fez o comentário, estouramos na gargalhada.

Fui a última a entrar na balsa. Fiquei junto à grade, como Kat me pediu, para poder vê-la jogar as flores. Lançou-as por trinta segundos, mas guardei a cena com carinho na memória. Ainda posso fechar os olhos e ver os botões flutuando sobre as águas como pequenos pássaros mergulhados.

Continuei olhando para trás até depois de o píer sumir de vista, e eu sabia que a esta altura todas já deveriam ter-se sentado no carrinho de golfe de Kat. À medida que a ilha desaparecia na névoa, guardei todas as minhas lembranças — os remansos de água, o odor forte do pantanal, o vento sussurrando sobre a baía — e tentei não pensar no que me aguardava.

Hugh dormia em sua poltrona de couro, no escritório, usando meias pretas gastas nos calcanhares, com um livro aberto sobre o peito: *Obras completas de Jung*. Ele se esquecera de fechar as cortinas, assim as janelas atrás dele deixavam entrever a escuridão cortada pelas luzes da rua.

Fiquei paralisada ao vê-lo, com um aperto na boca do estômago.

Meu voo de Charleston para Atlanta se atrasara por causa de uma tempestade de relâmpagos, e já era tarde, quase meia-noite. Eu não o avisei que estaria vindo. Em parte, porque não tive coragem de avisá-lo, mas também porque esperava pegá-lo de surpresa e por um momento ele poderia esquecer o que eu tinha feito, e seu coração se encheria com tanto amor que apagaria todos os motivos justificáveis para me mandar embora. Essa era minha esperança tola e irracional.

Entrei com a chave que costumávamos deixar sob uma pedra atrás da casa e coloquei minha mala no saguão de entrada ao lado da porta da frente. Ao ver a luz do escritório acesa, pensei que Hugh apenas tivesse se esquecido de apagá-la antes de ir dormir. E eis que ainda o encontrei ali.

Por vários minutos, fiquei ali, ouvindo-o sibilar, respirando com a boca aberta, como costumava fazer quando dormia — rítmico, sonoro, cheio das lembranças de todos estes anos.

Seu braço estava caído ao lado da poltrona. A pequena pulseira que Dee fizera para ele continuava em seu pulso. Do lado de fora, eu podia ouvir o som do trovão reboando ao longe.

Hugh.

Lembrei de uma época, há muito tempo, um ano antes de Dee nascer. Fomos caminhar na floresta do Parque Nacional de Pisgah nas Blue Ridge Mountains e nos deparamos com uma cachoeira de dez ou quinze metros de altura que corria por sobre uma rocha, e ficamos olhando para cima para a água que caía, refletindo os raios de sol e centenas de pequenos arco-íris iridescentes envolvendo a queda d'água como um enxame de libélulas.

Arrancamos nossas roupas, largando-as sobre as pedras. Estava quente, era o meio do verão, mas a água ainda trazia resquícios do degelo das montanhas. Demo-nos as mãos, e caminhamos sobre as pedras cobertas de musgo, até ficarmos debaixo da rocha com a água arrebentando à nossa frente. A água espalhava-se como chuva e fazia um som ensurdecedor. Hugh puxou meus cabelos molhados para trás das minhas orelhas e me beijou os ombros e os seios. Fizemos amor contra a parede de pedra. Por várias semanas, eu senti, dentro do meu corpo, aquela água batendo contra a terra.

Observando-o dormir agora, queria puxá-lo de volta para aquele nicho na pedra. Já me contentaria em arrastá-lo para dentro do ninho que criamos com nossos utensílios domésticos ao longo de todos esses anos, mas eu não sabia como retornar a nenhum desses lugares, nem como reconstruí-los novamente.

Eu me sentia surpresa diante das escolhas que temos de fazer, toda vez, um milhão de vezes ao dia — escolher o amor, depois escolhê-lo novamente; como amar e apaixonar-se poderiam ser tão diferentes.

Ele virou a cabeça de lado e se mexeu na poltrona. Às vezes, imagino que tenham sido minhas lembranças que o despertaram, que a cachoeira espirrou de meus pensamentos e fez com que ele abrisse os olhos.

Ele olhou para mim, sonolento e confuso. "Você está aqui", ele disse, não para mim, eu percebi, mas para ele mesmo.

Sorri para ele sem dizer nada, incapaz de pronunciar qualquer palavra.

Ele se levantou da poltrona e ergueu os ombros. Não creio que ele soubesse o que deveria sentir mais do que deveria dizer. Ficou só ali parado, de meia, me encarando, com uma expressão indecifrável em seu rosto. Um carro passou pela rua, rugindo o motor, que foi silenciando à medida que se afastava.

Quando ele falou, suas palavras soaram tímidas e doídas: "O que você está fazendo aqui?".

Agora penso nas dez mil coisas que eu poderia ter dito a ele, se teria feito qualquer diferença se eu tivesse me ajoelhado diante dele e confessado estar arrependida de tudo que eu fizera.

"Eu... Eu trouxe algo para você", respondi e ergui a mão, pedindo-lhe que esperasse, e fui até o saguão de entrada buscar minha bolsa. Voltei, revirando-a. Abri minha bolsinha de moedas e tirei de lá a aliança dele de casamento.

"Você deixou isto na ilha da Garça", eu disse, e segurei a aliança diante dele, prendendo-a entre o polegar e o indicador da mão direita, levantando minha mão esquerda para que ele visse que eu estava usando a minha também. "Hugh, quero voltar para casa", supliquei. "Quero ficar aqui com *você*."

Ele não se moveu, nem estendeu a mão para pegar a aliança.

"Me perdoe", eu disse. "Me perdoe por tê-lo magoado."

Ele continuou imóvel e comecei a me sentir como se estivesse segurando a aliança sobre um abismo, e se a deixasse cair, entraria por uma fenda no meio da terra. Mas eu não conseguia baixar minha mão. Ela estava imóvel, em misteriosa suspensão, a mesma que sustém os gatos quando sobem ao alto de uma árvore e vão até a ponta do galho e, então, constatando horrorizados aonde chegaram, simplesmente se recusam a descer. Continuei segurando a aliança diante dele. *Pegue-a, por favor, pegue-a!*, apertando-a tanto, a ponto de marcar sua inscrição na minha digital.

Ele deu um passo para trás antes de se virar e sair da sala.

Depois que ele saiu, coloquei a aliança dele sobre a mesa ao lado da poltrona. O abajur estava aceso e eu não tive coragem de apagá-lo.

Dormi no quarto de hóspedes — ou, para ser mais precisa, fiquei *deitada e acordada* no quarto de hóspedes. Para me redimir, forcei-me a lembrar do momento em que ele se virou para sair da sala, seu perfil contra a luz que entrava pela janela. A aspereza do sentimento que ele nutria por mim mostrara-se em seu rosto e tensionara sua expressão.

O perdão é muito mais difícil que o arrependimento. É inimaginável o esforço que esta aceitação pode exigir de alguém.

Choveu em grande parte da noite e ventou muito, sacudindo as árvores. Vi surgirem as primeiras luzes da manhã através da vidraça antes de finalmente conseguir dormir e acordei não muito depois sentindo cheiro de salsicha e ovos fritos, o fabuloso perfume da comida de Hugh.

Há coisas que não têm explicação: momentos em que a vida se apresenta de uma forma tão inédita que você tem de imaginar um vocabulário todo novo e cheio de significados para poder defini-la. O cheiro do café da manhã me tomou desta maneira.

Este fora o momento em que nosso casamento se interrompera, naquele dia em fevereiro, em 17 de fevereiro, Quarta-Feira de Cinzas, dia de cinzas e términos. Hugh preparou o café da manhã: salsicha e ovos. Foi a última coisa que aconteceu antes de eu partir. A sua bênção.

Desci as escadas. Hugh estava junto ao fogão, segurando uma espátula. A frigideira estalava. Ele colocara dois pratos sobre o balcão da cozinha.

"Está com fome?", ele perguntou.

Eu estava sem um pingo de fome, mas conhecendo sua fé inabalável no poder desses desjejuns, fiz que sim e sorri para ele, sentindo o tremor de um novo ritmo silencioso querendo se instalar dentro de mim.

Sentei-me na cadeira junto ao balcão. Ele colocou a metade de uma omelete de legumes em meu prato, salsichas cortadas em fatias e pão com manteiga.

"Aí está", ele disse.

Ele parou, e eu o senti parar atrás de mim, respirando de modo irregular. Olhei para meu prato, querendo me virar para ele, mas temi arruinar o que estava para acontecer.

O momento pareceu suspenso no ar, virando-se devagar, como um diamante sob o sol girando lentamente para refratar a luz.

De repente, ele pôs a mão sobre meu braço. Continuei sentada, imóvel, enquanto ele me acariciava até meu ombro e depois até a cintura.

"Senti saudade de você", ele disse, aproximando-se de meu ouvido.

Agarrei sua mão com força, puxando seus dedos sobre meu rosto, tocando-os com meus lábios. Depois de um momento, ele gentilmente puxou-os de volta e colocou a outra metade da omelete no prato dele.

Ficamos comendo na cozinha. Através das janelas, eu podia ver o mundo encharcado, as árvores, a grama e os arbustos brilhando sob a chuva.

Não haveria uma absolvição completa, apenas um perdão imerso nessas gotículas. Emergiriam do coração de Hugh em pequenas doses, e ele me daria de beber. E não seria preciso mais nada.

Epílogo

Assim que a balsa aporta no cais na ilha da Garça, o capitão soa o apito uma segunda vez e vou até o gradil. Lembro-me das flores caindo sobre a água enquanto a balsa se afastava, em maio passado. Nossa pequena e triste festa de despedida. Agora se parece com uma parte da história que começa a sumir na poeira e, ao mesmo tempo, como se eu tivesse acabado de sair daqui. Como se as pétalas ainda estivessem flutuando sobre as águas.

Estamos em fevereiro. O brejo adquiriu um tom amarelo dourado. A cor se assenta sobre mim como o calor e a luz do sol que me envolve. A ilha sempre será o eixo de um mundo migratório.

Sobre o píer, Max começa a latir. Penso nas sereias penduradas no teto da loja de Kat, nas garças voando sobre o riacho Caw Caw, nos pés de roseira ressacadas no jardim do mosteiro. Visualizo a cadeira da sereia sozinha na capela. Toda a ilha se inflama para mim e, por um momento, não sei se conseguirei sair da barca. Fico imóvel e deixo que a sensação passe, *sabendo* que ela vai passar. Tudo passa.

Quando contei a Hugh que precisava ver mamãe e passar aqui a Quarta-Feira de Cinzas, ele respondeu: "Claro". E, um minuto depois, ele perguntou: "Vai ver apenas sua mãe?".

Isso nem sempre acontecia, mas, de vez em quando, a tristeza e a desconfiança cresciam em seus olhos. Seu rosto se fechava. E ele se tornava introspectivo. Sua mente e seu corpo continuavam ali, mas seu coração — até mesmo seu espírito — se afastava do nosso dia a dia, do nosso casamento e se mantinha longe. Depois de um ou dois dias, ele voltava. Eu o encontrava preparando o café da manhã, assobiando, perdoando-me mais uma vez.

A cada dia, abrimos caminho em um terreno desconhecido. Hugh e eu não retomamos nosso antigo casamento — nunca quis isso, e também não era o que Hugh queria —; em vez disso, o deixamos de lado e começamos um novo. Nosso amor não é o mesmo. Sinto-o como algo conhecido e novo ao mesmo tempo. Parece mais sensato — como uma mulher que se torna mais sábia quando envelhece, mas também se sente fresca e jovem —, um sentimento que temos de nutrir e preservar. Nós nos tornamos mais próximos, de certa forma. A dor que experimentamos criou laços fortes em nossa intimidade, mas há também uma dose de separação, a distância necessária.

Ainda não contei a ele sobre o nó que dei no fio de linha no dia em que entrei no mar. Em vez disso, conto-lhe sobre as sereias. Eu disse a Hugh certa vez que elas pertencem a si mesmas — e ele franziu a testa do modo como costuma fazer quando pondera sobre algo que desconhece. Sei que às vezes ele tem receio dessa separação, da minha independência, dessa nova lealdade inabalável que tenho para comigo mesma agora, mas acredito que ele aprenderá a amar esse meu lado assim como eu aprendi.

Digo a ele, sorrindo, que as sereias me trouxeram de volta para casa. Ou seja, para a água, o lodo, e o empuxo das marés em meu próprio corpo. Para a ilha solitária que estava submersa há tanto tempo dentro de mim e que precisava desesperadamente ser reencontrada. Mas também tento explicar que elas me trouxeram de volta para casa, para *ele*. Não tenho certeza se ele compreende mais do que eu como pertencer a mim mesma me permite pertencer mais verdadeiramente a ele. Apenas sei que é assim.

"Não, não... Não pretendo vê-lo", respondi a Hugh nesse dia. "Você pode vir comigo se quiser. Nós dois vamos juntos."

"Tudo bem. Vá sozinha", ele respondeu. "Você precisa voltar para rever a ilha e resolver isso."

Agora, desembarcando de volta na ilha, sinto a necessidade de recolher tudo para finalmente seguir em frente.

A casa de mamãe, repintada de azul cobalto, resplandece sob a luz do sol na minha chegada. Kat, que me traz em seu carrinho de golfe, toca a buzina no jardim da frente, e todas saem para a varanda: mamãe, Hepzibah, Benne.

Dentro, sentada à mesa da cozinha, olho para elas e vejo como tudo continua igual e diferente ao mesmo tempo.

Mamãe me conta que Kat atravessa a baía com ela todo mês para levá-la à sua consulta médica e que agora a medicação diminuiu bastante. Seu dedo continua no pote de álcool sobre a penteadeira. Em agosto, ela retomou sua paixão de alimentar os monges, trocando seu programa favorito de culinária na televisão de Julia Child por James Beard. "Os monges sentem falta da comida de Julia", ela disse. "Mas com o tempo eles vão se acostumar."

Quando pergunto a Hepzibah sobre o Grande Tour Gullah, ela se endireita na cadeira em seu vestido de motivos africanos e me conta que ele fora incluído, havia poucos dias, em todas as revistas turísticas de Charleston e que, provavelmente, passará a ser oferecido diariamente assim que o verão chegar.

Kat é quem me surpreende mais. Escreveu seu próprio livreto para vender com o de Dominic no Conto da Sereia. Chama-se *O cão da ilha*, a lendária história de Max indo receber a balsa todos os dias com uma precisão canina.

Ela sacode a cabeça, fazendo seu precário penteado se desmontar, e anuncia que ela e Max estarão no noticiário da tv na semana que vem.

Benne acrescenta que Max está animado, mas não chega a estar nervoso.

Elas querem comentar meus quadros, então deixo que falem. Perdi a timidez em relação a isso. Kat elogia minha exposição As Mergulhadoras, na galeria de arte Phoebe Pember, em Charleston, em outubro. Eu tinha de agradecer a *ela* por isso. Ela embalou todos os quadros que deixei e levou-os para mostrá-los à dona da galeria. "Eu sabia que ela iria querer expô-los", ela disse.

Eu não fui ao vernissage — ainda não estava pronta para voltar nessa época —, mas as Três Garceiras compareceram e me representaram. Estou trabalhando agora numa série com as paisagens da ilha. De vez em quando, no entanto, interrompo e faço uma das minhas curiosas sereias para Kat apenas para agradá-la. A última foi uma sereia de verdade como vendedora da loja de Kat. Coloquei-a atrás do balcão vendendo lembrancinhas e enfeites de sereia aos turistas, usando uma camiseta onde se lê o conto da sereia.

Quando mamãe me pergunta sobre Dee, não sei bem o que dizer. A verdade é que Dee ficou abalada com o que aconteceu entre mim e Hugh. Houve um breve período, no fim do verão, em que ela disse que trancaria a faculdade por um semestre. Acho que só queria ficar perto de nós para nos proteger de alguma maneira, como se tivesse um pouco de responsabilidade pelo que aconteceu. Tivemos de conversar com ela e lhe dizer que tudo iria ficar bem, melhor do que bem, que nossos problemas não tinham nada a ver com ela, apenas conosco. No fim, ela acabou voltando para Vanderbilt mais séria e mais amadurecida. Apesar disso, ela ligou antes de eu viajar para me dizer que estava escrevendo a música para o aniversário de Hugh: "Se os sofás falassem".

Digo à mamãe que Dee mudou sua graduação em literatura para medicina, porque decidiu se tornar psiquiatra como Hugh. Mamãe me pergunta se a decisão de Dee tem qualquer relação com ela ter mutilado seus dedos. "Não", respondi. "Creio que tenha mais a ver com o que *eu* fiz." Dou uma risada, mas o que eu disse é verdade.

Ficamos as cinco conversando a tarde inteira, até o céu escurecer e as palmeiras projetarem suas longas sombras sobre a janela.

Ao saírem, Kat me puxa até o jardim ao lado da gruta da banheira. Ela me entrega uma sacola de lona escura, que eu reconheço imediatamente. É a que Whit carregava no bote de borracha em suas rondas pelo viveiro.

"Dominic trouxe isto até a loja umas duas semanas atrás", ela disse. "Ele me pediu para entregá-la a você."

Eu não a abro naquele momento, mas espero até mamãe ir dormir e eu me recolher ao meu quarto.

Tiro tudo de dentro e espalho as coisas sobre a cama. Um saco plástico com quatro cascas de maçã, secas e escurecidas. Uma caixa amassada de Lágrimas de Sereia. Penas brancas de garça. O crânio da tartaruga. O cachimbo de meu pai.

Todas as coisas que eu havia deixado sobre a armadilha de caranguejo na ermida de Whit estão aqui. Por um ano, não se passou uma semana sem que eu tivesse pensado nestes objetos, desejando encontrar um meio de voltar para buscá-los.

No fundo da sacola, encontro uma carta de Whit:

Querida Jessie,

Estou lhe devolvendo suas coisas. Guardei-as por todo este tempo em minha cela, pensando em entregá-las pessoalmente quando você voltasse à ilha. Não quis atrapalhar sua vida em Atlanta enviando-as pelo correio. Achei que, quando estivesse pronta, você voltaria para pegá-las.

Não estou aqui, no entanto, para entregá-las em mãos a você. Deixarei o mosteiro no dia 1º de fevereiro. Prestei meus votos solenes em agosto, mas, ironicamente, no Natal, decidi que não deveria ficar.

Quero voltar ao mundo. Entendo agora que grande parte do meu ser não está escondido neste lugar com Deus, mas se escondendo. Tomei a decisão de voltar ao jogo da vida. Vim para cá procurando por Deus, mas, na verdade, também estava querendo, de alguma forma, me tornar imune à vida. E isso não é possível.

E, claro, posso descobrir que Deus está lá fora também. Dominic me lembrou de que "Deus está em toda parte e, ao mesmo tempo, em nenhuma". Vou descobrir se ele tem razão.

Inicialmente, foi difícil para mim voltar à ermida, lembrar de você ali, aceitar que você seria apenas uma lembrança ou uma saudade. Mas, finalmente, consigo pensar no tempo que passamos juntos sem arrependimento. Você fez com que eu mergulhasse mais fundo na vida — como poderia me arrepender disso?

Desejo que você esteja bem. Por favor, seja feliz.
Seu Whit

Dentro da casa azul de mamãe, choro convulsivamente. Depois disso, encerro este longo ano de minha vida sabendo que ele permanecerá em mim como o crânio de tartaruga gasto pelas águas do mar, branco e brilhante.

A última coisa que Hugh me disse quando saí de casa foi: "Você *vai* voltar desta vez, não vai?". Ele sorriu, me provocando, querendo aliviar a tensão que sentíamos desde que eu voltara.

Eu olho para a janela. Quero dizer a ele: *Sim, eu vou voltar, Hugh. Quando eu morrer, verei seu rosto sobre mim, vivo ou em memória. Você ainda não sabe? O que eu quero é você. O que eu quero é a permanência. A magnífica permanência.*

Notas da autora

A *cadeira da sereia* é uma obra de ficção. A história, os personagens e o ambiente são inteiramente frutos da minha imaginação.

Concebi a ilha da Garça como parte de um belo arquipélago ao longo da costa da Carolina do Sul, mas que não está no mapa. É um lugar que não existe. No entanto, assemelha-se às ilhas da Carolina do Sul quanto à descrição de suas praias, a vegetação marítima, pântanos, estuários, riachos, pássaros e animais. Consultei inúmeros livros sobre a história natural e a vegetação da região: o livro *Tideland Treasure* [Tesouro das encostas submersas], de Todd Ballantine, foi especialmente útil. Todas as plantas, árvores e flores referidas no livro são reais, embora eu tenha tomado a liberdade de inserir uma planta fictícia que poderá ser facilmente identificada.

Explorei várias ilhas costeiras da Carolina do Sul, mas a ilha do Touro — um lugar desabitado e primitivo — aflorava em minha mente enquanto eu escrevia o romance. Não apenas posicionei a ilha da Garça geograficamente onde a ilha do Touro está na costa da Carolina do Sul, mas também tomei emprestado o nome de sua esplêndida praia: a praia dos Ossos.

Santa Eudoria não é uma santa da Igreja católica — até onde eu sei —, embora eu tenha baseado sua história nos relatos de santos que mutilaram partes de seu corpo em busca de purificação.

A lenda de Sedna é um conto indígena norte-americano autêntico da tribo inuíte e possui uma série de variações. Ao recontar a história no romance, tentei seguir sua fonte o mais fielmente possível.

O mosteiro de santa Senara não existe. Para escrever sobre ele, consultei uma longa lista de livros que se tornou extensa demais para ser citada aqui, durante meus anos de estudo sobre espiritualidade contemplativa e a vida monástica.

A cultura gullah referida no romance é uma tradição dos descendentes dos escravos afro-americanos de origem angolana que se estabeleceram ao longo da costa sudeste dos Estados Unidos. Essa cultura tem seus costumes, comida, arte e linguagem próprios, que são mencionados no livro. As expressões gullah utilizadas aqui fazem parte do dialeto que ainda é falado em algumas regiões da Carolina do Sul. Devo esse conhecimento ao maravilhoso livro *Gullah Cultural Legacies* [Legados culturais gullah], de Emory S. Campbell.

Este romance começou a ser escrito em um dia do verão de 2001, quando minha amiga Cheri Tyree mencionou ter visto uma "cadeira da sereia" em uma viagem à Inglaterra. Sou profundamente grata a ela por esse comentário casual, que me levou à cadeira que está na Igreja de Santa Senara, na antiga vila de Zennor, nas terras mágicas e deslumbrantes da Cornualha. A cadeira foi feita com duas tábuas de madeira do século xv, uma delas entalhada com uma misteriosa sereia. A gravura está associada à lendária Sereia de Zennor, que se apaixonou por um dos rapazes que cantavam no coro da igreja, atraindo-o depois para o mar.

Há pouca informação histórica sobre a santa Senara que deu nome à igreja córnica, mas fiquei intrigada por uma lenda que sugeria que, antes de sua conversão, Senara fora uma princesa celta chamada Assinora.

Armada com estas duas centelhas de inspiração — a histórica cadeira da sereia e um pouco da lenda sobre Senara e Assinora —, comecei a tecer minha história. Criei uma cadeira da sereia totalmente diferente para o romance — em aparência, história e mitologia em torno dela —, embora tenha usado alguns fragmentos do mito da Sereia de Zennor. Sou profundamente grata à Igreja de Santa Senara, na Cornualha, pois, sem sua famosa cadeira, este romance não poderia ter sido escrito.

Finalmente, gostaria de me referir a dois livros que se tornaram referências necessárias à medida que eu mergulhava no simbolismo, na mitologia, na arte e na história das sereias: *Sirens: Symbols of Seduction* [Sirenas: Símbolos de sedução], de Meri Lao, e *Mermaids* [Sereias], organizado por Elizabeth Ratisseau.

Agradecimentos

É um privilégio poder agradecer àqueles que tornaram este livro possível. Começo por minha excelente editora, Pamela Dorman. Não consigo agradecer a ela o suficiente pela importância de sua magnífica edição, ou de seu apoio apaixonado, tanto a mim quanto ao meu trabalho.

Agradeço à minha agente literária, Jennifer Rudolph Walsh. Um autor não poderia desejar uma mestra mais brilhante ou defensora mais ardorosa. Meu profundo agradecimento também a Virginia Barber, agente literária de extraordinária determinação que me apoiou incondicionalmente desde o início.

Agradeço a todas as pessoas maravilhosas que trabalham na Viking Penguin: Susan Petersen Kennedy, Clare Ferraro, Kathryn Court, Francesca Belanger, Paul Buckley, Leigh Butler, Rakia Clark, Carolyn Coleburn, Tricia Conley, Maureen Donnelly, John Fagan, Hal Fessenden, Bruce Giffords, Victoria Klose, Judi Powers, Roseanne Serra, Nancy Sheppard, Julie Shiroishi e Grace Veras. Agradeço ao incrível departamento de vendas: Dick Heffernan, Norman Lidofsky, Mike Brennan, Phil Budnick, Mary Margaret Callahan, Hank Cochrane, Fred Huber, Tim McCall, Patrick Nolan, Don Redpath, Katya Shannon, Glenn Timony e Trish Weyenberg.

Sou muito grata às seguintes pessoas por terem despendido seu tempo para responder às minhas perguntas: Greg Reidinger, por dividir seu conhecimento sobre barcos e por suas utilíssimas sugestões; dra. Deborah Milling, por sua generosidade em me orientar nas questões médicas abordadas no livro; Tim Currie, por ter me ajudado a entender o processo intrincado de se tecer redes de pesca; Trenholm Walker, pelos subsídios nos casos de lei ambiental; dr. Frank Morris, que gentilmente me forneceu as traduções das expressões em latim.

Não consigo imaginar ter escrito este livro sem o grupo amoroso de amigos que me ofereceram sabedoria e coragem: Terry Helwig, Susan Hull Walker, Carolyn Rivers, Trisha Sinnott, Curly Clark, Lynne Ravenel, Carol Graf e Donna Farmer.

Sou grata a Jim Helwig pela amizade e pelas boas risadas. Obrigada a Patti Morrison por estar sempre disponível para oferecer sua ajuda e uma boa xícara de café.

Quero agradecer também à minha família. Minha filha, Ann Kidd Taylor, ajudou-me na pesquisa e também a ler cada capítulo que eu terminava de escrever, oferecendo excelentes dicas literárias e ideias para a história. Não há dúvida de que *A cadeira da sereia* é um romance mais bem terminado graças a Ann. Scott Taylor, meu genro, foi meu genial consultor de informática e internet, um forte divulgador do meu trabalho, que me ajudou a encontrar informações sobre tudo, de beisebol até a verdadeira cor do camarão. Meu filho, Bob Kidd, e minha nora, Kellie Kidd, me animaram com seu apoio e inabalável entusiasmo. Roxie Kidd e Ben Taylor entraram na minha vida enquanto eu escrevia este romance e nunca me deixam esquecer da verdadeira importância de cada coisa. Meus pais, Leah e Ridley Monk, têm sido autênticos divulgadores do meu trabalho e encheram minha vida com amor e bondade.

Minha gratidão e amor mais profundo a meu marido, Sandy. Enquanto eu escrevia este livro, ele me dedicou seu amor, humor, poder de análise, conselhos sábios, paciência em abundância e o melhor de seus conhecimentos culinários, ameaçando *apenas uma vez* se juntar a um Grupo de Apoio a Pessoas Casadas com Escritores.

TIPOGRAFIA Adriane por Marconi Lima
DIAGRAMAÇÃO Verba Editorial
PAPEL Pólen Soft
IMPRESSÃO Gráfica Bartira, março de 2016

A marca FSC® é a garantia de que a madeira utilizada na fabricação do papel deste livro provém de florestas que foram gerenciadas de maneira ambientalmente correta, socialmente justa e economicamente viável, além de outras fontes de origem controlada.